LOS PERSEGUIDOS

GRANTRAVESÍA

MATT DE LA PEÑA

LOS PERSEGUIDOS

GRANTRAVESÍA

Ésta es una obra de ficción. Los nombres, personajes, lugares e incidentes son producto de la imaginación del autor, o se usan de manera ficticia. Cualquier semejanza con personas (vivas o muertas), acontecimientos o lugares de la realidad es mera coincidencia.

LOS PERSEGUIDOS

Título original: *The Hunted*

© 2015, Matt de la Peña

Traducción: Martha Macías

Diseño e imagen de portada: © 2015, Philip Straub

D.R. © 2016, Editorial Océano, S.L.
Milanesat 21-23, Edificio Océano
08017 Barcelona, España
www.oceano.com

D.R. © 2016, Editorial Océano de México, S.A. de C.V.
Eugenio Sue 55, Polanco Chapultepec,
C.P. 11560, Miguel Hidalgo, Ciudad de México
www.oceano.mx
www.grantravesia.com

Primera edición: 2016

ISBN: 978-607-735-995-1

IMPRESO EN MÉXICO / *PRINTED IN MEXICO*

Para mi viejo, quien me enseñó cómo ver al mundo.

HOMBRE: ...Pero ya no ando perdido como antes. Tengo un propósito: mi familia. [*Tose.*] Esa noche, cuando todo se me derrumbó encima, y casi morí quemado en el incendio... Se podría decir que fue la noche en que renací.

DJ DAN: Eso nos cambió a todos. Fue el peor desastre en la historia de nuestro país. [*Pausa.*] Pero a mis escuchas les interesa más saber por qué está usted aquí. De qué nos va a advertir. ¿Por qué no empieza diciéndonos cómo se llama?

HOMBRE: Ya le dije, señor, que no voy a entrar en ese tema. Lo último que necesito es que esto se acabe por fin y que vengan a meterme en la cárcel, y todo por difundir un mensaje. Mejor lo dejamos en que pertenezco a la Pandilla Suzuki. Así es como nos llaman, ¿no?

DJ DAN: Todos andan en el mismo tipo de motocicleta comportándose como si tuvieran alguna clase de autoridad.

HOMBRE: Mire, yo sé que usted no se la pasa todo el tiempo sentado en este cajón. Ha salido al mundo. Lo ha visto. A la gente le sangran los ojos, hasta a los niñitos. Se están arrancando la piel por la comezón. Se acumulan los cadáveres. Se pudren en las calles.

DJ DAN: Claro que lo he visto. Comencé este programa de radio precisamente como respuesta a las cosas que he visto.

HOMBRE: Me acuerdo de algo que me contaron hace unas semanas, poco después de los terremotos. Una pareja llevaba a cuestas a su hija enferma por las calles de Hollywood. Imagino que la niña estaba muy mal. Un hombre que cuidaba la entrada de una escuela primaria sintió lástima, abrió el cancel, les dio agua y comida. Dijo que podría dejarlos entrar pero únicamente a condición de que se mantuvieran en el cobertizo del otro lado de la cancha de futbol, alejados de todos los demás. Pero con todo y la distancia, una semana después todos los que se resguardaban en la escuela estaban muertos o moribundos. Más de seiscientos, me dijeron. Así de rápido se dispersa la enfermedad. Todos perecieron porque a un tonto se le ablandó el corazón.

DJ DAN: Pero ¿qué tiene eso que ver con…?

HOMBRE: No he terminado. [*Tose.*] Mire señor, eso fue cuando todo era muy reciente. Cuando ninguno de nosotros entendía un carajo y todo mundo tenía esperanzas. Pero ya cambiaron las cosas. Apenas ayer atestigüé una situación similar. [*Tose.*] Iba una mamá empujando a su hijo enfermo en un carrito del súper. Se detuvo enfrente de un centro comunitario en Silver Lake. Volteó a ver todas las caras que la miraban a través de las ventanas y se desplomó. De rodillas lloraba pidiendo ayuda.

DJ DAN: Déjeme adivinar: ya nadie salió a ayudar.

HOMBRE: ¡No, carajo! ¡Pero claro que salieron! Dos hombres metidos en trajes de neopreno agarraron a la mamá y a su hijo, y jalándolos de los cabellos y la camisa los apartaron de la vista de los demás y les dispararon ahí en la calle como si nada. Luego salió otro tipo a quemar los cadáveres. Dejó ahí los restos calcinados como advertencia para cualquiera que pasara por ahí.

DJ DAN: ¡Jesús!

HOMBRE: [*Mofándose*] Pues invoque su nombre todo lo que usted quiera, señor, pero él a nadie le ha respondido. [*Un ataque prolongado de tos.*] Por cierto que esta tos no es porque traiga la enfermedad, sino por todo el humo que tragué. Creo que se me quemaron los pulmones.

DJ DAN: Ajá, eso me da mucha tranquilidad.

HOMBRE: Lo que digo es que ya cambiaron las cosas. Espero que en eso, al menos, estemos de acuerdo. Y mientras la mayoría de la gente sigue sentada esperando a que llegue del otro lado algún salvador montado en su blanco corcel… yo y la banda hemos decidido salir y hacer lo que se necesite para ayudar a nuestros semejantes por nuestra cuenta.

DJ DAN: Pues mire, es cierto que ninguno de nosotros sabemos hasta dónde podemos confiar en el gobierno en este momento…

HOMBRE: No se puede confiar en él para nada.

DJ DAN: …pero ustedes andan haciendo mal las cosas. Esta entrevista, por ejemplo. No tiene por qué andarme paseando su pistola en la cara. [*Sonido de que se corta cartucho.*]

HOMBRE: ¿Por qué, señor? ¿Lo incomodo?

DJ DAN: ¿*Usted* qué piensa?

HOMBRE: En mi experiencia, la gente siempre se comporta de lo mejor cuando se siente incómoda. ¿Ve esta quemadura que tengo a un lado de la cara? [*Pausa.*] Las porquerías como ésta son feas, lo sé. Pero ésta simboliza mi renacimiento. Nunca me sentí tan humilde en la vida como cuando me desperté en llamas esa noche.

DJ DAN: ¿*Honestamente*, piensa que necesito una pistola en la cara para sentir miedo? [*Se escucha una mano golpear fuerte-*

11

mente la mesa.] Miedo es encontrar a tu esposa aplastada por el techo de la sala de tu casa. Miedo es ver cómo un camión atropella a tu hija de seis años... justo afuera de los Estudios Sony. Todos estamos asustados, cabrón. Todo el día.

HOMBRE: Cuidado, caballero. [*Pausa.*] Esto es lo que usted todavía no ha captado. No es que yo le esté apuntando la pistola solamente a usted. Se la estoy apuntando a todos los que nos escuchan también. Como le dije al principio, me mandaron acá para hacerles una advertencia. [*Se escucha cómo alguien toma el micrófono.*] Escuchen... todos ustedes. No importa si estás enfermo o sano, si eres hombre, mujer, adulto o niño... más te vale quedarte donde estés. Nada de andar viajando de zona a zona. Por ningún motivo. Si no, pagarás las consecuencias. ¿Entendido? [*Tose.*] Y también ando buscando a un muchacho.

DJ DAN: ¿Qué consecuencias?

HOMBRE: Aguánteme. [*Crujidos suaves.*] El chico se llama Shy Espinoza: diecisiete años, moreno, de cabello corto café. Medio alto y flaco. Recompensaré a cualquiera que me dé informes de su paradero. Comuníquense aquí con el DJ Dan. Yo me estaré reportando.

DJ DAN: ¿Cuáles son las consecuencias por pasarse de una zona a la otra? ¿Quién se encargará de administrar estas consecuencias?

HOMBRE: Nosotros, hombre. Andamos patrullando las calles, como usted dijo. Ya hay cientos de nosotros subiendo y bajando por la costa. Y a partir de ahora, si pescamos a alguien deambulando por ahí, nos reservaremos el derecho de matarlo de un balazo. Sin preguntar.

DJ DAN: ¿Está oyendo lo que dice? Está hablando de matar a seres humanos inocentes.

HOMBRE: No, señor. Estoy hablando de salvarlos. Si no hacemos algo por contener esta enfermedad a partir de este mismo segundo, terminará por infectar hasta el último de nosotros. ¿Y luego qué? ¿Eh, Sr. DJ Dan? ¿Quién escucharía su programa de radio entonces?

LOS PERSEGUIDOS

Barstow
Los Angeles
San Bernardino
Santa Mónica
Riverside
Venice
Palm Springs
Anaheim
San Diego
Tijuana
Mexicali

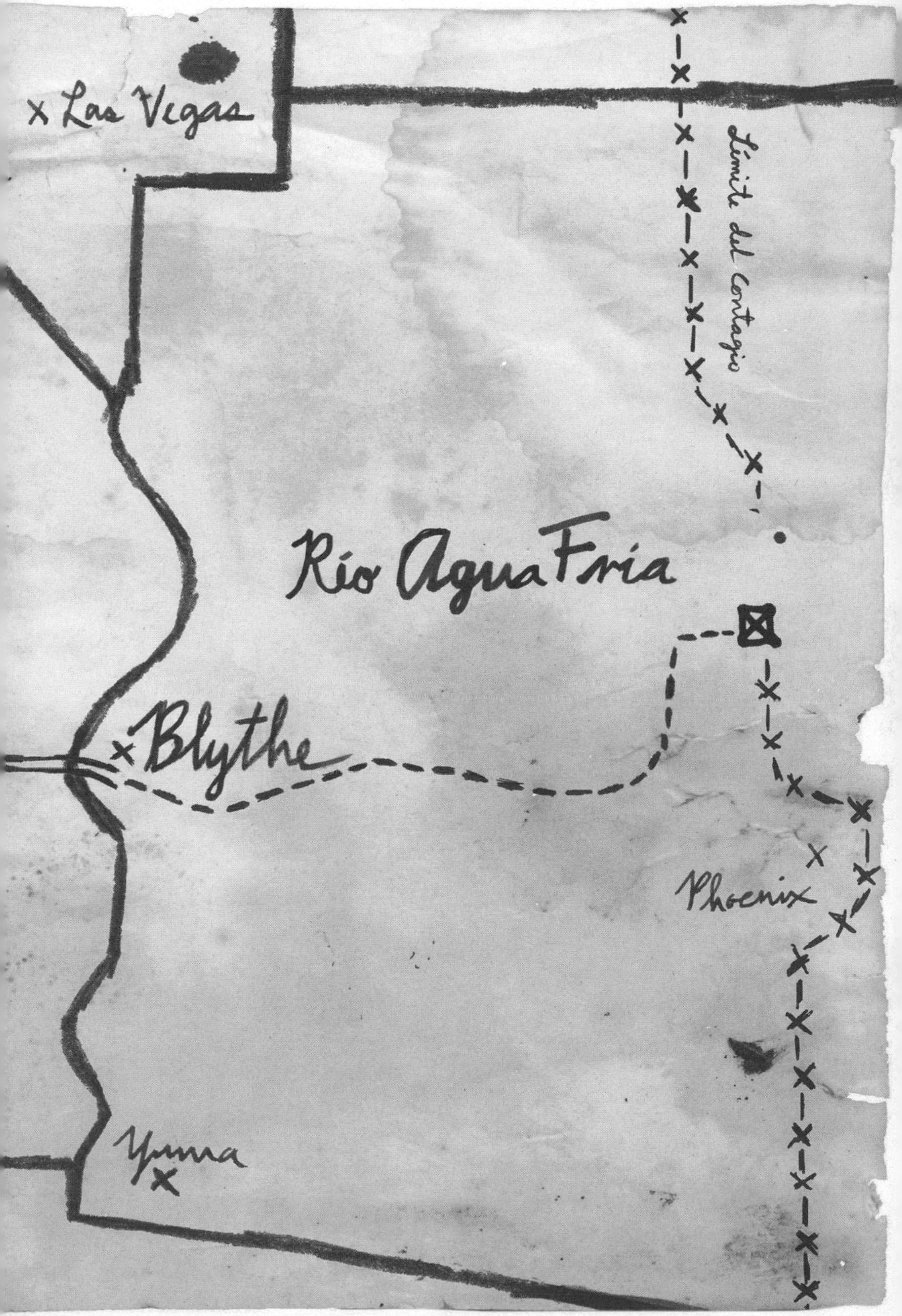
Las Vegas
Límite del contagio
Río Agua Fría
Blythe
Phoenix
Yuma

Día 44

1
EL JUEZ

Los cuatro de pie permanecían en silencio junto a la proa del ruinoso velero que lentamente se abría paso por el Océano Pacífico hacia la derruida costa de California. Shy se quitó la camisa por encima de la cabeza y se quedó mirando pasmado: se hallaban lo suficientemente cerca de la costa para apreciar la devastación que habían provocado los terremotos. Los edificios aplastados. Los autos abandonados sumergidos en estacionamientos y flotando con la marea. Las palmeras quebradas a la mitad y costras de arena en las calles. Todo carbonizado.

Alguien había erigido carpas improvisadas sobre los techos de las pocas estructuras quemadas que se mantenían en pie, pero Shy no vio gente… ni movimiento. Tampoco había señales de que hubiera electricidad. El lugar se había convertido en un pueblo fantasma. No obstante, se le aceleró el corazón. Había pensado que nunca volvería a ver tierra, pero ahí la tenía. De acuerdo con el informe lleno de estática que habían escuchado en el radio de Marcus cuando abandonaron la isla, los terremotos que demolieron la costa occidental de Estados Unidos habían sido los de mayor intensidad que se hubieran registrado en la historia. Habían desaparecido ciudades enteras. Cientos de miles de muertos. Lo peor, sin embargo, fue que los terremotos habían acelerado la propagación del mortal mal de Romero. Lo había contraído casi la cuarta parte de la población de California, Washington y Oregon, así como parte de la población en México.

Shy intentó tragar. Su garganta se sentía seca e irritada. Jugueteó con el anillo de diamante que llevaba en el bolsillo. Pensó en su mamá y en su hermana. En su sobrino, Miguel. Durante todo el mes que había transcurrido en el velero, Shy mantuvo la esperanza de que su familia todavía estuviera viva, pero ahora que de primera mano atestiguaba parte de la destrucción, le pareció tonto esperar algo. Como si aferrarse fuera como vivir en un mundo de fantasía para niños. Se dirigió a Carmen, que temblaba y se había tapado la boca con la mano.

—Oye —le dijo él tocándole el brazo—, está bien… *sobrevivimos.*

Ella asintió sin mirarlo. Él se quedó observando su rostro recordando lo bien que se veía cuando la conoció en el crucero. El sol comenzaba a ponerse, al igual que en este momento. Sus ojos se habían fijado directamente en las hermosas piernas morenas de la chica. Luego en los botones de su blusa a punto de ceder por la presión. Sin embargo, lo que más le había conmovido había sido su cara. Mucho más perfecta que cualquier mentira pasada por Photoshop que se viera en las revistas. Se quedó tan impresionado aquel primer día que apenas pudo hablar. La pobre chica tuvo que preguntarle a Rodney, el compañero de cuarto de Shy, si era sordomudo. Ahora Carmen, demasiado flaca, mostraba, además, los embates del clima.

Una película gruesa y salada cubría todo su cuerpo. Así estaban los tres luego de haber pasado los últimos treinta y seis días en el pequeño velero, cada uno marcado con tinta negra en el interior del casco. Se habían cocinado bajo el inmisericorde sol de verano y turnado el timón las noches insomnes en las que sostuvieron la brújula de Limpiabotas para no salirse de rumbo en medio de la oscuridad. Habían sobrevivido gracias a unas hogazas de pan rancio y los pocos peces que habían logrado pescar. Limpiabotas les había permitido tomar apenas unos tragos de agua por la mañana y otros pocos en la noche. Ahora lo único en que podía pensar Shy era en meterse al jardín de cualquier vecino para beber agua directamente de la manguera. Volteó de nuevo la cabeza hacia la playa.

—Por favor, díganme que es un espejismo.

—Nada de espejismo —respondió Limpiabotas.

—No puedo dejar de tallarme los ojos —dijo Marcus— para estar seguro de que no alucino.

Shy observó cómo la antigua sonrisa de Marcus se pintaba a hurtadillas en su rostro mientras intentaba encender su radio portátil por enésima vez desde que había dejado de funcionar. Todavía nada. Ni siquiera estática.

Allá en el crucero, Marcus bailaba hip-hop. Daba demostraciones de baile dos veces al día, y por la madrugada, en el club, practicaba el estilo libre. Sin embargo, en el velero, Shy se había percatado de que Marcus distaba mucho del superficial papel de chico de barrio que asumía frente a los pasajeros adinerados. Iba a la mitad de sus estudios de ingeniería en la Universidad Estatal de California en Los Ángeles. En su tiempo libre programaba juegos de video. Varias empresas tecnológicas de prestigio ya lo habían abordado para ofrecerle empleo una vez que se graduara. Pero ¿existirían esas empresas todavía? ¿Seguiría en pie la universidad de Marcus?

—Respiren y créanlo —les dijo Limpiabotas—. Ustedes acaban de regresar de entre los muertos —con una carcajada besó su brújula hechiza y la guardó en el maletín de lona junto a sus pies.

A la distancia vieron un helicóptero volando a poca altura sobre la playa. Shy esperaba que fuera una cuadrilla de rescate. El corazón le martilleó en el pecho. Tal vez podrían entregarles la carta y la vacuna que se habían llevado de la isla y con eso bastaría. Sintió tanto alivio a medida que su velero se aproximó a la costa que se le hizo un nudo en la garganta. Llevaba treinta y seis días imaginándose ese momento. Había soñado con él todas las noches y ahora, aquí estaban. Al mismo tiempo se sintió nervioso. A la playa le habían arrancado las entrañas a todo lo largo. Los tripulantes no tenían idea de quién estaba vivo o muerto, ni en qué se estaban metiendo.

—¿Dónde creen que estemos? —preguntó Marcus.

Shy tosió cubriéndose la boca con el puño apretado.

—Tiene que ser Los Ángeles, ¿no?

—Venice Beach —afirmó Carmen. Los tres voltearon a verla. Fueron sus primeras palabras en tres días en los que ni siquiera había hablado con Shy. Ella apuntó a la costa por el lado derecho de la embarcación—. ¿Ven esas paredes grafiteadas? —lanzó una mirada a Shy—. Ahí es donde Brett me propuso matrimonio.

Shy apartó sus ojos de los de Carmen para concentrarse en los muros intactos. La sola mención del prometido desató sobre Shy todo el peso de la realidad como una avalancha. Durante el largo tiempo en el velero, Carmen había sido su salvación. Él había luchado contra el hambre por ella. Contra la deshidratación. Contra las locuras que se le infiltraban en el cerebro: *Más te valdría tirarte al agua ahorita mismo, cabrón.*

Alimenta a los tiburones y acaba con esto de una vez por todas. ¿Por qué no te moriste en el barco como todos los demás?

Pero por más que Shy se hubiera internado en las arenas movedizas de su mente, Carmen siempre estuvo ahí para traerlo de regreso. Y él había hecho lo mismo por ella. Pero ahora que habían logrado regresar a California tendría que encarar la realidad: estaba comprometida. Ella buscaría a su hombre.

—*Fue* Venice Beach —dijo Limpiabotas, mientras dirigía el velero por un claro entre dos postes sin bandera. Echó un vistazo al distante helicóptero—. No sabemos lo que sea ahora.

Shy volvió a examinar el trecho de playa. Su padre lo había llevado a Venice Beach varias veces durante el año que pasaron juntos en Los Ángeles. Pero no pudo reconocer nada.

—En fin —dijo Marcus—, les aseguro que es mejor que flotar a la deriva durante un jodido mes.

—Ni quien lo dude —agregó Shy.

Limpiabotas encogió los hombros como asintiendo. Su salvaje y mugrienta melena gris se levantaba con el viento. Eso sí, su barba trenzada se mantenía intacta.

—El tiempo será el juez —dijo.

2
LA PANDILLA DE CICLISTAS ENMASCARADOS

Ya que se acercaron más a la costa, Limpiabotas saltó por la borda del barco. Salpicó el agua, la cual le llegaba hasta el pecho.

—Hay que mantener abiertos los ojos y las orejas —dijo tomando la cuerda que colgaba de la proa para jalar el barco entre los dos postes.

—¡Ni me lo digas! —respondió sarcástico Marcus—. Sólo basta con echarle *una mirada* al lugar.

Shy observó cómo la marea entraba en lo que quedaba de un muelle y varios edificios derruidos para luego salir arrastrando cascajo. A todo lo largo y ancho de la costa se repetía el espectáculo: casas desmoronadas y tierra chamuscada, sin señas de vida salvo por el helicóptero a la distancia.

—Más que los desastres, nos debe preocupar la manera en que se haya adaptado la gente —advirtió Limpiabotas.

Como si respondiera a lo que acababa de decir Limpiabotas, percibieron un movimiento a un lado del barco. Cuando volteó la cabeza, Shy vio a una pandilla de ciclistas emerger del frente quemado de una tienda. Pedaleaban en dirección al velero. Shy contó a cinco: todos unos niños apenas. Las máscaras para médicos con que cubrían sus narices y bocas les quedaban grandes.

—¡Guau! —dijo Marcus apartándose de la orilla del barco—. ¿Qué se traen *ésos*?

—No pasa nada —le dijo Carmen—. Míralos, son chicos.

Los ciclistas se detuvieron a unos tres metros de la costa y observaron cómo Limpiabotas amarraba el velero a una gruesa estaca de metal que se extendía fuera del agua cerca de lo que parecía haber sido un puesto de salvavidas. Shy miró fijamente a los chicos tratando de medirlos. Vestían jeans deshilachados y sudaderas a pesar del calor que hacía. Llevaban las cabezas rapadas. Uno de ellos hizo una señal con la mano y todos se formaron ordenadamente con sus bicicletas. A Shy lo desconcertó la manera en que se le quedaban viendo al velero. Marcus volvió a acercarse a la borda y les gritó.

—¡Hey! —los chicos no respondieron—. Oigan, ¿estamos en Venice Beach? —volvió a gritar.

Nada. Los chicos ni siquiera hablaron entre sí. El temor de Shy se convirtió en enojo. Se sentía increíblemente debilitado después de pasar más de un mes hacinado en un velero sin apenas algo que comer o beber. ¿Cómo era que estos patanes ni siquiera quisieran contestar algo tan sencillo?

—Espera. Déjame dispararles una antorcha —murmuró Shy—, te apuesto que eso sí los animará.

—Calmado —dijo Limpiabotas apretando el nudo que acababa de hacer. Luego alzó la vista hacia Shy—. Véalo desde el punto de vista de ellos, joven: un barco destartalado como el nuestro que de repente aparece en el mar…

—Pero ¿qué se traerán con las máscaras? —preguntó Marcus.

—¿Y las cabezas rapadas? —agregó Shy.

Carmen se acomodó un gajo de su espesa y enredada cabellera atrás de la oreja izquierda.

—Seguro le tienen miedo a alguna enfermedad, ¿no?

Conque de eso se trataba, captó Shy de pronto. El mal. Recordó haber visto morir a su abuela en el hospital. Recordó también el cuerpo inmóvil de Rodney en la isla. Los ojos rojos. La piel fría descamándose. Los corazones callados, sin latir. Con tanto tiempo en el velero, Shy casi había olvidado la tristeza de todo aquello.

—Hablaré con ellos una vez que lleguemos a la orilla —dijo Limpiabotas mientras le ofrecía su mano a Carmen para ayudarla a salir del barco. El agua le llegó a la cintura—. Pero ni una sola palabra de lo que llevamos en el maletín de lona, ¿entendido?

—Van como cincuenta veces que nos lo repites —se quejó Marcus.

—Pues se los vuelvo a repetir.

Shy apuntó al cielo.

—¿Por qué no se lo entregamos a quien esté en ese helicóptero para emergencias?

Limpiabotas se detuvo mirando fijamente a Shy.

—¿Y quién estaba operando el último que viste?

Shy bajó la vista. Había sido el padre de Addie, el Sr. Miller. Justamente el hombre que había creado el mal de Romero. El hombre que lo había sembrado en los pueblos fronterizos de México en su afán de asustar a los estadunidenses para que le compraran sus medicamentos. Limpiabotas tenía razón. Shy le pasó el maletín de lona por un lado del barco. Limpiabotas les apuntó con el dedo a él y a Marcus.

—Si se entera la persona equivocada de lo que traemos, muy pronto todos lo sabrán y esto se acaba. Shy volvió a mirar a los chicos enmascarados.

Ahí seguían, incólumes, sentados en sus bicicletas. Observando. No tenían manera de saber que él, Carmen, Marcus y Limpiabotas ya estaban vacunados, ni que tenían otras siete inyecciones bien guardadas en el maletín de lona que podrían salvar siete vidas, o las de todos, si lograban poner las jeringas en las manos correctas.

Shy y Marcus saltaron por la borda y los cuatro se abrieron paso en el agua hasta llegar sin problema a tierra firme, donde se desplomaron sobre un parche de concreto arenoso.

Shy se tiró de espaldas con la vista al helicóptero enmarcado por un atardecer perfecto. Se agarró del suelo como queriendo detener al mundo que giraba a su alrededor, pero éste seguía girando. Sintió que las piernas se le hacían como de gelatina. El estómago se le hizo un nudo de náusea, hambre y sed. Había perdido los zapatos desde antes de salir de la isla. Sus pies descalzos estaban ampollados y en carne viva.

No obstante, habían llegado. Se hallaban de regreso en California. En tierra firme.

Dejó que la euforia del alivio lo invadiera mientras cerraba los ojos respirando lentamente el nítido aire de la costa. Cuarenta y cuatro días antes había zarpado a lo que él pensó que sería su último viaje como empleado de Paradise Cruise Lines. Se suponía que permanecería en el mar ocho días. *¡Ocho!* Y que después regresaría a casa con dinero en la bolsa y con dos semanas completas de ocio antes de ingresar a su último año en preparatoria.

Pues definitivamente podría olvidarse de *ese* plan. Volvió a imaginar a su madre, a su hermana y a su sobrino. Daría lo que fuera con tal de saber que estaban a salvo. Esperándolo. Pero ¿qué tal si no era así?

—¡Oigan! —gritó Marcus—. ¿A dónde demonios se van?

Shy se sentó rápidamente. Su cerebro parecía flotar todavía en el agua. Cuando sus ojos se ajustaron al fin, vio a Marcus de pie. Luego se volteó hacia los chicos de las bicicletas. Los vio marcharse.

3

EQUIPO DE CASA VS. ARIZONA

—No pido una fiesta de bienvenida —dijo Marcus—, pero carajo —agitó el brazo como despidiendo a los chicos y se volvió a sentar.

Shy vio que él y los demás se habían sentado sobre un parche largo de cemento arenoso, algo así como una acera o cancha de baloncesto. En el agua, frente a ellos, podía verse un tramo caído de malla ciclónica. Más allá, un Honda Civic hecho pedazos: el agua le entraba y salía por el parabrisas reventado. Detrás de ellos, todos los puestos de vendimia chamuscados. En otra parte, un montón de carritos de compra yacían de costado encadenados y acumulando óxido. Lo único que Shy medio reconocía eran los restos ennegrecidos de Muscle Beach a su izquierda, en donde alguna vez se había detenido con su padre a observar cómo levantaba pesas un grupo de anabolizados. Volteó a ver a Carmen.

—Entonces, ¿cómo se supone que llegaremos a San Diego desde aquí?

Ella encogió los hombros.

—Tienen que quedar algunos autobuses o trenes.

—Estás bromeando, ¿no? —Marcus frunció el ceño.

—¿Qué? —dijo Carmen—. Podría haber un servicio limitado o algo así, como en las autopistas.

—¿Qué no estás viendo dónde estamos? —replicó Marcus—. Aquí no hay nada de *nada*.

¿Quedarían todavía algunos autobuses?, se preguntaba Shy. ¿Habría tiendas de abarrotes y hospitales y gasolineras? En eso se le ocurrió otra pregunta: ¿estaría Addie por ahí en algún lugar? Ella había salido de la isla con su padre en aquel helicóptero, pero ¿a dónde se habrían ido? ¿Y qué haría o diría él si volvían a cruzarse sus caminos?

Limpiabotas sacó el último botellón de agua del maletín de lona. Le quitó la tapa y se lo ofreció a Carmen. Cuando ella terminó de beber, se lo pasó a Shy, que le dio algunos tragos desesperados. Sintió cómo el líquido fresco se le asentaba en el estómago mientras le pasaba el agua a Marcus. Una vez que agotaron el botellón, Limpiabotas le puso la tapa y miró alrededor.

—Mi plan para esta noche es localizar algunas provisiones y ubicarme —dijo—. Mañana a primera hora parto rumbo al este.

—¿Cómo? —preguntó Marcus.

El hombre abrió el candado de su diario con la llave que llevaba alrededor del cuello, le dio vuelta a varias páginas y con los dientes le quitó el tapón a su pluma.

—Confíe en que encontraré una solución —dijo.

Shy observó a Limpiabotas ponerse a escribir. Su viaje de un mes en el velero había consistido en una buena cantidad de nada. El sol se levantaba y se ponía. El océano susurraba. Su barco maltrecho se deslizaba por el agua dejando un rastro sutil que Shy solía mirar por horas. Se habían turnado para pescar y manejar la vela. Hablaban con voces quedas, y con frecuencia ni siquiera eso. Pero había un tema recurrente, ¿qué harían si lograban regresar a California?

Limpiabotas quería poner las jeringas en manos de científicos lo más pronto posible. Según el informe que habían escuchado, en algún punto de Arizona se habían reunido grupos de científicos para intentar recrear una vacuna que ni se imaginaban que ya existía. Shy comprendió la trascendencia de llevar el maletín de lona a Arizona (cientos de miles de vidas estaban en juego), pero primero quería saber de su familia por si lo necesitaban. Carmen y Marcus compartían su situación. Después de algunas conversaciones, Limpiabotas había zanjado el asunto comprometiéndose él mismo a llevar el maletín de lona a Arizona. Nadie dijo que tenemos que quedarnos juntos para siempre, les había dicho mirando directamente a Shy.

Cuando Limpiabotas terminó de escribir, guardó su diario en el maletín de lona y corrió el zíper.

—No nos queda mucho día —dijo poniéndose de pie.

—Quizá deberíamos acompañarlo —dijo Carmen dirigiéndose a Shy y Marcus—. Nada más esta noche.

—Nosotros también necesitamos provisiones —dijo Shy luchando para pararse. No entendía por qué se sentía más mareado en tierra de lo que jamás se había sentido en el agua.

—Nos podemos separar en la mañana —agregó Marcus.

Así hablaban todos, pero Shy sabía la verdad: querían quedarse con Limpiabotas el mayor tiempo posible. Él era la única razón por la que ellos seguían vivos.

Entre más avanzaban al interior de la ciudad, mayor devastación veía Shy. Estudió el golpeado restaurante de mariscos que pasaron en una calle llamada Windward Avenue. El techo se había desplomado en el interior y de las ventanas solamente quedaban largos y afilados trozos de vidrio ennegrecido. El negocio de al lado se había quemado al grado de no reconocerse. Los postes de luz en las calles se inclinaban en ángulos distintos, y a muchos los habían pintado de verde fluorescente con aerosol. Todo olía a plástico quemado, a carbón y agua salada. A media calle se veía un barco pequeño tumbado de lado.

Shy estudió las señales en la calle pintadas de verde fluorescente y se preguntó quién iba a arreglar todo aquello. ¿Cómo lo haría? ¿Qué tal si tenían que arrasar toda la ciudad y volver a construir desde cero? Trató de imaginar su propio barrio, pero lo pensó mejor y se concentró en lo que lo rodeaba. Habían recorrido la mitad de la primera calle, Pacific Avenue, cuando Shy detectó a los chicos de las bicicletas que volvían a aparecerse. Esta vez, sin embargo, les seguía un puñado de adultos. Algunos iban en bicicletas, otros a pie.

Shy se detuvo en seco cuando notó otra cosa: dos de los hombres portaban rifles.

4
COMERCIO JUSTO

El grupo se dispersó alrededor de Shy y su gente, formando un semicírculo burdo de rostros enmascarados. Todos llevaban la cabeza rasurada o sombreros. Se hallaban demasiado lejos como para que Shy pudiera distinguir sus miradas, sobre todo ahora que caía la noche. Uno de los hombres con rifle bajó un poco su máscara médica y gritó:

—Dense vuelta lentamente y regresen por donde vinieron —la voz rasposa pertenecía a un hombre delgado, cuya calvicie era natural. Al menos, eso parecía.

Shy volteó a ver a Limpiabotas, quien ya había dado la vuelta y se alejaba. Carmen y Marcus se quedaron tan boquiabiertos como Shy.

—Váyanse. Ya —dijo el hombre calvo, haciéndoles señas con su rifle para que se alejaran—. Caminen.

Antes de que Shy siquiera entendiera lo que estaba pasando, los cuatro ya regresaban sobre sus pasos. Pasaron el maltrecho restaurante de mariscos y los demás edificios dañados. Shy mantuvo sus ojos sobre el asfalto frente a él. Con los pies descalzos, pisaba alrededor de objetos filosos mientras se esforzaba por pensar. ¿Quiénes eran estas personas?, ¿por qué llevaban rifles? En cuanto llegaron de vuelta al malecón cubierto de arena, el calvo les gritó que se detuvieran.

Marcus le metió el codo a Shy mientras los cuatro se volteaban.

—Carajo, habría perdido si me hubieran obligado a meterme al barco.

—Puede que todavía —dijo Shy observando a dos de los enmascarados apuntar hacia el mar.

El calvo volvió a hablar:

—¿Quiénes son ustedes? ¿De dónde vinieron?

Un tipo vestido con overol y un sombrero de paja también se bajó la máscara.

—Todo el mundo sabe que debemos quedarnos todos quietos en nuestro lugar —dijo—. Suerte para ustedes que fuimos nosotros quienes los encontramos y no la pandilla Suzuki.

—Naufragó nuestro crucero —dijo Carmen sin poderse contener—. Somos los únicos que pudimos regresar.

Los hombres se miraron. Era imposible distinguir sus reacciones detrás de sus máscaras. Uno de los chicos en bicicleta miraba fijamente a Shy. Vestía una sudadera mugrienta y percudida, con la capucha arriba, y unos jeans muy holgados metidos en botas de combate. Cargaba una gran jarra blanca por el asa. Shy fue el primero en apartar la mirada.

—¿Qué está pasando aquí? —preguntó Marcus—. ¿De verdad se están muriendo todos con la enfermedad?

El líder lo ignoró y apuntó hacia el agua.

—¿De quién es el barco?

—*Nuestro* —dijo Shy—. Zarpamos de una isla muy lejos de aquí.

—¿Cuál isla? —preguntó alguien—. ¿Catalina?

—La isla Jones —corrigió Shy.

Otro hombre se bajó la máscara y se dirigió al líder:

—No cuadra, Drew. Nos acaban de decir que iban en un crucero.

—Se ven enfermos —dijo uno de los chicos—. De seguro los corrieron de otro lugar antes de que contagiaran.

—Que se regresen de donde vinieron —dijo otro chico.

—No. Mejor les damos un balazo —dijo el primero.

Shy se les quedó mirando a los muchachos, en estado de *shock*. Un tipo con una gorra de Dodgers de pronto amartilló su rifle y lo elevó.

—¡Oye, tranquilo! —gritó Marcus, tapándose la cara con la mano—. ¡Ve más despacio! ¡Maldición!

Shy se encogió de miedo junto con Carmen y Marcus, pero Limpiabotas se mantuvo quieto y callado, como si nada. El tipo del overol dejó caer su bici, se acercó al hombre con la gorra de Dodgers y bajó el cañón del rifle.

—Tú no eres así, Tom.

—¡Ni siquiera pueden contestar algo tan sencillo! —gritó el hombre.

—¿A quién le importa lo que digan? —explotó otro—. Suelta el arma, Mason. Tú sabes lo que tenemos que hacer.

A Shy se le salía el corazón del pecho. Esta gente realmente discutía si los *mataban* o no. El tipo llamado Mason se aseguró de que el cañón siguiera apuntando al suelo.

—Explíquenos cómo llegaron hasta aquí —dijo—. No dejamos que entren fuereños a nuestra zona.

—¿Cuál *zona*? —dijo Carmen—. Ni siquiera sabemos lo que significa eso.

—Nosotros reclamamos todo este tramo de playa hace semanas.

—Nuestra marca está en todos los postes —dijo otro—. Sin duda lo vieron.

Shy recordó la pintura en aerosol verde fluorescente que había visto en muchas de las señales en la calle. ¿Qué, se habían dividido todo el estado de California en zonas? ¿Así estaría dividida su propia colonia en Otay Mesa? Nuevamente, Carmen fue la primera en hablar. Les explicó a los enmascarados que los cuatro habían estado trabajando en un crucero de lujo que iba a Hawái. Les contó cómo los terremotos habían generado un tsunami monumental que destrozó la embarcación; cómo se habían lanzado al océano oscuro y tormentoso en lanchas salvavidas sin idea de dónde estaban, ni a dónde iban, ni qué se suponía que debían hacer. Shy escuchó a Carmen narrar los detalles de cómo dieron con la isla medio inundada, subieron los escalones de piedra del hotel donde encontraron alimento, agua y refugio, y habían sobrevivido durante varios días.

—Menos de un centenar de nosotros llegamos ahí con vida —Carmen hablaba con tanta rapidez que tuvo que hacer una pausa para respirar—. Nosotros cuatro… sólo queríamos encontrar a nuestras familias, así que arreglamos ese velero destartalado que ven…

—Y ahora aquí están —dijo el líder ojeando a los hombres que lo flanqueaban. No parecía impresionado.

—Nada más queremos llegar a casa —dijo Carmen.

—A casa —alguien se mofó—. Muy buena.

Shy se sintió contento de que Carmen hubiera dejado fuera el resto de la historia. De haberles hablado a los hombres de cómo la farmacéutica, LasoTech, había arrasado a la isla entera para encubrir su conexión con la enfermedad, los habrían seguido interrogando. Y ese interrogatorio los hubiera llevado a las jeringas ocultas en el maletín de lona de Limpia-botas. El tipo con la gorra de Dodgers apuntó su pistola contra Carmen.

—No te creo —dijo—. Creo que vienen de Santa Bárbara. Ya nos enteramos todos de su brote más reciente.

Shy se colocó instintivamente frente a Carmen.

—Todo lo que dijo ella es verdad —se dirigió al líder—. Vamos, hombre. Qué no ves que acabamos de luchar durante treinta y seis días seguidos, con casi nada que comer ni beber, ¿y ahora nos apuntas con un arma?

—¡*Ustedes* son los que nos están apuntando a *nosotros*! —le replicó a gritos el líder a Shy—. ¿Qué no lo entienden? Si una persona mete la enfermedad a nuestra zona, nos morimos todos.

—A nosotros no nos interesa su estúpida zona —dijo Carmen—. Nada más nos interesa encontrar a nuestras fa-milias.

—Pues ya nos irán dejando ese velero —anunció el líder.

—Quédense con él —respondió Shy—. No queremos vol-ver a ver ese pedazo de mierda.

Limpiabotas se adelantó un paso.

—Tendrán que darnos algo a cambio.

El tipo de la gorra Dodgers forzó una sonrisa dirigiéndose al resto de su grupo.

—Ha hablado el anciano.

—Les dejaremos conservar sus vidas a cambio del barco —declaró el líder—. Un trato justo, ¿no?

Shy escuchó las risas sofocadas de los chicos detrás de sus máscaras. El de la gorra Dodgers señaló el maletín de lona que pendía del hombro de Limpiabotas.

—¿Por qué no nos platicas lo que llevas en el maletín?

Shy se heló. Las jeringas. La carta que documentaba cómo LasoTech había creado el mal de Romero, que constituía su única verdadera prueba física.

—Agua y unas cuantas camisas —respondió Limpiabotas—. Algo de papel para escribir.

—Pues, veámoslo —dijo el hombre. Limpiabotas no se movió—. ¡Ándale, abre el zíper!

Los ojos de Shy se abrieron como platos cuando Limpiabotas abrió el cierre del maletín y lo levantó para que lo vieran. Aun cuando estos tipos no tuvieran idea de la importancia de las jeringas, ni de la carta, se las hubieran exigido. A Shy no le cabía la menor duda. ¿Y qué haría entonces Limpiabotas? ¿Explicarlo todo? El hombre con la gorra Dodgers se volvió a echar la máscara sobre el rostro y puso su bicicleta en el suelo. Tomó un garrafón blanco de manos de uno de los chicos y se acercó a Limpiabotas.

—Tírala al suelo, viejo.

Limpiabotas colocó el maletín en el suelo. A señas, el hombre le indicó que se retirara. Shy observó con nervios cómo el hombre revolvía el contenido del maletín con la punta de su rifle, que después usó para sacar un par de camisas. Las roció con el líquido del garrafón blanco. Olía a blanqueador. Hizo lo mismo con el recipiente de agua vacío y la brújula. Hasta vertió blanqueador sobre la gastada cubierta de piel del diario de Limpiabotas. Shy se dio cuenta de que el hombre trataba de desinfectarlo todo. Quiso abrir la portada húmeda del diario, pero tenía candado. Dobló la cubierta y se arrodilló para leer los renglones que quedaban visibles. Shy todavía no tenía idea de lo que Limpiabotas anotaba en su libro. Nadie lo sabía. Marcus le había preguntado una vez en el velero, pero Limpiabotas le había respondido crípticamente: *Es un estudio del ser humano.* Ni siquiera había levantado la vista. *Una manera de registrar nuestro andar en el mundo nuevo.*

El hombre arrojó el maletín al suelo y de una patada lo abrió más. Así lo sostuvo con la punta de su rifle, para rociar todo con blanqueador.

—¿Algún otro maletín del que tengan que informarnos? —preguntó.

—Sólo ése —respondió Limpiabotas.

Shy no entendía por qué el hombre no había sacado las jeringas o la carta. ¿Cómo podía no haberlas visto? El hombre luego se dirigió a Marcus.

—¿Qué me dices del radio?

—No funciona —le dijo Marcus pulsando el encendido y levantando la antena para comprobárselo. El radio no produjo sonido alguno.

—Vacía tus bolsillos —le exigió el hombre.

Pero antes de que Marcus metiera las manos en sus bolsillos, el líder dijo:

—Ya basta, Tom. Tenemos el barco. Ahora sólo hay que sacarlos de aquí —los dos hombres se miraron mutuamente.

—No podemos soltarlos así nada más —dijo alguien más—. ¿Qué tal si regresan?

—No regresarán —dijo el hombre llamado Mason.

—¡Deberíamos dispararles ahora mismo! —gritó alguien—. ¡Tenemos el derecho! —el líder se bajó la máscara de golpe y enfrentó a su grupo.

—¡Escúchense! —replicó enérgico—. ¡Me niego a quedarme callado y ver cómo nos convertimos en la pandilla Suzuki!

Shy suspiró de alivio cuando el hombre con la gorra de Dodgers por fin bajó su rifle y se regresó a su bicicleta moviendo la cabeza molesto.

—Gregory, Chris —dijo el líder señalando a dos de los chicos—, vayan a desinfectar el barco. ¡Ahora!

Cuando los chicos dejaron caer sus bicicletas y se encaminaron al agua con el garrafón de blanqueador, el líder volvió a dirigirse a Shy y su grupo:

—No volverán a poner un pie en nuestra zona —dijo—. ¿Me entendieron? La próxima vez las consecuencias serán mucho más graves.

Shy y los demás asintieron.

—Mason —el líder se dirigía al tipo del overol—, síguelos. Asegúrate de que abandonen completamente nuestra zona y que entiendan dónde están las fronteras —luego se dirigió al hombre con la gorra de Dodgers—: Tom, dale tu rifle a Mason.

Tom se bajó la máscara, revelando su disgusto.

—¡No me friegues, Drew!

—¡Ahora! —le exigió el líder.

El hombre escupió a un lado de su bicicleta antes de lanzarle el rifle a Mason. Shy observó cómo todos volvían a asegurarse las máscaras sobre las caras preparándose para el retiro. Mason mantuvo su distancia de Shy y su grupo, mientras les daba indicaciones:

—Sigan derecho por la calle frente a ustedes. Vayan.

Shy emprendió el camino, pero echó una mirada sobre su hombro para ver el rifle en la mano izquierda de Mason y luego sus ojos sin expresión. ¿Y qué tal si *síguelos* significaba algo mucho peor?

5
EL MAL

Shy siguió a Carmen, Marcus y Limpiabotas. Atravesaban una glorieta llamada Windward Circle. Miró atrás. Con un movimiento del rifle, Mason, el hombre que los seguía, le indicó a Shy que no se detuviera. Éste volvió la vista al frente enfocándose en lo que todavía se alcanzaba a ver bajo la mortecina luz del día. En medio de la glorieta quedaba una góndola de ornato, rota por la mitad y quemada. A un lado, en el concreto, alguien había pintado una X roja y grande. Shy se preguntó si también tendría algo que ver con las zonas de la gente. Una camioneta había chocado contra el cancel del anexo de la oficina postal dejando un reguero de correo por todas partes. En su mayoría se había quemado y perdido irremediablemente, pero Shy se agachó a recoger una postal que lucía extrañamente íntegra. Por el frente se leían las palabras *Venice Beach* plasmadas sobre la imagen perfecta de una ola en el momento en que reventaba. Shy recordó aquel impresionante muro de agua que había chocado contra el crucero y los había arrojado a ese desastre total. Le dio vuelta a la postal y leyó el mensaje sin detenerse: *Abuelo Barry, ¡Por fin llegamos a Los Ángeles! Es increíblemente hermoso. Ojalá pudieras verlo con tus propios ojos. ¡Abrazos a todos! Te quiere, Chloe.*

Shy lanzó la tarjeta, como si fuera un *frisbee*, al mar de correo quemado. La *hermosa Los Ángeles* ahora era una zona de desastre donde la gente te amenazaba con rifles. La chica que había escrito en la postal probablemente habría muerto en los terremotos, o en los incendios que los habían sucedido. Quizá se había infectado con el mal de Romero.

—Sigan adelante por la calle Grand —les gritó Mason.

A la distancia emergió otro helicóptero que voló cerca de la costa. Shy se asomó por varios caminos tranquilos en los que las casas ya no seguían en pie. El aire olía a cenizas y podredumbre. Distinguió un grupo de ratas muertas cerca de un bote de basura volteado al revés. Habría más de veinte, tal vez. Se les veían pequeños agujeros donde alguna vez tuvieron ojos.

—¿También contraen la enfermedad los animales? —se preguntó en voz alta.

Carmen apartó los ojos de las ratas y se cubrió la boca.

—Sigan caminando —les ordenó Mason.

Por doquier veían autos abandonados; algunos a la mitad de la calle con las portezuelas abiertas de par en par o con los parabrisas hechos pedazos. Los frentes de las tiendas estaban tapiados y chamuscados. Había pedazos de vidrio por las aceras a tal grado que Shy tenía que dar cada paso con sumo cuidado. Algunos de los edificios habían quedado reducidos a pilas de escombros ennegrecidos que se vaciaban en las calles. Aun cuando encontraran un auto que funcionara, Shy no pensaba que pudieran conducirlo entre tanta basura. Entre eso y el estrés generalizado por las estúpidas *zonas*, no entendía cómo Carmen y él siquiera podrían *acercarse* a San Diego. Mason les ordenó detenerse cerca de una calle de nombre Riviera. Se les adelantó en la bici y se detuvo al menos a cinco metros de distancia. Puso el pie en el suelo para equilibrarse.

—Manténganse al este de esta calle y estarán bien —les dijo a través de la máscara—. Al norte de Rose y al sur de Washington. No se les olvida, ¿verdad?

Shy asintió con todos los demás. Mason miró brevemente la destrucción en el lado contrario de la calle.

—¿De verdad estuvieron en el barco todo este tiempo?

—Lo juro por Dios —le dijo Marcus.

Shy le señaló su propia cara desgastada por el clima.

—¿Qué no se nota?

Mason se echó atrás el sombrero de paja y bajó su máscara hasta el mentón.

—¿A poco creen que nosotros nos vemos mejor?

Apenas quedaba la luz suficiente para que Shy distinguiera las facciones del hombre. Sus mejillas hundidas acusaban que había perdido mucho peso recientemente. Tenía bolsas bajo los ojos. El cabello lucía recién cortado, pero tenía gruesas barbas grises y negras en la cara y cuello.

—Con cuidado por aquellas tierras —les advirtió Mason—. Nosotros somos humanitarios comparados con otros con los que se pueden topar. Esos tipos de la pandilla Suzuki disparan primero y preguntan después.

—¿Qué es eso de la pandilla Suzuki? —preguntó Carmen.

—Un grupo de motociclistas que se creen vigilantes —el hombre jugueteó con el manubrio de la bicicleta; miraba fijamente el otro lado de la calle Riviera.

Shy siguió la mirada de Mason. En el concreto, entre dos edificios colapsados, se abría un boquete enorme. Medía cerca de dos metros a lo ancho. Se asomaban algunos autos desde las profundidades del vacío. Aún se veía al conductor dentro de uno de los vehículos, pero no iba a marcharse pronto. Shy tuvo que apartar los ojos del cadáver hinchado en estado de descomposición. Mason viró la bicicleta como si ya fuera a dejarlos, pero seguía ahí sin moverse mirando hacia su propia zona.

—Luego con esta enfermedad circulando… es horrible. Los que se infectan apenas sobreviven un par de días, pero cuando se trata de alguien cercano a ti… cuando se trata de tu propio *hijo*… Se te queda marcado en la memoria para siempre.

—Lamentamos su pena —dijo Limpiabotas.

Shy recordó cómo había sufrido su abuela en el hospital: sus ojos inyectados de sangre y ella arrancándose la piel. En ese momento casi nadie sabía del mal de Romero. Los únicos casos registrados se hallaban en México y, del lado estadunidense, en unas cuantas ciudades de la frontera como aquéllas en las que él y Carmen habían vivido. El mal no cundió en el norte, sino hasta después de que Shy comenzara a trabajar en Paradise Cruise Lines.

—¿Qué no está ayudando el gobierno? —preguntó Carmen—, ¿o la Cruz Roja o alguien?

Mason señaló con el dedo al lejano helicóptero.

—Dejan caer comida y agua cerca de las X rojas pintadas en algunas de las intersecciones. Fuera de eso, nos tenemos que defender solos.

Shy no daba crédito. Siempre que había visto algún desastre en los noticiarios, el gobierno llegaba de inmediato. ¿Cómo podía abandonarlos a todos así nada más? Mason se volvió a colocar la máscara en la cara.

—Ya se los dije: del lado este de Pacific. Algunos de mis compañeros que vieron allá atrás, no se tentarán el corazón para dispararles —luego se echó para adelante en la bicicleta y comenzó a pedalear por donde habían venido.

—¡Espere! —le gritó Carmen—. ¿Hay servicio de trenes o autobuses?

Mason le hizo una desganada señal negativa con el rifle y siguió pedaleando. Cuando el hombre dio vuelta en la esquina, desapareció de su vista. Entonces Shy se volteó hacia sus compañeros, pero nadie pronunció palabra en esos momentos. Se sentían demasiado abrumados. Un pensamiento enfermizo se introdujo en la cabeza de Shy: ¿qué tal si el gobierno *esperaba* secretamente a que desapareciera la población entera de California?

—Estamos fritos —dijo Marcus rompiendo el silencio.

—¿Dónde se supone que debemos pasar la noche?—preguntó Carmen poniéndose en cuclillas a media calle—. Ya casi oscurece por completo.

Shy volvió a mirar, al otro lado de la calle, al cadáver en el auto. Luego estudió la zona que acababan de abandonar. Comenzaban a desaparecer los colores que habían estado flotando en el cielo sobre el Océano Pacífico. Carmen tenía razón: en diez o quince minutos estarían deambulando a oscuras. Shy apuntó al maletín que colgaba del hombro de Limpiabotas.

—¿Cómo es que ese tipo no tomó las jeringas?

—No puedes tomar lo que no ves —respondió Limpiabotas.

Marcus bajó su radio.

—Pero esculcó todo el maletín.

Limpiabotas se retiró el maletín del hombro y lo abrió. Shy lo vio sacar las camisas, la brújula, el botellón vacío y su diario. Cuando levantó el maletín vacío salió un fuerte olor a blanqueador que le quemó la nariz y los ojos a Shy. ¡Las jeringas habían desaparecido! También la carta.

—¿A dónde demonios se fueron? —preguntó Marcus.

Limpiabotas les enseñó un área parchada en el interior del maletín.

—Le hice un par de compartimentos adicionales cuando estábamos en el barco.

Shy miró a Limpiabotas con asombrada admiración. Lo mismo hicieron Carmen y Marcus. ¿Cómo le hacía este hombre para ver todo antes de que ocurriera? Desde la isla así había sido; incluso en el barco. Shy se preguntaba si algún día sabría quién era Limpiabotas en realidad. Sabía que el hombre había sido militar, que en el barco lustraba zapatos. Pero tenía que haber algo más, algo más allá de lo que Limpiabotas les comunicaba.

—¿Entonces también sabes coser? —le preguntó Marcus.

Limpiabotas encogió los hombros y dirigió la mirada al cielo.

—Más nos vale comenzar a caminar.

A Shy lo inundó una sensación extraña al seguir al hombre al otro lado de la calle. Cuando llegara la mañana y siguiera cada quien su camino, Shy, Carmen y Marcus estarían todavía más perdidos de lo que estaban ahora… y más vulnerables. Solamente Limpiabotas sabía qué hacer. Shy nunca podría ser así.

6
LA VERDAD

A cada minuto que pasaba todo se volvía más oscuro. Los edificios y árboles caídos dejaron de dibujarse nítidos para convertirse en formas opacas a indefinibles regadas por la calle. Shy ya no veía lo suficientemente bien para evitar pisar las piedras o los pedazos de escombros. Ya le quemaban las plantas de los pies.

No vieron más helicópteros, pero las estrellas comenzaron a revelarse en el cielo, recordándole a Shy aquellas noches frías que acababa de pasar en el velero. Nunca lo olvidaría. Las estrellas. Puntos distantes de luz que seguían al barco a dondequiera que iba. Lo habían seguido a *él*. Se les quedaba viendo por horas, consciente de que ellas habían estado ahí millones de años antes de que él naciera y seguirían allí millones más después de que él hubiera muerto. Le demostraban lo pequeño, lo insignificante que era. Esto de alguna manera volvía menos atemorizante la idea de la muerte.

Siguieron avanzando hacia el este, navegando entre los carros deshechos, pedazos regados de muebles ennegrecidos y líneas eléctricas contra las que les advirtió Limpiabotas. Pasaron frente a destripados edificios de departamentos y casas apenas sosteniéndose en pie. Ocasionalmente, Shy sentía ojos en la espalda, pero nunca veía a nadie cuando volteaba. En una intersección distinguió una pila de cadáveres en la calle que despedía un fortísimo olor a blanqueador y descomposición. Carmen y Marcus de inmediato voltearon la cara, pero Shy los miró fijamente. Había algo que no lograba captar. Un significado o verdad más profunda en todo aquello. Una respuesta...

¿Cuándo se le presentaría?

Al pasar junto a un patio de escuela vacío, Shy se tropezó con algo en la calle. Se agachó para estudiarlo. Un zapato sin par. Levantó el zapato y lo puso frente a su cara para inspeccionarlo más de cerca. La suela no estaba abollada. Lucía resistente, pero no aparecía el otro por ninguna parte. Carmen se volteó a susurrarle:

—Ándale.

—Ya voy —Shy metió el pie en el zapato y ató los cordones.

Echó un vistazo al patio antes de apresurarse tras Carmen, Marcus y Limpiabotas. Distinguió un columpio solitario moviéndose con la brisa sutil, y por alguna razón se imaginó a su sobrino trepándose en él. Lo imaginó pateando lo más alto que podía y saltando a la arena volteando a ver si Shy lo miraba.

—Te vi —murmuró Shy al alcanzar a los demás.

Carmen lo miró de reojo, pero él evitó su mirada. Mucho después de que hubieran dejado atrás el patio con juegos, Shy seguía imaginándose a su sobrino en el columpio.

Cuando dieron vuelta para entrar a una calle amplia llamada Lincoln Boulevard, Shy detectó a un grupo pequeño de mujeres de edad madura trepando por el ventanal roto de lo que fuera una tienda de conveniencia.

—Miren —susurró haciéndoles señas a los demás para que se detuvieran.

Limpiabotas se arrodilló para observar a las mujeres. Hasta en la oscuridad Shy pudo ver que estaban extremadamente delgadas, apenas hálitos de seres humanos, vestidas con sudaderas manchadas y jeans flojos. Llevaban máscaras de hospital sobre nariz y boca.

—Vamos a hablar con ellas —susurró Marcus.

—¿Ahora? —le contestó Carmen.

Limpiabotas puso su mano sobre el brazo de Marcus.

—Más vale dejarlas en paz.

—¿Por qué? —Marcus se volteó hacia el hombre.

—Nosotros tenemos nuestros asuntos, ellas tienen los suyos.

Shy pudo ver que las mujeres llevaban las manos llenas. Estaban sacando cosas de la tienda. Pero coincidía con Limpiabotas: más les valía dejarlas en paz. Había cierto salvajismo en la forma en que se escurrían en silencio. Una de ellas levantó repentinamente la mirada y se dio cuenta de que la observaban. Chasqueó la lengua llamando la atención de las demás, que también alzaron la vista y se paralizaron. La más pequeña tenía medio cuerpo fuera del ventanal.

—¡No estamos enfermos! —gritó Marcus.

Ninguna de las mujeres respondió. Shy escuchó una motocicleta todavía lejana, pero cuando volteó para escucharla mejor, el sonido desapareció. Carmen dio un paso pequeño hacia las mujeres con las manos vacías en alto, queriendo mostrarles que no iba armada. Las mujeres se alejaron inmediatamente de la tienda por la mitad de la calle y se internaron en los escombros de un hotel caído.

—¿Qué demonios? —dijo Carmen dirigiéndose a Limpiabotas—. Ni siquiera hice nada.

Shy y Marcus siguieron a las mujeres con precaución y se asomaron a las ruinas, pero se habían ido o se habían ocultado. Shy no podía ver lo suficiente entre el laberinto de escombros y cascajo como para saberlo.

—Todos piensan que tenemos el mal —dijo Marcus—. Hay que decir la verdad, porque si no nadie va a ayudarnos.

Limpiabotas ya estaba a su lado, linterna en mano.

—¿Cuál verdad? —le preguntó a Marcus.

Éste se volvió y abrió la boca como si fuera a hablar, pero se le fueron las palabras.

—¿Dónde conseguiste eso? —le preguntó Shy a Limpiabotas señalando la linterna.

—Debajo de un tiradero unas cuadras atrás —Shy no recordaba a Limpiabotas cerca de ningún tiradero.

—¿Funciona? —preguntó Carmen.

Limpiabotas hizo brillar la luz en el suelo frente a ellos, y la cortó rápidamente.

—Vámonos —dijo. Y comenzó a caminar.

A lo lejos Shy volvió a escuchar la motocicleta. Tenían que salirse de las calles lo más pronto posible.

—¿Qué demonios se supone que deberíamos estar haciendo? —dijo Carmen—. ¿Seguir dando vueltas sin rumbo?

—Conseguir provisiones —respondió Marcus—. Luego tú, Shy y yo nos iremos a casa.

—Y Limpiabotas, a Arizona —agregó Shy.

—*Eso* ya lo sé —retobó Carmen—. Yo digo *ahora*. En este segundo.

Nadie contestó. Mientras Carmen y Marcus seguían a Limpiabotas, Shy se agachó a recoger una papa medio podrida que había dejado caer una de las mujeres. Le dio vuelta estudiando los cráteres pequeños en la piel gruesa y arrugada del tubérculo. Había pasado poco más de un mes desde los terremotos y la gente ya se robaba papas podridas en medio de la desesperación.

7
FUERZA DE VIEJO

A unas cuantas cuadras al sur se toparon con una tiendita de artículos deportivos. Limpiabotas iluminó la puerta tapiada mientras Shy y Marcus se turnaban para tumbarla a patadas. Por una grieta en los cimientos, debajo de una de las ventanas con barrotes, podían ver que la tienda estaba surtida, pero la madera que aseguraba la puerta era gruesa y firme. Con sus patadas, Shy sólo consiguió que se le atorara el pie. Después de unos minutos de patear furiosamente, Shy y Marcus se sintieron agotados. Hicieron alto y se quedaron agachados, con las manos sobre sus rodillas, mirándose y tragando aire.

—Tiene que haber otra manera de entrar —dijo Shy.

Marcus escupió.

—Oye, me urge alguna maldita proteína.

Shy volvió a enfrentar la puerta tapiada tratando de invocar más fuerza, pero ya traía el tanque vacío. Marcus tenía razón. Necesitaban alimento.

—Síganle —dijo Carmen asomándose por una rendija pequeña en la puerta—. Alcanzo a ver bolsas para dormir... y chamarras.

—Alto —dijo Marcus señalando los pies de Shy—. ¿Así que presumiendo zapato? —le arrebató la linterna a Limpiabotas e iluminó el zapato solitario de Shy.

—Peor es nada —le contestó Shy.

Carmen soltó una carcajada y le pateó suavemente el zapato.

—Pobre Shy, siempre tarde y sin dinero —le dio una palmadita en el hombro—. Casi adorable.

Shy bajó los ojos a su zapato y luego miró a Carmen. Aquí estaban en una ciudad en ruinas sin nada que comer ni beber, sin techo, rodeados de cadáveres y ¿qué hacía él? Tratar de interpretar la manera en que Carmen había pronunciado la palabra *adorable*. ¿Lo habría dicho en serio? ¿Como dos personas que podrían terminar juntas como pareja? ¿O lo había querido decir como tipo hermana a hermano? Marcus le lanzó la linterna de vuelta a Limpiabotas y les dijo:

—¿Por qué no se casan de una vez? En serio, yo podría oficiar la ceremonia aquí mismo, en esta calle jodida. Limpiabotas la hará de padrino.

—¡Qué infantil! —retobó Carmen dándole un puñetazo a Marcus en el estómago.

—Ya cambia de chiste —le dijo Shy.

Marcus había recurrido a la broma del matrimonio muchísimas veces durante el viaje en barco a California. Ya estaba gastada. Pero ¿qué tenía de malo que cada vez que la hacía Shy secretamente observara la reacción de Carmen?

—¿Por qué no haces algo útil? —le dijo Carmen a Marcus—. Sigue pateando la puerta. Shy lo hace bastante mejor y eso que sólo tiene un zapato.

—Pues yo no te veo a *ti* pateando mierda —le espetó Marcus—. Todo ese blablablá de liberación femenina va y viene en doble sentido, nena.

Mientras Carmen y Marcus seguían peleando, Shy notó que Limpiabotas se acercaba a la puerta tapiada tensando los hombros. El hombre inspiró profundamente y luego reventó la madera de una sola patada. Los ojos de Shy se clavaron en tablas hechas astillas. No podía creerlo.

—¿Qué diablos? —dijo Marcus.

Él y Carmen también estaban perplejos. Limpiabotas iluminó el interior de la tienda a través del boquete.

—Ya basta —dijo por encima de su hombro.

En cuanto desapareció en el interior de la tienda, Shy y Marcus se voltearon a ver.

—¡Hijo de puta! —dijo Marcus.

—La fuerza de viejo —le respondió Shy—. Así era mi padre.

Carmen se acercó a la puerta desgarrada.

—Yo no digo nada… y eso que ese tipo les lleva más de cincuenta años a los dos.

Al poner un pie en la tienda, Shy supo que le habían pegado al premio mayor. La linterna de Limpiabotas colgaba de un rociador en el techo iluminando la habitación. Algunos de los anaqueles más altos se habían colapsado por el terremoto y había equipo regado en el piso, que absorbía los charcos de agua. No obstante quedaba una tonelada de provisiones que ellos podrían aprovechar.

Shy se fue primero por unos zapatos. Encontró calzado para excursión de su talla y unos calcetines. Sintió que caminaba entre nubes. Arrojó a un lado su zapato solitario y con pies de plomo se acercó a una canastilla con rompevientos que esculcaban Carmen y Marcus. Limpiabotas les lanzó a cada uno una mochila de campismo y les indicó que las llenaran con ropa, barras de nutrición y las herramientas que encontraran.

—Vean este juguetito —les dijo Marcus, levantando un pequeño radio satelital—. Regreso a lo mío.

—¿Tiene batería? —le preguntó Carmen.

Marcus comenzó a escudriñar los anaqueles que tenía cerca.

—Tiene que haber en alguna parte.

—Pues sin baterías —lo retó Carmen—, no tienes nada de qué presumir.

Cuando Shy terminó de llenar su mochila con calcetines, playeras, unos jeans, una cuerda, un gorro tejido y su propia linterna, se recargó contra el muro posterior de la tienda y abrió desesperadamente la envoltura de una de las barras de proteína que se había encontrado. Retacó la mitad en la boca y por poco se la traga entera. Carmen y Marcus siguieron su ejemplo. Hasta Limpiabotas dejó de recorrer los anaqueles el tiempo suficiente para comerse una barra. Durante varios minutos que se hicieron largos, un silencio fantasmal envolvió el local sólo interrumpido por el sonido de masticación. De pronto se escuchó a un hombre aclarar la garganta.

—Tengo una pistola semiautomática apuntada contra la chica —clamó una voz detrás de la puerta de la trastienda—. Voy a contar hasta tres para que salgan de aquí antes de que comience a disparar.

Shy apuntó la linterna a la puerta. Estaba entreabierta, pero no pudo distinguir nada. Limpiabotas y Marcus recorrieron techo y piso con los haces de sus linternas mientras Shy iluminaba la puerta derruida por la que habían entrado. Nadie. Lo único que sí notó fue el cobertor de lana que cubría a medias una abertura en la parte baja del muro posterior.

Parecía una segunda entrada oculta, que desembocaba en el callejón de atrás. ¡Así era como ellos mantenían el control del lugar!

—¡Uno!— gritó la voz.

Shy escuchó el llanto de un niño pequeño. Al parecer una familia vivía allí.

—¡Dos!— dijo la voz.

—Vengan —dijo Limpiabotas con ademán de que lo siguieran.

Corriendo, los cuatro salieron de la tienda de artículos deportivos por donde habían entrado. Llevaban sus mochilas nuevas y apuntaban sus linternas a la acera llena de obstáculos moviéndose con rapidez. Shy corría un poco adelante de los demás esperando escuchar disparos que nunca se produjeron. Al dar vuelta en la esquina, nuevamente rumbo al este, se preguntó si aquel hombre en realidad tendría una pistola o si solamente los había atemorizado. No era posible que todos tuvieran un arma. Finalmente pensó que eso no importaba. Ya tenían lo necesario.

8
LO QUE PODRÍA SER DE NOSOTROS

Shy se detuvo frente a la gran casa rodante que encontraron. Iluminó el círculo rojo que alguien había pintado y dejado escurrir en la puerta. En algún momento alguien había violado la cerradura. Obviamente, el símbolo algo significaba y Shy le dio la razón a Limpiabotas en cuanto a que era diferente a las señales verdes fluorescentes pintadas en las calles. De algún modo alguien había empujado la casa rodante contra la pared de un edificio del Departamento de Tránsito. La casa rodante tenía algunas ventanas rotas y la carrocería torcida mantenía un ángulo raro que elevaba ligeramente los perforados neumáticos de atrás por encima del pasto quemado.

—Hay que quedarnos aquí —dijo Marcus.

—No creo que encontremos nada mejor en la oscuridad —respondió Shy ajustando su mochila nueva.

—¿Qué tal si ya hay alguien adentro? —preguntó Carmen.

—No con una puerta así —indicó Limpiabotas echándole luz.

—¿Así cómo? —preguntó Marcus.

—No está cerrada por completo —le aclaró Shy.

—¡Ah!

—Pero alguien podría regresar —advirtió Carmen—. Tal vez eso significan los círculos rojos.

—Si alguien estuviera viviendo ahí —dijo Limpiabotas—, habrían encontrado la manera de sellar la puerta. El círculo debe ser un símbolo para el mal de Romero.

—Que nosotros no podemos contraer —dijo Marcus codeando a Carmen—. ¿Te acuerdas?

Carmen le mostró el dedo medio. Shy se puso de puntillas para mirar a través de una ventana astillada como telaraña. Las cortinas le taparon la vista al interior, pero en el reflejo fragmentado alcanzo a distinguir dos siluetas merodeando a ambos lados de la calle. Giró rápidamente sobre sí mismo y los iluminó directamente con la linterna: eran dos chicos como de su edad. Llevaban máscaras hechas de lo que parecían bolsas de supermercado recortadas. Gorras para ducha sobre las cabezas. Se escabulleron por una calle lateral.

—Vieron a esos fulanos, ¿verdad? —preguntó Shy.

—¡Clarito! —dijo Marcus.

—¿Limpiabotas? —preguntó Shy.

Limpiabotas asintió sin quitar la vista de la calle por la que se habían ido los chicos.

—Me está dando mala vibra este lugar —dijo Carmen.

Marcus forzó una carcajada.

—Como hemos recibido pura *buena* vibra desde que regresamos a *Cali*, ¿verdad?

Por unos segundos Shy se quedó viendo si regresaban los chicos antes de volver a echar luz sobre el golpeado edificio del Departamento de Tránsito con su techo desplomado y la pared más próxima hecha un montón de carbón. Nadie se estaba quedando ahí; cuando menos, nadie vivo.

—¿Ni siquiera vas a tocar? —dijo Carmen.

Shy se volteó y vio a Limpiabotas con la mano en el picaporte de la casa rodante abriendo la puerta lentamente. Luego el hombre metió la cabeza y preguntó:

—¿Hay alguien aquí? —al no obtener respuesta, desapareció adentro.

Shy echó un vistazo al otro lado de la calle. Ninguna señal de los chicos. Miró a Carmen y Marcus alzando los hombros nerviosamente para luego seguir a Limpiabotas al interior de la casa rodante. El lugar olía horrible, como cuando se te muere una rata en algún lugar inaccesible de tu departamento. Shy se tuvo que cubrir la boca con la camisa mientras pasaba la luz por el resto de la cabina. Ni un alma. Pelo de mascota cubría toda la alfombra gris. Frente al fregadero de la cocina había algunas astillas de cerámica regadas sobre el linóleo, dos fotos enmarcadas en el piso y una pila de cajas de pizza en una esquina. Era la primera vez que Shy pisaba una casa rodante. Le sorprendió su amplitud. Un sofá largo iba de un lado al otro de la ancha cabina junto a un catre. Del otro lado vio una mesa y bancos anclados al piso; una televisión de pantalla plana montada en la pared y cortinas de encaje en cada ventana. El fregadero estaba lleno de pasta con moho y utensilios con costras: seguramente producían ese olor agridulzón, pensó. En eso entró Marcus seguido por Carmen, quien murmuraba a través de su mano sobre la nariz y boca.

—¡Genial! Me encanta la decoración de este lugar. Muy acogedora.

—Estará bien si logramos airearlo —dijo Marcus. Enterró su cara en su hombro para abrir el clóset junto a la puerta.

Shy vio algunas chamarras de distintas tallas. Quien hubiera vivido ahí tenía niños.

—En serio —dijo Carmen con la boca todavía cubierta—, voy a vomitar con este olor.

Shy observó a Limpiabotas internarse en la casa rodante rumbo al baño, donde metió la cabeza y torso por la puerta;

se quedó así varios segundos antes de echarse para atrás y meterse algo al bolsillo del pantalón. Cerró la puerta con cuidado y se reincorporó al grupo.

—Tenemos que seguirnos moviendo.

—¿Cómo? ¿En serio? —dijo Marcus—. ¿Por qué?

—Carmen tiene razón acerca del olor —contestó Limpiabotas.

Shy iluminó el pecho de Limpiabotas para estudiar la expresión en sus ojos.

—Dinos la verdad —le dijo al hombre—. ¿Qué encontraste ahí adentro?

Limpiabotas únicamente movió la cabeza.

—Ándale —azuzó Carmen.

Limpiabotas lanzó una mirada al baño.

—Hay un hombre —admitió—. Ha estado muerto más o menos una semana, tal vez más.

—¿Ya vieron? —les dijo Carmen a Shy y Marcus.

Marcus se estremeció y cubriéndose la boca dijo:

—*Por supuesto*, a eso huele. A un tipo muerto. ¿Qué más podría ser?

—Nos vamos —dijo Carmen acercándose a la salida. Cuando nadie la siguió, se detuvo junto a la puerta y extendió las manos como implorando—. Por favor, no me digan que ustedes estúpidos se quieren quedar aquí de todas maneras.

—¿Cómo murió? —preguntó Marcus—. ¿Fue la enfermedad? ¿O lo asaltó alguien?

—¿A quién le importa cómo murió? —gritó Carmen desde la puerta.

Cuando Limpiabotas no respondió a la pregunta, Marcus se dirigió al baño. Shy también quería ver lo que había ahí y siguió a Marcus.

—Joven —le llamó Limpiabotas.

Shy se detuvo y volteó. El hombre no agregó nada más, pero su mirada era intensa, una mirada que Shy no supo cómo interpretar.

—¡Madre santa! —gritó Marcus desde la puerta del baño.

Shy giró rápidamente y Marcus lo empujó en su carrera por salir del vehículo.

—¿Qué pasó? —gritó Carmen saliendo tras Marcus al exterior.

—La verdad, ni siquiera quiero *saberlo* —dijo Limpiabotas mostrándole a Shy una pistola pequeña. Seguramente eso era lo que el hombre había sacado del baño.

—No es fácil encarar lo que podría ser de nosotros —le dijo a Shy—. No lo olvide.

Volvió a meter la pistola al bolsillo de sus pantalones y también salió de la casa rodante. Shy se quedó ahí parado un momento cubriéndose la nariz y boca con la camisa. Quería seguir a Limpiabotas, salirse a donde pudiera respirar cuando menos, pero algo se lo impedía. Tenía que saberlo. Verlo con sus propios ojos. Lo peor de lo peor. Aunque nunca pudiera borrarlo. Shy aguantó la respiración y con el zapato abrió la puerta del baño. Metió la cabeza. Lo primero que lo asaltó fue el horrible hedor a descomposición humana tan espeso y penetrante que casi podía probarlo en su boca sellada. Los ojos se le llenaron de lágrimas con el conato de vómito. Toda una familia completa y su perro hacinados en el baño diminuto. Todos muertos. Dos niñitas vestidas con pijamas iguales, ninguna de más de tres o cuatro años de edad, yacían una sobre la otra en la pequeñísima tina de baño. A la mamá tumbada sobre el excusado le faltaba la mitad de la nuca; el papá enroscado junto a la puerta tenía una perforación grotesca en la frente. Todos, incluyendo al perro, habían muerto a tiros. Eso resultaba obvio. Shy vio los casquillos y la sangre que cubría las paredes, lavabo y tina. Vio unas moscas revoloteando sobre las niñas, en particular sobre la que había quedado arriba con los ojos abiertos y rojos por el mal. El corazón de Shy le latía fuertemente en el pecho, pero no podía dejar de mirar. Porque éste era el final; lo que él había estado buscando desde su regreso a California.

Un hombre había disparado contra su familia y su perro para aliviar su sufrimiento por el mal de Romero. Y luego se había disparado a sí mismo. Shy se quedó ahí como en un trance mirando a los cuerpos y las moscas, y girando el anillo de diamante en su bolsillo. Se preguntaba qué haría él si enfrentara las mismas circunstancias: su mamá, su hermana y su sobrino enfermos, sin nadie que pudiera ayudarlos. Quería pensar que él tendría la fortaleza de hacer lo mismo. Jalar el gatillo. Acabar con su dolor. Pero sabía que no.

9
DEFENDIENDO A UNA RUBIA

—¿Todavía piensas en ella de vez en cuando? —preguntó Carmen.

—¿En quién? —preguntó Shy.

—No seas tonto, Sancho. Ya sabes de quién hablo.

En efecto, lo sabía. Hablaba de Addie, la chica con la que él quedó varado varios días en el mar a bordo de un barco salvavidas maltrecho.

—Supongo que a veces. ¿Por qué?

Carmen encogió los hombros.

—Pura curiosidad.

Estaban uno frente al otro en el pequeño patio detrás del edificio del Departamento de Tránsito, excavando con las palas que habían hallado en el sótano. Ambos usaban sus gorros y rompevientos nuevos. Marcus y Limpiabotas se hallaban a poca distancia cavando una segunda tumba. El plan consistía en sepultar los cuerpos que acababan de encontrar, y luego pasar la noche en la casa rodante. Limpiabotas creía que los círculos rojos advertían de la presencia de cadáveres infectados, así que allí estarían seguros. Toda la demás gente guardaría su distancia. Incluso Carmen, anteriormente tan en contra de la casa rodante, pensó que sería mejor no andar por las calles sino hasta la mañana siguiente. Shy siguió cavando, mientras lanzaba miradas ocasionales a Carmen. Entre más consideraba su pregunta, más le molestaba porque *sí* pensaba en Addie. Más de lo que quería reconocer. Recordaba lo mal que se caían al principio en el crucero. Venían de mundos totalmente distintos. Llevaban vidas del todo diferentes. Addie, la rubiecita adinerada de Los Ángeles que se creía mejor que todos. Shy, el pobre chico de barrio que había crecido a la sombra de la frontera con México. Sin embargo, algo ocurrió cuando quedaron varados juntos. Su desesperación los había obligado a quitarse las caretas y a mostrarse mutuamente sus corazones frágiles. ¿Con cuántas personas se hace eso a lo largo de una vida? Comenzaron a hablar, a acurrucarse juntos para guardar calor. Ya para la última noche que pasaron en la lancha rota, las cosas habían cambiado tanto que Addie realmente le significaba algo… cuando menos hasta que se enteró de lo que había hecho su padre.

Shy dejó de cavar y levantó su mirada hacia Carmen, aunque en la oscuridad distinguía apenas su silueta que se movía lentamente. La linterna que habían puesto en el suelo sólo iluminaba el hoyo que excavaban y sus pies. Carmen también dejó la pala.

—Mira nomás, Sancho. En este preciso instante estás pensando en tu viejo amorcito.

—Más bien pienso en ese demonio que es su padre. Ya sabes que esa compañía nos va a andar buscando, ¿verdad? —retobó Shy.

Carmen no dijo nada. Sólo se le quedó mirando. Cuando su silencio lo incomodó, Shy saltó al hoyo que cavaban. Ya casi le llegaba a la rodilla de profundo, pero Limpiabotas quería que fueran del doble para que los cuerpos se *quedaran* enterrados.

—Por culpa del papá de Addie estamos cavando estas tumbas —le recordó a Carmen—. Lo sabes, ¿verdad?

—Exactamente —accedió ella—. El *papá* de Addie. No la propia Addie.

—Son de la misma sangre, Carmela —Shy bajó la pala y se frotó las palmas sudadas en el pantalón. Ya sentía ampollas—. Algo de eso le toca a ella también.

—¿Qué tal si ella ignoraba toda esa mierda, como tú y yo? Entonces, ¿qué?

—Pero no lo ignoraba —dijo Shy.

—¿Y *tú* cómo lo sabes?

Shy recordó a la Addie con la que se había identificado en la lancha salvavidas: su cabello rubio y enredado cayéndole sobre la expresión asustada en su rostro. Había parecido genuinamente inocente cuando se sentaban a hacer lluvias de ideas para tratar de descubrir lo que encubría la compañía de su padre. Pero algo cambió cuando regresaron a la isla. Ella ya no lo veía igual. Carmen se erguía fuera de la fosa.

—Si. Eso mismo pensé —Shy podía distinguir vagamente a Carmen alisándose el cabello debajo de su gorro—. Primero que nada —continuó ella—, no sabes nada de mujeres, ¿*okey*? Yo miré a esa *hiena* a los ojos cuando me la llevé para que se aseara. Ella no sabía *nada de nada.* Créemelo. En segunda, no puedo creer que me obligues a defender a una rubiecita.

Shy volvió a excavar. Odiaba que Carmen defendiera a Addie. Cuando una chica tenía cero celos, significaba también que tenía cero interés; era algo que Shy ya sabía más o menos, pero que no *quería* reconocer.

—Si hubieras escuchado nuestra última conversación —le dijo—, verías las cosas de manera distinta.

—¿Qué conversación?

—En la isla —dijo él—. Afuera del restaurante donde me dijo adiós. Ella *sabía* que estaba a punto de treparse en ese helicóptero con su papá. Y ya sabes lo que significa eso, ¿verdad? —Carmen no dijo nada—. Probablemente hasta sabía lo que nos iban a hacer esos supuestos investigadores.

Shy se imaginó a los hombres jalando los gatillos de sus ametralladoras contra todos esos pasajeros inocentes, alineados en la playa esperando a que se les rescatara. Carmen guardó silencio mucho tiempo. Se quedó ahí paralizada en la oscuridad, con pala en la mano mirando al hoyo.

—¿Qué, no tienes nada que decir sobre eso? —le preguntó al fin Shy.

—Si es cierta toda esa mierda —dijo ella encarándolo—, te lo juro, Shy, voy a encontrar a esa bruja.

Shy comenzó de nuevo a excavar sintiendo cómo los ojos de Carmen lo taladraban.

10
EL HOMBRE DE CARMEN

Siguieron excavando en silencio otros diez o quince minutos cuando Shy preguntó:

—¿Y tú qué, Carmen? ¿Piensas mucho en tu novio Brad?

—Brett —lo corrigió Carmen.

—Es lo que dije.

—No. Dijiste Brad —ella dejó de excavar—. Y claro que pienso en él.

Shy hubiera deseado verla a los ojos para medir su tristeza. Las palabras no te dicen nada en comparación con los ojos de alguien.

—Se suponía que nos íbamos a casar en, ¿qué? ¿Cómo dos meses? Ahora ni siquiera sé si está vivo.

Shy empujó la pala dentro de la tierra pensando en la manera en que se le había quebrado la voz a Carmen. Parecía importante. Después de un silencio largo se detuvo y la miró.

—Brett está vivo —se escuchó decir a sí mismo.

Carmen se limpió el rostro con la manga de su chamarra.

—No seas cabrón, Shy.

—Hablo en serio —dijo él.

Ella se quedó callada unos segundos.

—Y *tú* ¿cómo podrías saberlo?

Shy encogió los hombros aunque estaba bastante seguro de que ella no podía verlo en la oscuridad.

—Simplemente tengo la sensación de que él está bien.

Cuando Shy volvió a escarbar, tomó la decisión de que nunca le desearía mal al tipo, a Brad o Brett o como se llamara, porque si tratas de ganarte a una chica en medio de la desgracia de otro, te conviertes en patán. Y Shy podría ser muchas cosas, algunas buenas, otras malas, pero definitivamente no era un patán.

—Gracias —le dijo Carmen después de una pausa larga—. Aun cuando no sea cierto, significa mucho para mí que lo hayas dicho, Shy.

Él se hizo el ocupado y fingió no escucharla.

11

ENTERRAR A LOS MUERTOS

Una hora después, parados en la orilla de la fosa que habían excavado Shy y Carmen, los cuatro miraban en el fondo a los cuerpos en descomposición de las dos niñas que acababan de sacar torpemente de la casa rodante. Ahora los cuerpos yacían lado a lado iluminados por la linterna que Carmen apuntaba hacia la tumba, y mojados por las lágrimas que ella vertía en silencio.

Los ojos de Shy se mantuvieron secos; algo había reventado en su cerebro. No podía dejar de pensar en lo que estaban haciendo: enterrar a dos niñas inocentes baleadas por su padre para que ya no tuvieran que sufrir. Shy sintió náuseas porque él sabía que no solamente eran estas niñas sino miles de niños en todo el estado. Niños como su sobrino Miguel. Todos sufriendo una muerte espantosa por una enfermedad creada en un laboratorio. Una enfermedad creada para hacer que una compañía farmacéutica ganara miles de millones de dólares. Y ¿quién había sido la mente maestra detrás de todo esto? El Sr. Miller, el padre de Addie. Mientras miraba la tumba, Shy se hizo una promesa. Si alguna vez se volvía a encontrar cara a cara con el Sr. Miller, también lo mandaría a su tumba, pero después de hacerlo sufrir. Aunque lo encerraran en la cárcel por ello el resto de su vida. Aunque lo condenaran a morir en la silla eléctrica. Habría valido la pena. Alguien tenía que hacerle pagar por lo que había hecho. Shy hervía de rabia, cuando vio a Limpiabotas meter el brazo en la tumba para tomar la mano de una de las niñas. El hombre tomó la palma helada de la niña entre sus dos guantes negros de piel y la besó. Luego comenzó a tararear. Shy frunció el ceño y se volteó a ver a Carmen y Marcus, tan pasmados como él. Shy no podía reconocer la melodía pero era sencilla y triste. Lo hizo pensar en los himnos de la iglesia a pesar de que en el velero Limpiabotas les había dicho que no era religioso. Cuando Limpiabotas le daba una segunda vuelta a la canción, Shy sintió que se le nublaba la visión. Se secó una lágrima en la mejilla antes de que alguien la viera. Tal vez era la tristeza de la canción. Tal vez ver a las niñas ahí apiladas, o el olor a putrefacción que despedían por oleadas. Quizá fuera el cúmulo de todo esto y todo lo que había atestiguado desde que abordara el crucero hacía tantas semanas. Tenía diecisiete años. Todavía no se había hecho hombre porque era demasiado blando. Porque todavía permitía que todo lo penetrara. Porque no sabía cómo suprimir las imágenes locas que le circulaban en la cabeza. Pronto se encontró tarareando también. Al principio, lo hizo calladamente, mezclando su voz debajo de la de Limpiabotas para que sólo él la escuchara. Y se imaginó al Sr. Miller. Y a Addie. Y la sensación de venganza. Muy pronto tarareaba más fuerte. Carmen volteó a verlo. Él no quiso mirarla a los ojos pensando que podría burlarse de él. Pero ella no se rio. Comenzó a tararear también. Lo mismo que Marcus. Los cuatro en cuclillas en el patio pequeño detrás del edificio arruinado del Departamento de Tránsito tarareaban a la tumba hechiza donde yacían dos niñas muertas.

En lugar de sentirse cursis, el sonido colectivo de sus voces los calmó. Shy sintió que podía volver a respirar bajo toda aquella oscuridad. Al final de la canción. Limpiabotas metió las dos manos a la pila de tierra floja que habían dejado Shy y Carmen. Dejó caer uno o dos puños sobre los pequeños cadáveres. Shy se arrodilló junto a él y también tomó un puño de tierra. Se detuvo unos segundos para mirar a Carmen y luego dejó que se le escapara la tierra por entre los dedos al interior de la tumba.

12
REPORTES DESDE EL NAUFRAGIO

DJ DAN: ...que tenemos visita del otro lado. Pero esta noche tenemos la fortuna de contar con una joven llamada Cassandra, quien nos aclara que éste es tan sólo un pseudónimo. Además nos habla por medio de un dispositivo que le altera la voz. ¿No es así, Cassandra?

CASSANDRA: Nadie debe enterarse de esto jamás. [*Pausa.*] Me puedes llamar Cassie.

DJ DAN: Cassie. Está bien. Como ya lo sabe la mayoría de ustedes, esta estación satélite está encriptada afuera de California. ¿Por qué? Porque si el resto de la población se enterara de las condiciones nefastas en que se encuentra este estado, se produciría una reacción lo suficientemente negativa como para echar por la borda la estrategia actual del gobierno para mantener el territorio aislado. Sin embargo, unas cuantas personas, como Cassie, logran encontrarnos en la Deep Web, una capa no regulada de internet. [*Pausa.*] Cassie, antes de que expreses tu mensaje para tu amigo, quisiera que nos respondieras a un par de preguntas.

CASSANDRA: No puedo quedarme mucho tiempo [*pausa*], pero adelante.

DJ DAN: Excelente, porque ésta es una oportunidad que mis escuchas y yo pocas veces tenemos. [*Pausa.*] Ahora, según tenemos entendido, esta frontera recién construida corre desde Mexicali, México, hasta Madras, Oregón. ¿Es cierto?

CASSANDRA: Es lo que yo he sabido.

DJ DAN: ¿Está protegida por personal militar?

CASSANDRA: Pues en la parte donde yo estoy, sí.

DJ DAN: Y tú nos estás hablando desde un poco al este de esta frontera, desde Avondale, Arizona. ¿Cierto?

CASSANDRA: Exactamente. Me encuentro en Friendship Park, donde viven todos los científicos en estos momentos. [*Pausa.*] Pero en realidad no me quedaré aquí mucho tiempo más. Quiero atravesar la frontera con un grupo que va a abrir un paso en autobús.

DJ DAN: Entonces es cierto. Algunas personas cruzarán la barrera para venir a ayudar. Serán cruces ilegales, por cierto.

CASSANDRA: Mucha gente lo está haciendo. Quieren ayudar.

DJ DAN: A pesar de la enfermedad.

CASSANDRA: Exactamente.

DJ DAN: Bueno, pues ciertamente toda ayuda será bienvenida. Ya sabemos que el gobierno de seguro no lo hará. [*Pausa.*] ¿Sabes tú si los científicos han avanzado para desarrollar una vacuna? ¿Ya pudieron reabastecerse con el medicamento para tratar el mal?

CASSANDRA: Prácticamente no publican nada de eso en las noticias, así que no estoy segura. [*Pausa.*] Pero sí puedo decirte que se ha juntado un montón de dinero para hacer las investigaciones. He oído que algunas personas comunes hasta han donado los ahorros de toda su vida.

DJ DAN: Tenemos entendido que han comenzado a levantarse caseríos improvisados a lo largo de la frontera. ¿Sabes algo al respecto?

CASSANDRA: Hay asentamientos en los dos lados. Aquí los han levantado los científicos, como ya te dije. También los hay de militares y algunos rescatistas. Los helicópteros que llevan ayuda van y vienen todo el día. Del lado de ustedes hay tiendas de campaña a ambos márgenes del río. Imagino que la gente trata de alejarse del mal lo más que puede.

DJ DAN: El río del que habla Cassie es el Agua Fría. Generalmente es apenas un lecho seco, pero con los terremotos volvió a llenarse de agua. ¿Podrías confirmarnos, Cassie, si se destruyeron todos los puentes que atraviesan el río?

CASSANDRA: Estoy bastante segura de que sí. [*Pausa.*] ¿Ahora sí puedo mandarle un mensaje a mi amigo?

DJ DAN: Sí, por supuesto. Sólo quería informar un poco a mis escuchas de lo que está ocurriendo. Como te dije antes, muy rara vez podemos hablar con alguien del lado donde tú estás.

CASSANDRA: Es que… Es que no tengo mucho tiempo.

DJ DAN: Entiendo. Ahora, por favor, tu mensaje.

CASSANDRA: *Okey.* [*Pausa.*] Es que además tengo que explicarlo con un cuento, así que no tendrá mucho sentido para nadie más.

DJ DAN: Haz lo que tengas que hacer.

CASSANDRA: *Okey.* [*Se aclara la garganta.*] Hubo una vez un muchacho y una muchacha. Un día cada quien por su lado se fueron a la playa y comenzaron a nadar en las olas. Por separado. Pero ya en el agua la marea los juntó y comenzaron a hablar. Al principio no se llevaron bien porque eran muy diferentes entre sí. Él era una cosa y ella, todo lo contrario. Sin embargo, entre más hablaron mejor se conocieron. Al rato ya ni notaban el estruendo de las olas a su alrededor, ni la fuerza de la resaca ni cuánto había descendido la temperatura en el agua. No estoy diciendo que encontraron el uno en el otro al amor de su vida, pero sí que algo pasó entre ellos en medio de aquellas olas. Algo importante. La chica sabía que una vez que regresaran a la playa se rompería el encanto; que el muchacho volvería a reunirse con sus amigos y ella con los suyos. Ya sabemos que la sociedad no permite que dos personas de mundos distintos convivan en el mismo mundo. [*Pausa.*] Tal vez, en realidad ése sea el problema principal en este país: que para empezar dos personas puedan vivir tan separadamente. Como sea. Hablaron durante horas y horas, hasta que finalmente un hombre pudo jalarlos hasta la orilla del agua. Digamos que los sacó una clase de rescatista. Y tal y como lo había supuesto la chica, a los dos inmediatamente los arrebataron en direcciones opuestas. Incluso cuando llegaron a hablar después, ya no pudieron hablar como antes. Terminaron tan separados el uno del otro que hablar se volvió imposible. Pero la chica nunca olvidó a aquel muchacho.

DJ DAN: Y ella comenzó a buscar la manera de volver a hacer contacto con él, ¿no?

CASSANDRA: La verdad, no. [*Se aclaró la garganta.*] Ella sabía que eso sería imposible. Pero quería advertirle de un peligro. [*Pausa.*] ¿Has oído hablar de una antigua marca de cera para zapatos llamada Shinola?

DJ DAN: Shinola. Sí, claro.

CASSANDRA: Bueno, pues cuando aquella pareja platicaba en medio de las olas, él le contó a ella una historia sobre esa marca de cera. En ese momento ella le dijo que había sido la historia más triste que hubiera escuchado. Y así fue. Pero una vez que ella se fue de la playa descubrió algo mucho peor. Un grupo de gente que ella conocía quería sacar la marca Shinola del mercado.

DJ DAN: Ya me perdí, Cassie, pero espero que lo haya comprendido tu amigo.

CASSANDRA: Me falta algo más, Dan. Esta gente anti-Shinola... se enteró del velero. Y saben de la carta. Es muy importante que la empresa Shinola tenga dos cosas claras: uno, que yo tengo la página faltante. Y dos, que no todos los helicópteros del gobierno van al otro lado nada más a dejar comida...

Día 45

13
PROTECCIÓN

Shy se despertó recostado en el tapete cubierto con pelo de perro, junto al catre de Carmen. Sólo tomaba consciencia del olor ahumado y de un sutil vaivén en el piso de la casa rodante. Lo primero que pensó fue: otro terremoto, o… una réplica. Se puso de pie y comenzó a buscar. La luz brillante a través de las cortinas le indicaba que ya era de mañana. No se había caído nada de los estantes. La pantalla plana de tele seguía montada en la pared. Pero se estaba filtrando humo a través de la ventila de calefacción en la pared.

Limpiabotas lo pasó corriendo rumbo a la cocina. Carmen seguía hecha ovillo, dormida. Marcus, en el sueño más profundo junto a la pared opuesta, sostenía su radio sin baterías. Cuando Shy oyó algo afuera de la casa rodante rápidamente se volteó hacia la ventana. Escuchó algo como un motor, el motor de una *motocicleta*.

—¡Limpiabotas!— exclamó—. ¿Oíste eso?

Limpiabotas siguió esculcando los gabinetes debajo del fregadero de la cocina, buscando entre recipientes con implementos de limpieza, abriendo y cerrando el refrigerador, el cajón de los cubiertos.

—¿Serán los *motociclistas* de los que nos hablaron? —preguntó Shy consciente del temor en su voz.

Tragó e hizo por acercarse a la ventana de la cocina, pero Limpiabotas lo asió rudamente de la muñeca.

—¡Lejos de las ventanas! —con la pura mirada Limpiabotas le dijo a Shy que estaban hundidos.

Para entonces Carmen ya se había levantado. Sus ojos se movían rápidamente por toda la casa rodante.

—¿Qué pasa? —preguntaba incesantemente—. ¿Qué pasa?

Marcus pegó las palmas de las manos contra el piso de la casa rodante.

—¡Otro terremoto!

—Ningún terremoto —dijo Limpiabotas haciéndole señas a Carmen de que se levantara del catre—. ¡Y no se acerquen a las ventanas! ¿Me oyeron?

Volteó el colchón, pasó los dedos por las costuras, lo volvió a dejar caer en su base y se fue hacia el baño. Shy lo siguió rápidamente recordando a los dos chicos con las gorras de baño cuando ellos acababan de descubrir la casa rodante. Seguramente los habían delatado con alguien. La pandilla Suzuki. Seguro estaban allá afuera.

—¿Qué buscas? —le gritó Shy a Limpiabotas.

El hombre arrancó la cortina de la regadera revelando la tina ensangrentada; el olor, sin cuerpos.

—Tiene que haber otro cartucho en alguna parte —murmuró Limpiabotas para sí mismo—. O alguna otra arma —era partidario de protegerse.

—¿Pero quién? —dijo Shy—. Todavía tienes la pistola, ¿no?

Limpiabotas miró inexpresivamente a Shy. Luego se fue contra el botiquín y lo abrió violentamente. Tiró todos los frascos y tubos al piso. Así se quedó en silencio mirándolos fijamente. Shy sentía el corazón en la garganta. ¿Qué tal si la pandilla Suzuki entraba por ellos? La casa rodante ya se balanceaba con mayor fuerza, como si los de afuera intentaran volcarla. Además, entraba humo por el techo del baño, lo que les dificultaba la respiración. Shy al fin captó lo que buscaba Limpiabotas. Si cabían seis balas en una pistola y había una en cada uno de los cuerpos que se habían encontrado, incluyendo el perro, entonces le quedaba una sola bala, y por eso buscaba municiones. Afuera se escuchó una explosión fuerte; adentro de la casa rodante, el sonido de vidrio rompiéndose. Shy viró hacia la cabina principal. Alguien había volado una de las ventanas de un balazo. Se tiró al piso justo al escuchar un segundo tiro y ahí se abrazó a Carmen y Limpiabotas. Los tres se miraban entre sí con los ojos abiertos de terror. Marcus se materializó en el dintel, sin aliento. Frenético.

—Son cuatro. En motos. Traen máscaras antigas y un lanzafuegos.

—¡Les dije que no se acercaran a las ventanas! —ladró Limpiabotas. Agarró a Marcus del cuello y de un jalón lo tiró al piso—. ¡Más vale que me haga caso, joven!

—¡Nos van a prender fuego! —gritó Carmen agarrando el brazo de Shy, y jalándolo de rodillas hacia el baño—. ¡No podemos quedarnos aquí!

Shy no se dejó arrastrar. Observó a Marcus golpear la pared con el puño, a Limpiabotas levantarse a cerrar la puerta del gabinete y de pronto voltear al excusado. El hombre levantó la cubierta de plástico del tanque y la tiró al piso.

—¡Por fin! —gritó metiendo la mano al tanque.

Limpiabotas sacó una caja de metal chorreando agua y trató de abrirla, pero tenía candado. Otro disparo. Limpiabotas volvió a levantarse y apoyándose en el lavamanos pateó el candadito de metal, pero sólo consiguió abollar la tapa. Alguien comenzó a golpear la puerta. Shy forzó el cuello para mirar la cabina principal llena de humo. Una de las cortinas se había incendiado. Aun cuando hubiera balas en la caja de metal, no veía cómo escaparían. Se volvió para decírselo a Limpiabotas, pero el miedo le impidió siquiera formar las palabras. Limpiabotas le dio otras dos patadas fuertes a la caja. La abolladura se hizo más profunda. A la cuarta patada, se separó el candado de la caja. El hombre se hincó, abrió la tapa y esculcó el contenido.

Shy lo vio tirar al suelo un sujeta billetes y algo de joyería en bolsas herméticas de plástico. Limpiabotas luego se puso de pie con un extraño disco negro en la mano.

—¡Una navaja Blackhawk! —gritó Marcus.

—¿Y de qué nos sirve una navaja? —dijo Shy—. ¡Traen pistolas! ¡Pensé que andabas buscando balas!

Carmen levantó la bolsa con joyería y el sujeta billetes. Luego lo pensó mejor y los arrojó de nuevo al piso.

Limpiabotas activó el botón en la parte superior del disco. Al instante salió una navaja gruesa y curva por el frente.

—Cuando les diga que corran, ¡corren! —gritó volviendo a meter la navaja en su funda y acercándose a la puerta del baño.

Shy se apoyó en las paredes del pasillo. El corazón le golpeaba el pecho. Después, a gatas los cuatro reingresaron a la cabina llena de humo, tosiendo y tratando de respirar. Shy vio las ventanas rotas y las astillas regadas en el tapete. En la pared, las marcas de bala. Al llegar al ropero rápidamente se pusieron los zapatos, las gorras y las chamarras. Pasaron los brazos por las correas de sus mochilas. Shy echó un vistazo al humo cada vez más espeso en el techo y las llamas jugueteando con las cortinas. Limpiabotas cargó el maletín de lona y se acercó a la mirilla. Shy cerró los ojos un segundo elevando una plegaria a Dios o a quien fuera. Éste no podía ser el final. Apenas habían regresado a California. Él todavía tenía que averiguar el paradero de su familia. Coincidía con Marcus. Tendrían que explicar lo que llevaban en el maletín de lona. Tal vez podrían ofrecer las vacunas a cambio de sus vidas. Shy tomó a Carmen del hombro y le dijo:

—Quédate conmigo —ella asintió—. Pase lo que pase.

La mirada de ella tan llena de terror le infundió a él un poco de valor. Si se concentraba en protegerla, no tendría que preocuparse tanto por sí mismo. Así como había sucedido en el barco que se hundía. Shy separó los dedos de Carmen asidos fuertemente a la puerta del clóset y le dijo que mejor se agarrara de su mochila.

—¿Para dónde hay que correr? —preguntó Marcus. Limpiabotas se volvió hacia ellos.

—Siempre al este. Y no miren atrás —luego agarró a Shy por la mandíbula—. Si algo sucede, lleve esto a donde tiene que estar. Ésa es la prioridad. Ninguna otra.

Shy tomó el maletín de lona tratando de asentir mientras Limpiabotas lo mantenía sujeto por la cara. El hombre lo soltó al fin y le entregó además la navaja.

—Me lanza esto cuando le diga.

Shy miró el disco pesado. El corazón quería salírsele del pecho. Se esperaba algo enorme de él. No le cabía la menor duda. ¿Qué tal si fallaba? Echó un vistazo a Carmen, quien respiraba rápidamente, como jadeando. Marcus se apoyó contra la pared, tosiendo sobre el hombro de su chamarra. Shy se volteó hacia Limpiabotas justo cuando él sacaba la pistola y abría la puerta principal de una patada.

14

LA PANDILLA SUZUKI

Limpiabotas saltó sobre la espalda del hombre que tenía más cerca. Ambos cayeron sobre el pasto muerto. El hombre aulló mientras Limpiabotas lo mantenía boca abajo contra el piso; luego dio dos golpes rápidos en la máscara del tipo y oprimió el cañón de su pistola contra su nuca.

—¡Atrás! —le ordenó Limpiabotas al resto de los motociclistas—, ¡o lo mato aquí mismo!

Shy se cobijó en la casa rodante junto a Carmen y Marcus. Sus ojos se movían de un lado al otro. Había cuatro sujetos, tal como lo había dicho Marcus. Dos a pie junto a la casa rodante. Uno de ellos llevaba un lanzallamas; el otro, apostado cerca de los neumáticos traseros, tenía una pistola a sus pies. Un tercer hombre seguía montado en su moto con un rifle en el regazo. Todos, incluyendo al hombre que Limpiabotas tenía sujeto contra el suelo, llevaban pantalones y chamarras de cuero; unas máscaras estilo militar cubrían sus rostros.

—¡Quítenmelo de encima! —gritó el hombre al que sujetaba Limpiabotas. Su voz sonaba ahogada detrás de su máscara.

—¡Jenkins, haz algo! —añadió con voz potente desde el otro lado del patio el hombre con el lanzallamas.

—¡No estamos enfermos! —gritó Marcus.

Shy tenía que explicar lo de la vacuna. Podían renunciar a cuatro jeringas y aún así les quedarían tres. Pero todo ocurría con demasiada rapidez. De pronto el hombre en la motocicleta, Jenkins, dio un acelerón frenando en seco frente a Limpiabotas para intimidarlo. Levantó el cañón de su rifle.

—¡Suéltalo! —gritó Limpiabotas.

Shy asió la navaja y el maletín de lona, presa de un miedo enloquecedor. Sabía que debía hacer algo, pero se sentía paralizado. Cuando el tipo en la moto se fue acercando poco a poco, Limpiabotas le arrancó la máscara a su rehén y le volteó la cabeza para exponer un cuello oscuro y venoso. Oprimió la pistola contra la sien del hombre vencido, quien dejó escapar un gruñido profundo y gutural. Marcus y Carmen, de pie frente a Shy, no podían dejar de mirar con las bocas abiertas respirando rápidamente. Shy divisó al hombre más próximo a la casa rodante que se agachaba lentamente por la pistola en el suelo.

—¡Se les advirtió que no cambiaran de zonas! —gritó el de la moto a través de su máscara.

—¡A todos se les advirtió! —añadió el hombre con el lanzallamas.

—¡Suéltalo! —advirtió Limpiabotas—. ¡O tu amigo se muere!

—¡*Ya está* muerto! —contestó el del rifle.

Horrorizado, Shy vio al tipo amartillar su rifle y dispararle a su propio hombre en el pecho. La cara y ropa de Limpiabotas se salpicaron de sangre al tiempo que éste se refugiaba detrás del cuerpo lánguido para evitar un segundo disparo. Carmen gritó. Shy la agarró y se la llevó a agazaparse junto a Marcus. Los tres apenas respiraban. Limpiabotas levantó la pistola por detrás del cuerpo que sostenía y disparó a su vez contra el hombre de la moto. Era la única bala que tenía. Perforó la máscara del hombre que se pintó de rojo brillante. El arma cayó al suelo mientras el hombre se dobló hacia atrás cayendo de la moto. Limpiabotas apuntó su pistola contra los dos hombres apostados junto a la casa rodante y les ordenó que no se movieran.

Shy se levantó. Ya saltaban flamas del extremo más distante de la casa rodante. La moto del muerto seguía andando, aunque inútilmente tirada en el piso. Shy, Carmen y Marcus saltaron al exterior por el umbral ardiente y se quedaron mirándose uno al otro en silencio. Limpiabotas mantuvo la pistola apuntada contra los dos hombres restantes mientras salía de debajo del cuerpo que le había servido de escudo. En eso Shy vio que uno de los hombres intentaba levantar la pistola que seguía junto a él en el suelo. Shy abrió la navaja y sin pensar se lanzó a la carga tirando un golpe contra el brazo del hombre justo cuando se abalanzaba sobre el arma. Sintió cómo la navaja cortaba la piel de la chamarra y se hundía en la carne. El hombre se retrajo enseguida con la otra mano sobre el brazo herido maldiciendo a Shy.

—¡Dijo que quietos! —gritó Shy, dándole una patada a la pistola. Se agachó para recogerla y se la lanzó a Limpiabotas, todavía en *shock* por sus propias acciones, pero fingiendo confianza. Inhalaba y exhalaba, inhalaba y exhalaba.

Limpiabotas ya tenía dos pistolas en alto, aunque una estaba vacía. Volvió a mirar a Shy, luego la mochila de lona que llevaba. Shy regresó rápidamente con Carmen y Marcus, y se quedó ahí nerviosamente recorriéndolo todo con los ojos: las flamas que salían por un costado de la casa rodante, los cadáveres en el suelo, la sangre que salpicaba la cara de Limpiabotas y el hombre al que acababa de herir todavía acunándose el brazo. Shy abrazó la mochila. Le tocaría a él sacar de ahí la vacuna sin que se dañara.

—Estamos aquí para protegerlos —murmuró uno de los hombres por detrás de su máscara—. ¿Qué no lo *entienden*?

—No todos queremos la clase de protección que dan ustedes —respondió Limpiabotas. El otro hombre se levantó la máscara y gimió.

—¡Mira a Jenkins, hombre! ¡Le disparó a Jenkins en la cara!

—¡Ni siquiera estamos enfermos! —reiteró Marcus.

—No pueden estar seguros —respondió el primer hombre—. El mal ya está dondequiera. Nuestra única esperanza es que todos se queden en sus zonas.

Limpiabotas se dirigió a Shy, Carmen y Marcus:

—Ya váyanse y no se separen.

—¿Y tú? —preguntó Carmen.

—Ya los alcanzaré.

—¿Por qué no vienes con nosotros de una vez? —añadió Marcus.

—¡Ya les dije que se vayan! —gritó Limpiabotas.

Shy se colgó el maletín de lona en el hombro y los tres se apresuraron a huir de la casa rodante. Antes de haberle dado la vuelta al edificio colapsado del Departamento de Tránsito, Shy volteó a ver la escena surrealista una vez más. Dos cuerpos en el suelo, muertos. La casa rodante en llamas. Limpiabotas con una pistola en cada mano, ambas apuntando a los hombres ocultos detrás de sus máscaras antigás. De pronto, él y sus compañeros ya habían dejado aquello atrás y corrían hacia el este. Corrían con todas sus fuerzas por una calle estrecha y accidentada. Corrían hacia un sol naciente.

15

UN LUGAR SEGURO

Shy, Carmen y Marcus atravesaron a toda velocidad el laberinto de destrucción con el que se toparon en la primera intersección grande. Carros abandonados. Un tráiler enorme doblado en ángulo recto en el centro del cruce. Un camión de FedEx volteado sobre su techo con las puertas abiertas y una cara grotescamente hinchada enmarcada en el parabrisas.

Limpiabotas sabía lo que hacía, se dijo Shy a sí mismo mientras rodeaban el tráiler. Él quería que Shy pusiera la mayor distancia que pudiera entre el maletín de lona y esos Suzuki. Por seguridad. Luego los alcanzaría. Todo era parte de su plan. No obstante, Shy tenía una sensación ingrata para cuando ganaron el camino estrecho al otro lado de la intersección. ¿Cómo podían dejar atrás a Limpiabotas? Él les había salvado la vida en la isla. Los había llevado de regreso hasta California en un barco que él mismo había arreglado. No se abandona a la gente así. Pero… ¿y si te lo *ordenan*? Ya, sácalo de tus pensamientos, se dijo a sí mismo, y… corre.

La mañana se sentía tranquila fuera del murmullo sutil de unos cuántos helicópteros en la distancia, el golpe de su calzado contra el pavimento y su respiración frenética. De pronto, Shy escuchó otra cosa. Otra motocicleta. Sin dejar de correr miró hacia atrás. Vio cómo se elevaba el humo espeso sobre la casa rodante. A unas cuantas cuadras, un helicóptero flotaba estático mientras un hombre empujaba hacia afuera un bulto con provisiones atado a una cuerda. Por el puro sonido, le preocupaba que las motos fueran en dirección al edificio del Departamento de Tránsito... y Limpiabotas.

Shy giró sobre sí mismo para decirles a Carmen y Marcus que debían regresar. En ese instante, un hombre vestido de traje y sin máscara les salió al paso. Levantó las manos y les dijo que se detuvieran. Ellos intentaron pasarlo de largo, pero en el último segundo el hombre alcanzó el brazo de Carmen y la detuvo.

—¡Tienen que acompañarme! —gritó—. ¡Puedo ayudarles!

—¡Suéltala ahora mismo! —gritó Shy, acercándose con paso decidido.

Carmen liberó su brazo justo cuando Shy le lanzó un puñetazo al hombre, que le dio a un lado de la cara. El impacto cimbró a Shy. El hombre cayó como tabla. Duro. Shy se paró a su costado con los puños todavía en alto como desafiándolo a moverse. Carmen empujó a Shy y pateó las piernas del hombre.

—Pero ¿qué hacen? —gritó Marcus, apartando a Carmen—. ¡Es un sacerdote!

El hombre alzó la vista con un poco de desconfianza y la mano sobre su cara. Shy se negó a moverse. De ninguna manera iba a permitirle a nadie que tocara a Carmen. No le importaba de *quién* se tratara. Pero también se fijó en lo que llevaba puesto el hombre. Saco negro y alzacuellos. Un aporreado portafolios a un lado de sus pies.

—Por favor —dijo el hombre todavía con la mano sobre el golpe en la cara—. Puedo ayudarles. Esos hombres llevan semanas aterrorizando a todo el que ven en la calle. Eso no está bien.

—¿De verdad es usted sacerdote? —preguntó Shy.

El hombre asintió y se incorporó.

—Soy el pastor de la iglesia de San Agustín —dijo—. O, al menos lo fui. Mi iglesia se quemó después del terremoto.

Marcus ofreció disculpas mientras ayudaba al hombre a ponerse de pie. Shy y Carmen hicieron lo mismo, pero Shy todavía no podía confiar en él. No confiaba en *nadie*. No completamente. Aun cuando el tipo pareciera un clérigo de verdad.

—Los puedo llevar a un lugar seguro —les dijo el pastor.

—¿Dónde? —preguntó Carmen.

—Una clínica psiquiátrica al otro lado del hospital —el hombre levantó su portafolios—. Tengo a varias personas conmigo ahí. Nadie está enfermo, se los juro.

Shy miró al hombre con escepticismo.

—¿Por qué? ¿Usted qué se gana con eso?

—Es sacerdote, tonto —dijo Marcus—. Se *dedica* a ayudar a la gente.

—¿Y Limpiabotas? —preguntó Carmen.

Shy se asomó por la calle. ¿Qué pasaría cuando el otro tipo con motocicleta encontrara muertos a dos de sus hombres? Limpiabotas no podría repelerlos *a todos*. Marcus codeó a Shy para llamar su atención.

—Tenemos que ir con el pastor. Para reagruparnos y demás.

—¿Cómo va a encontrarnos Limpiabotas? —preguntó Carmen—. No lo podemos dejar así nomás.

—¿Pues qué no nos íbamos a separar de todos modos? —preguntó Marcus.

—Pero no antes de que le regresemos *esto* —retobó Shy levantando el maletín—. Si no, nos toca el paquete a nosotros.

—¿Nunca has pensado que tal vez ése siempre fue su plan? —le dijo Marcus a Shy alzando la ceja—, ¿dejarnos a nosotros con el paquete?

Shy negó con la cabeza.

—Limpiabotas no es así.

Marcus echó un ojo al helicóptero que los sobrevolaba, se volteó y escupió sobre el pavimento.

—Toda esa mierda, allá atrás —dijo frotándose los ojos—, me tiene hecho polvo.

Shy vio al pastor sacar tres máscaras de hospital de su portafolios.

—¿Hasta dónde dijo que está ese lugar? —preguntó.

—Aquí al otro lado de la autopista —respondió el pastor, ofreciendo las máscaras. Seguían envueltas en plástico—. Pónganselas. Los protegerán contra la enfermedad.

Carmen y Marcus las rechazaron con un gesto, pero Shy tomó una pensando que le ayudaría a lidiar con el humo cerca de la casa rodante.

—¿Por qué no usa *usted* una? —le preguntó Carmen al pastor.

—Tengo mi fe.

—Vamos con él —repitió Marcus—. Hay que salirnos de la calle un rato. Shy y yo luego podemos ir a buscar a Limpiabotas.

Carmen volteó a ver a Shy. Él encogió los hombros pensando que cuando menos debía quedarse con ellos parte del camino.

—Vamos, pues.

Siguieron al pastor rumbo al este, caminando alrededor de las líneas eléctricas caídas y los carros destruidos. Pasaron grietas en el pavimento tan anchas que tuvieron que saltarlas. Pero Shy no podía deshacerse de esa incómoda sensación visceral. Antes de que llegaran a la esquina, volvió a preguntarle al pastor:

—Entonces, ¿*dónde* dijo que está ese lugar?

—Unas cuadras más hacia el este —respondió el hombre mientras los cuatro seguían caminando a paso acelerado.

—Sí, lo sé —dijo Shy—. ¿Pero qué dirección es?

El pastor señaló hacia adelante.

—¿Ves lo que queda allá de la autopista? Vamos del otro lado, justo enfrente del Centro Médico Brotman.

Shy ahora podía ver que con el terremoto se había colapsado el puente de la autopista, con lo que se había creado una montaña de escombros. Se detuvo en seco y con voz fuerte les dijo a Carmen y Marcus:

—Vayan ustedes. Allá los alcanzo.

Antes de que nadie pudiera rebatirle, Shy giró y se fue corriendo para el otro lado. Alcanzó a escuchar sus gritos detrás de él, especialmente los de Carmen, pero el sonido del viento que le golpeaba los oídos le impidió entender lo que ella le decía.

16
NO APLICAN REGLAS

Shy se encogió al escuchar una fuerte explosión. Se cubrió detrás de una camioneta Suv abandonada, a menos de una cuadra del edificio del Departamento de Tránsito. Permaneció oculto varios segundos. Mientras escuchaba el crepitar del fuego, intentaba pensar. Había sonado como una bomba, y esto lo llevó de vuelta al momento en el que el barco de LasoTech había lanzado una tormenta furiosa de misiles de napalm en la isla Jones. Pero lo que había oído no podía ser una bomba de verdad. Asomó la cabeza para estudiar la columna de humo oscuro que se dibujaba como pluma en el cielo azul. Seguramente había explotado el tanque de gas de la casa rodante. Lo último que había visto en el lugar fue precisamente a Limpiabotas frente al tanque. Shy se aseguró la máscara de hospital sobre nariz y boca, y salió corriendo. Apenas había rodeado la mitad del edificio del Departamento de Tránsito, cuando por poco lo atropellan dos hombres enmascarados que salían a toda velocidad desde el lugar de la explosión, montados en una sola motocicleta. Uno parecía seriamente lesionado. El conductor miró a Shy directamente a través de su máscara sin detenerse. Shy los vio alejarse rápidamente y luego se apresuró a darle la vuelta al edificio rumbo al humo y al calor, donde había dejado a Limpiabotas enfrentando a los dos motociclistas. Los separaban unos cinco metros. Detrás de ellos, la casa rodante, envuelta en llamas. Contra Limpiabotas apuntaban una pistola y un rifle, en tanto él movía su pistola entre uno y otro.

—¡Baja el arma! —exigió uno de ellos—. ¡No tienes salida!

Limpiabotas no respondió. Tenía el cabello y la ropa chamuscados por la explosión. Shy observó que la manga izquierda de su chamarra destellaba con la luz: sangre.

—¡Suéltala! —gritó el otro hombre con acento familiar. Era mexicano.

Shy sabía que éste había aparecido después porque llevaba una máscara verde en lugar de negra. Su chamarra de cuero se veía rasgada en el hombro derecho, como si le hubieran dado un balazo también, pero todavía usaba el brazo para levantar su pistola.

—¡Tírala o eres hombre muerto!

—¿Y a cuál de ustedes me llevo conmigo? —gritó Limpiabotas sobre las llamas rabiosas.

Shy buscó un arma en el suelo. Había otra pistola en el pasto, pero le quedaba demasiado lejos. Lo verían. Además, ¿qué tal si era la que ya no tenía balas? Optó por levantar un pedazo de cemento de la base desmoronada del edificio y se quedó en cuclillas, jadeando a través de su máscara. El sudor por el calor intenso le escurría en los ojos.

—No entiendes, ¿verdad? —gritó el primer motociclista—. ¡Somos los únicos que estamos haciendo algo! ¡A nadie le importa si vivimos o morimos!

Limpiabotas siguió apuntando alternativamente a los hombres en silencio. Shy se maldijo a sí mismo al recordar que seguía cargando el maletín de lona. La vacuna. La hubiera dejado con Carmen y Marcus. Puso el pedazo de cemento en el suelo y con cuerpo tembloroso se desprendió del maletín y de su mochila. Ocultó ambos detrás del matorral chamuscado con el que se escudaba. No había apartado la vista más de un segundo cuando escuchó el estruendo de una serie de disparos. Levantó los ojos a tiempo para ver caer dos cuerpos sobre el pasto muerto.

Uno de ellos, Limpiabotas.

—¡Limpiabotas! —gritó.

El motociclista que permanecía de pie volteó a mirar a Shy con sus ojos pequeños y brillantes, enmarcados por la máscara verde, y luego se dirigió hacia Limpiabotas, alzando el cañón de su rifle. Shy levantó su pedazo de cemento y corrió hacia el hombre. Lanzó la roca hasta con la última gota de fuerza que le quedaba. El cemento giró en el aire varias veces antes de pegarle en la espalda al motociclista en el momento en que disparaba el rifle. La bala se fue contra el suelo mientras él caía sobre sus rodillas. Shy también cayó al tropezar sobre una motocicleta caída. Se incorporó lo más rápido que pudo y levantó los ojos. El motociclista ya se dirigía hacia él con el rifle apuntándole. Shy, frenético, barrió con los ojos el pasto en busca de algo con qué defenderse. Nada. Entonces, sus ojos casi fuera de sus órbitas se detuvieron en el cañón del rifle. Se quedó paralizado por el miedo helado que le recorría las venas. No quería morir. Así no. Primero tenía que regresar con su familia y darle a Carmen el anillo que llevaba en el bolsillo. El hombre amartilló el rifle y le dijo:

—¿A poco crees que las reglas no aplican contigo nada más porque eres un muchacho? —ya estaba parado directamente sobre Shy, con el dedo en el gatillo. Su respiración fuerte se escuchaba detrás de la máscara—. ¿Eh? ¡Contéstame!

Shy sólo pudo negar con la cabeza. Miró brevemente a Limpiabotas, todavía en el suelo, con una mano sobre su muslo derecho. La sangre brillante le corría entre los dedos. Con la otra mano trataba de alcanzar la pistola que acababa de disparar, pero le quedaba demasiado lejos. Ahora sí, nadie iba a salvar a Shy. El motociclista le bajó la máscara con el cañón de su rifle. Shy apretó los ojos y contuvo la respiración esperando el sonido que acabaría con su vida, pero todo lo que escuchó fue el crepitar de las llamas... y el chirrido de los helicópteros a la distancia.

Después de varios lentísimos segundos, abrió los ojos despacio y alzó la vista. Ahí estaba el hombre de pie con los ojos muy abiertos, como si hubiera visto un fantasma. Shy lo vio bajar el rifle hasta que se le resbaló de las manos y cayó al suelo. Al principio pensó que *sí* le había disparado. Tal vez así era la muerte: al principio ni te enteras. Pero luego levantó una mano y la puso contra su pecho. Comprobó que seguía respirando.

El motociclista murmuró algo a través de su máscara, levantó su rifle y disparó varias veces al cielo, diciendo groserías en español. A Shy lo invadió una sensación de alivio. El hombre no podía matar a un muchacho. Le pesaba demasiado la conciencia.

—¡Levántate! —gritó el hombre. Shy obedeció—. ¿Estás enfermo?

—No.

—¿Has estado cerca de algún enfermo? —Shy pensó en Rodney y en todos los demás enfermos en la isla.

—No.

El motociclista miró a sus hombres inmóviles en el suelo, y luego le gritó a Shy:

—Te vas a los Estudios Sony, ¿me oyes? Preguntas por Gregory Martínez.

Shy miró a hurtadillas a Limpiabotas, todavía tirado en el suelo, sosteniendo su muslo... observando.

—Ahí te quedas hasta que se acabe todo esto —le dijo el motociclista—. ¿Entendiste?

Shy asintió, aunque no entendía otra cosa salvo que le habían perdonado la vida, y eso era todo lo que importaba ahora. El hombre levantó el maletín de lona detrás del matorral, lo llevó hacia la única motocicleta que seguía en pie.

—¡Ahí no hay nada! —gritó Shy.

Volvió a mirar a Limpiabotas, y luego se lanzó por el maletín, pero el hombre lo apartó fácilmente de un empujón y abrió el zíper de una de las bolsas que flanqueaban el asiento de su moto. Sin embargo, en lugar de meterlo ahí como temía Shy, el hombre sacó un sobre grueso de manila de la bolsa y lo metió al maletín. Luego cerró ambas bolsas y le lanzó el maletín de regreso a Shy, quien lo abrazó contra su pecho mientras el motociclista verificaba el pulso del hombre al que Limpiabotas le acababa de disparar. Luego volvió a treparse a su moto y arrancó el motor. Aceleró un par de veces y mirando a Limpiabotas dijo:

—Tuviste suerte esta vez.

Limpiabotas sólo se quedó sentado mirándolo. Después de unos segundos incómodos, el motociclista se dirigió a Shy y gritó sobre el gruñido del motor:

—¿Por quién vas a preguntar en los Estudios? —la mente de Shy se quedó en blanco—. Gregory Martínez —le volvió a decir el motociclista—. ¿Ahora sí te vas a acordar? —Shy asintió—. Una vez que entres, quédate allí hasta que todo esto se acabe.

Se palpó alrededor de la rasgadura en su hombro, sin quitarle la mirada de encima a Shy, luego metió marcha a su moto y salió disparado. Shy esperó a que la motocicleta desapareciera de su vista por completo antes de acercarse de prisa a Limpiabotas. Arrastró al hombre lo más lejos que pudo de la casa rodante en llamas y le preguntó:

—¿Estás muy herido?

Limpiabotas negó con la cabeza. La sangre en su brazo no era suya. Shy lo corroboró porque no había huella de bala. Eso sí, la que salía del muslo no había dejado de pulsar a chorros por entre sus dedos.

—Dime qué hacer —le rogó Shy. Su voz sonó como la de un niñito asustado. Pero eso era... y por eso seguía con vida—. ¿Puedes llegar a un hospital?

Limpiabotas agarró a Shy de la cara y lo jaló hacia él de manera que sus ojos quedaron separados por apenas unos centímetros.

—¿Qué le dije que hiciera?

—¿Yo? —la mente de Shy volvió a ponerse en blanco—. Suéltame, Limpiabotas.

—Le dije: agarren el maletín y váyanse —le recordó—. Y no miren para atrás.

—Sí, pero...

—Y aquí está —dijo Limpiabotas apartando la cara de Shy, quien recuperó el maletín de lona y su mochila.

Seguía horrorizado por haber tenido un arma contra su rostro, y ahora también estaba confundido. Acababa de salvarle la vida a Limpiabotas. Eso tenía que contar algo. Pero al parecer, al hombre solamente le interesaba la estúpida vacuna.

—Carajo, no tiene sentido —dijo Shy manteniendo su distancia de Limpiabotas mientras levantaba el maletín—.

¿Por qué estás dispuesto a arriesgar la vida por esto? Ni siquiera te gusta la gente.

—No importa lo que a mí me guste o no me guste —respondió el hombre. Parte de su enojo pareció abandonar su expresión.

—Por una vez en tu vida —le dijo Shy—, ¿podrías darme una respuesta directa? En serio, ¿por qué te importa tanto?

Limpiabotas negó con la cabeza. Sus ojos parecieron perforar los de Shy.

—*No hay* respuestas, joven. Mucho menos, directas —inspiró profundamente y luego dejó salir el aire poco a poco sin apartar los ojos de los de Shy—. Éste es el camino en el que me encuentro. Es todo. Y tengo la intención de seguirlo hasta el final.

17
DETRÁS DE LA CORTINA

Le tomó a Shy varios segundos darse cuenta de que el capó de la minivan que tenía cerca le serviría de palanca para levantar a Limpiabotas. Bajó la vista una vez más al empinado tramo de cascajo de autopista, luego se agachó y colocó su hombro derecho bajo la pierna sana del hombre.

—¿Listo?

Limpiabotas asió una gruesa estaca de metal que asomaba del concreto, en tanto Shy se erguía, levantando al hombre un centímetro a la vez por la escarpada cresta. Se trataba del último obstáculo de una larga y tortuosa escalada. Para entonces, a Shy se le habían agotado las fuerzas. No le quedaba nada. Y de nuevo sentía el peso de Limpiabotas.

—Demonios, aguántame.

Shy se detuvo en una posición incómoda. Miró a la minivan y se preguntó cómo diablos había llegado hasta ahí. Apenas hacía unas semanas él llevaba una vida normal, en una ciudad normal, rodeado de gente normal. Ahora cargaba a cuestas por una autopista derruida a un viejo y misterioso hombre negro. A través del parabrisas vio la cabeza de una mujer, su cabello largo y gris lleno de costras de sangre seca. Él y Limpiabotas se habían topado con al menos una decena de cadáveres así durante el ascenso. Cuerpos retorcidos en los escombros. Cuerpos atrapados en los autos. Cuerpos aplanados entre masas de concreto. Todos despedían el mismo nauseabundo olor a descomposición. No estaba seguro de poder aguantar más. Shy respiró profundamente y volvió a impulsar con las piernas a Limpiabotas hacia el borde de la cresta. Ahora el hombre pudo rodarse sobre el costado a un tramo plano y ancho que llevaban más de una hora tratando de alcanzar. Limpiabotas le tendió su mano a Shy. Tomando impulso de un barandal retorcido, el muchacho se jaló a sí mismo hacia arriba. Logró levantar una pierna sobre la cresta para luego rodarse sobre la espalda y quedarse quieto unos segundos inspirando profundamente, con el maletín de lona a salvo junto a él.

Cerró los ojos y revivió la escena en la casa rodante. Todavía no tenía sentido. ¿Por qué les habían perdonado la vida a él y a Limpiabotas? ¿Fue simplemente porque el hombre de la máscara verde tenía conciencia? ¿Porque se había apiadado de ellos? A Shy no se le ocurría otra cosa.

Se sentó ajustando la máscara de hospital alrededor de su cuello. Los rodeaban decenas de autos vacíos; algunos con las puertas del lado del conductor abiertas de par en par. Shy miró desde arriba a la ciudad caída, hasta donde le daba la vista: la imagen surrealista de edificios colapsados; carros volteados sobre sus techos o aplastados por despojos; grietas enormes donde se había desgarrado la tierra hasta sus entrañas; vecindarios enteros quemados y en cenizas. Bajo el cielo azul brillante, dos aves se persiguieron juguetonamente como ajenas a la destrucción. Shy las observó y entendió que la vida que conocía había desaparecido para siempre: los días apacibles en la escuela, las chicas bonitas en los pasillos que a veces se detenían junto a él para coquetear; todas aquellas interminables sesiones dominicales dedicadas a encestar en la cancha del centro juvenil cristiano de Otay Mesa con sus amigos. Y de regreso en el departamento, su madre en la cocina viendo las cuentas de la casa mientras escuchaba calladamente su noticiario en el radio. Todo aquello había quedado en el pasado. Ya no existía.

—Lo ve, ¿verdad?

Shy dirigió los ojos a Limpiabotas, y se sorprendió de encontrarlo sentado con una leve sonrisa en el rostro. El hombre se había acabado durante el ascenso. Se le había ido toda su *fuerza de viejo* y su ropa chamuscada estaba empapada de sangre y sudor.

—¿Veo qué? —preguntó Shy.

Limpiabotas apuntó el mentón barbado, extrañamente intacto, hacia la vista ante ellos.

—Las ciudades como ésta se construyen para que podamos hacer de cuenta que entendemos la lógica de las cosas. Para que podamos hacer de cuenta que hay orden y autoridad. Pero todo es una ficción.

Shy volvió a mirar hacia la ciudad, confundido. Limpiabotas rara vez ofrecía opiniones, y cuando lo hacía parecían enigmas que a Shy lo hacían sentirse ignorante, como si debiera leer más libros. Limpiabotas se limpió el sudor de la frente con la muñeca y continuó.

—Pero a veces, como ahora, se nos regala un vistazo detrás de la cortina. He aquí su falta de trascendencia, nos dice ella. He aquí su eterna soledad.

Shy asintió pensando que no era el mejor momento para conversar profunda y filosóficamente acerca de desastres naturales. Todavía faltaba la cuesta abajo al otro lado. Y él, Shy, tendría que hacer todo el trabajo.

—Ahora, déjeme preguntarle —dijo Limpiabotas—, ¿qué sucede cuando el suelo que pisamos comienza a moverse? —pasó la mano frente a aquella vista—. ¿Quién abrirá los ojos para verlo? ¿Quién tendrá la humildad suficiente para mirar más allá de su propia carne?

Shy agitó la cabeza. Ya se sentía un tanto perturbado. Limpiabotas hablaba como si estuviera drogado con algo. No despegaba los ojos de los de Shy. Lo miraba con una intensidad que el muchacho nunca había experimentado, como si el hombre buscara algo importante, algo puro. Ahora que lo pensaba Shy, Limpiabotas *siempre* le había prestado atención especial. Pero ¿por qué? Él sólo era un muchacho normal como cualquier otro. Shy hubiera querido decirle a aquel hombre que no malgastara su tiempo, pero no supo cómo expresarlo. ¿Y qué tal si estaba equivocado? ¿Qué tal si Limpiabotas buscaba lo mismo en todas las personas que conocía? Shy optó por apartar la mirada diciéndole:

—Ni siquiera sé si entiendo lo que dices.

—Aquí tal vez no —dijo Limpiabotas tocando un lado de la cabeza de Shy—, pero *aquí* dentro sí entiende —añadió golpeteando un dedo en el pecho—. Hay dos clases de personas en este mundo, joven. Los que pueden sentarse en medio de la soledad de la existencia y los que no. Mucho antes de que la primera ola golpeara contra nuestro barco, yo ya sabía quién era. Lo he observado todo el tiempo, hijo.

Shy agitó la cabeza no queriendo reconocer lo que le decía. ¿A qué se refería Limpiabotas con aquello de sentarse en medio de la soledad? Ni siquiera tenía lógica. ¿Y por qué le había dicho a Shy *hijo*? No, lo único que pasaba era que ambos estaban cansados y hambrientos. Nada más. Estaban asustados. O tal vez ésta era la clase de sinrazones de las que hablaba la gente cuando les disparaban en la pierna.

Muy pronto, sin embargo, a Shy le volvió la imagen de algo: cuando flotaba solo en medio del océano, a los pocos minutos de que se hundiera el crucero. Recordó la sensación de náusea que le entró mientras contemplaba la inmensidad de lo que podía ver. Nada salvo agua y más agua… y cómo ésta le susurraba mientras él estuvo ahí, perdido, sin tener idea de lo que nadaba debajo de él ni cómo sobreviviría. Tal vez a eso se refería Limpiabotas. A la náusea. A lo sobrecogedor que puede parecer el mundo cuando te lanzan a sus entrañas y te das cuenta del escaso poder que tienen en realidad los seres humanos en comparación con él.

—Vámonos —dijo Shy poniéndose de pie y echándose el maletín sobre el hombro. Tendió la mano y ayudó al hombre a levantarse—. Tenemos que encontrar a alguien que pueda ayudarnos con tu pierna.

Limpiabotas negó con la cabeza.

—Sólo consígame con qué y yo puedo arreglarla solo.

Shy bajó la mirada al pantalón lleno de costras de sangre.

—Ya veremos —dijo, a sabiendas de que Limpiabotas necesitaba un médico de verdad.

Antes de emprender la bajada, Shy estudió por última vez la vista de la ciudad en ruinas. Quería verla como Limpiabotas; como algo más de lo que era. Parte de él sinceramente quería ser la persona que Limpiabotas creía ver. Pero, al igual que antes, todo lo que vio en esa última mirada fue una insondable destrucción.

18
REUNIÓN

Les tomó todavía más tiempo bajar por el otro lado de la autopista colapsada, pero mientras Shy medio cargaba a Limpiabotas para atravesar la primera intersección, alcanzó a ver el hospital. El pastor había dicho la verdad. Shy sintió alivio y ansia por volver a encontrarse con Carmen y Marcus. En más de un mes nunca habían estado separados tanto tiempo. Su primera intención fue dirigirse directamente al hospital a buscar un doctor. Limpiabotas empeoraba. Apenas podía levantar la cabeza y ya no contestaba cuando él trataba de hacerlo hablar. En eso, Shy notó la clínica psiquiátrica al otro lado de la calle y recordó que el pastor había dicho que la usaba como refugio seguro. Quizás alguien allí sabría qué hacer. Shy batalló para llevar a Limpiabotas hasta el otro lado de la calle ancha y vacía, y luego para sentarlo contra el lado del edificio.

—Te vas a poner bien —le dijo tratando de recuperar el aire.

Juntó las manos contra las puertas de vidrio y se asomó. La recepción se veía vacía y ambas puertas tenían candado. Golpeó contra el vidrio llamando a Carmen y luego se quedó ahí esperando, con la mano izquierda asiendo con fuerza las correas del maletín de lona. Se hallaban en una calle industrial; el daño allí no se veía tan severo. La clínica psiquiátrica apenas había padecido un par de ventanas rotas en los pisos superiores. El hospital al otro lado de la calle también se veía en buena forma. Solamente se había derrumbado el lado al extremo derecho. Entonces Shy notó todos los círculos rojos pintados en las paredes exteriores del primer piso. Había enfermos en el interior. Shy volvió a golpear contra el vidrio.

—¡Vamos, Carmen! ¡Soy yo!

Unos segundos después, la vio aproximarse a través del vidrio. Se le llenó el corazón. Ella se detuvo para abrir el candado, luego abrió la puerta de par en par y lo abrazó. Él estaba a punto de preguntarle si todo estaba bien, cuando Carmen lo apartó de un empujón y lo abofeteó. Duro. Shy se puso la mano en la mejilla dolorida.

—¿Qué rayos?

—No me vuelvas a dejar así jamás —le dijo ella agitando un dedo—. Mira que no estoy jugando.

—¡Madre santa! —dijo Shy.

—Eso fue *pura mierda,* y lo sabes.

—Está bien —dijo él—, pero tampoco tienes que abofetearme.

—Ése es el asunto, *sí* tengo —dijo Carmen atrayendo a Shy para darle otro abrazo corto y firme antes de volver a apartarlo—. No haces caso de otro modo.

—Tenía que ir a ayudar a Limpiabotas —dijo él.

Ambos lo voltearon a ver justo cuando el hombre comenzó a resbalar de costado contra la pared. Shy reaccionó con rapidez para detener la cabeza de Limpiabotas en el instante antes de que se golpeara contra la acera. Carmen se cubrió la boca.

—¿Qué pasó?

Shy enderezó a Limpiabotas y lo sostuvo.

—Le dieron un balazo.

—¿Balazo? —Carmen se arrodilló frente al hombre tratando de mantenerle la cabeza erguida contra la pared—. Limpiabotas, ¿me oyes? —lo agitó por los hombros y luego le dio una bofetada suave en la mejilla. Nada.

—¿Por qué te la pasas abofeteando a todo el mundo? —preguntó Shy.

—Estoy tratando de mantenerlo despierto, estúpido.

—Lo que digo es que hay mejores formas de lidiar con las cosas.

Los ojos de Limpiabotas se habían puesto en blanco. La mano con la que protegía su herida también cayó de lado. A través de los jeans rasgados y tiesos por la sangre, Shy vio la espantosa herida de bala, la carne alrededor con coágulos de sangre oscura. Se agachó rápidamente para cubrirla, pero por la expresión de Carmen supo que ya la había visto.

19
UN PRONÓSTICO CIENTÍFICO

Luego de ocultar bien el maletín de lona, Shy comenzó a dar pasos en la abarrotada sala de conferencias estudiando la colección aleatoria de extraños que revoloteaban alrededor de Limpiabotas. Algunos venían del otro lado: bienhechores que se habían atravesado para tratar de ayudar a los californianos. Los demás eran personas que el pastor había encontrado deambulando por las calles sin una zona establecida y que él había *rescatado*. El pastor afirmó que ellos tratarían las heridas de Limpiabotas para prevenir una infección antes de sacar la bala de su pierna. Sin embargo, Shy desconfiaba un poco. De las ocho personas alrededor de Limpiabotas, ninguna era médico de verdad. El que más parecía era el hombre grande de la barba, que decía haber sido asistente de veterinario en Colorado.

Shy dejó de dar pasos el tiempo suficiente para mirar por encima del hombro del barbón, quien metía una aguja en una ampolleta pequeña.

—¿Qué es *eso*? —quiso saber Shy—. Pensé que iban a sacar la bala.

Una mujer asiática ya mayor se dirigió a él.

—Primero tiene que adormecerle la pierna.

—Todo lo que estamos usando viene directo de un empaque sellado —el pastor trató de tranquilizar a Shy—. No hay peligro del mal de Romero. Todo está perfectamente esterilizado.

Carmen jaló a Shy del brazo.

—Vámonos. No puedes hacer nada.

Pero Shy no quiso apartarse sino hasta que supiera que Limpiabotas iba a ponerse bien. El hombre se veía sumamente vulnerable estirado sobre aquella mesa de madera para conferencias, con su cabellera salvaje y medio quemada, con los ojos en blanco. Limpiabotas había sido la roca de la que se habían asido desde la isla. ¿Qué tal si no salía adelante? De pronto un pensamiento más egoísta se le ocurrió a Shy. ¿Quién llevaría la vacuna a Arizona?

El pastor sostuvo las piernas de Limpiabotas mientras el falso veterinario introducía la aguja larga en la piel oscura del hombre, apenas arriba de la rodilla.

—Dios —dijo Shy apartando el rostro.

Carmen lo jaló todavía más duro, sacándolo de entre la muchedumbre.

—Te voy a sacar de aquí —le dijo ella.

Shy volteó a ver a Limpiabotas una última vez antes de dejarse sacar de la sala.

En la pequeña cocina de la oficina Shy se atragantó de pretzels y galletas directamente tomadas de enormes bolsas de Costco. Con cada bocado daba tragos largos de agua embotellada. Se sentía culpable por llenarse de comida mientras Limpiabotas yacía en una mesa y un asistente de veterinario le escarbaba la herida, pero no podía detenerse. ¡Se sentía tan bien poder comer y beber todo lo que quisiera!

—Ahora ya saben que el mal se contagia con el agua también —le dijo Carmen—. Pero aquí te va lo más *friki*: según lo que acabamos de oír en el radio de Marcus, los científicos piensan que más adelante hasta podría contagiarse con el aire. Y si eso sucede... *todo mundo* se enfermaría. Hasta la gente fuera de California. Seríamos los únicos que quedaríamos.

Shy imaginó un viento fuerte llevando la enfermedad por la calle donde vivía, hasta su edificio, hasta los pulmones de su mamá.

—Marcus está en la sala de tecnología —dijo Carmen—, por fin consiguió baterías. Todos están sentados alrededor de su radio, escuchando a un DJ —Shy asintió—. Todo se reduce a la vacuna, Shy.

Shy apartó los pretzels.

—De todos modos vamos a regresar a casa, Carmen.

—Lo sé, pero ¿cómo?

Shy movió la cabeza pensando en la vacuna y la carta y Limpiabotas.

—Esa gente —dijo él—, están aquí para ayudar, ¿no? —Carmen asintió—. Pues mira, así lo veo yo. Si Limpiabotas no puede continuar...

Carmen interrumpió:

—No tiene que recaer automáticamente en nosotros, ¿verdad?

—Exactamente —Shy dio un último sorbo al agua y le volvió a colocar la tapa a la botella. No quería reconocer que tal vez Limpiabotas no podría continuar. Pero también había visto su herida de cerca y bueno, no lo estaba atendiendo un doctor de verdad—. Si un grupo entre ellos está de acuerdo en hacerlo, quedaremos libres para encaminarnos a San Diego. No importa cuánto tiempo nos lleve.

Carmen asintió, pero se veía preocupada.

—¿Qué? —preguntó Shy. Ella movió la cabeza.

—Viste la ciudad cuando pasaste por encima de la autopista, ¿cierto?

Shy le volvió a quitar la tapa al agua pero no bebió.

—Se ve muy mal. Lo sé.

—¿Qué tal si así está también en San Diego? —dijo Carmen con ojos vidriosos—. ¿Qué tal si ya desapareció todo?

Shy imaginó una gigantesca montaña de cascajo donde había estado su edificio. Sabía que posiblemente ni tenía caso hacer semejante viaje, porque no quedaría nada. Pero no podía pensar así. De pronto escuchó gritos desde el pasillo. Se bajó de inmediato de la mesa y abrió la puerta para escuchar.

—¡Quíteseme de encima! —gritó un hombre.

Shy volteó rápidamente a ver a Carmen.

—¡Es Limpiabotas! ¡Vamos!

20
SIN REGRESO

Shy se estremeció cuando vio a Limpiabotas mordiendo una tira gruesa de cuero mientras se esculcaba el muslo ensangrentado con un par de pinzas de metal. El hombre rugía de dolor al mover las pinzas en busca de la bala. Se le veían las venas hinchadas del cuello y burbujas de saliva en los labios.

—¿Por qué dejan que *él* lo haga? —gritó Carmen.

El barbón ayudante de veterinario se volteó repentinamente señalando una gasa ensangrentada que se había insertado en las narinas.

—Esto me saqué por tratar de ayudarle.

—Le soltó un golpe a Bill así nomás —dijo otro.

Shy se abrió paso entre toda la gente y se acercó a Limpiabotas.

—¿Qué *haces*, hombre? Están tratando de ayudarte —Limpiabotas no le hizo caso, así que Shy se dirigió al pastor—: Pensé que le habían anestesiado la pierna.

—Sólo teníamos novocaína —dijo el pastor retorciéndose al ver a Limpiabotas escarbar—.Y es una herida de bala.

—¡Oiga! ¡Él necesita un doctor *de verdad*! —Marcus ya estaba en la sala de conferencias con radio en mano. Fue a pararse junto a Carmen.

—Todos están en los Estudios Sony —dijo una mujer rubia—. Pero no dejan entrar a nadie.

—A menos que tenga mucho dinero —alguien más dijo en voz fuerte.

—¿Y el hospital? —preguntó Carmen.

—El último doctor huyó hace *semanas* —respondió el pastor.

Toda la gente hablaba al mismo tiempo. Shy volvió a mirar a Limpiabotas, quien estaba soportando tanto dolor que el sudor le corría por la cara. Al mismo tiempo, Shy también pensaba en los Estudios Sony. Si no le fallaba la memoria, era a donde le había dicho el motociclista que fuera.

—¡Alguien haga algo! —gritó Carmen tapando los rugidos de Limpiabotas.

—Él no nos deja acercarnos —dijo el pastor.

En eso Shy recordó que el motociclista había metido un sobre de manila dentro del maletín de lona. Se fue a donde lo había ocultado, se hincó, abrió el cierre y sacó el sobre. Levantó los ojos y vio que Carmen lo observaba. Shy abrió el sobre y miró el contenido. Los ojos se le abrieron grandes. Fajos gruesos de billetes de veinte dólares. ¿El hombre le había dado *dinero*? ¿Por qué? Limpiabotas gritaba más fuerte. Shy volteó justo cuando el hombre sacaba la bala sangrienta de su muslo con las pinzas delgadas y puntiagudas; la dejó caer en una charola de metal en la mesa que tenía junto. Todos se estremecieron y apartaron la vista, incluyendo Carmen y Marcus. Jadeando, Limpiabotas escupió la correa de cuero y agarró un montón de gasa. La empacó sobre su herida abierta, se bajó de la mesa y comenzó a apartar a la gente.

—Limpiabotas, ¡espera! —gritó Shy volviendo a meter el sobre en el maletín y apresurándose a la puerta. Se interpuso entre Limpiabotas y la salida. El hombre lucía espantoso.

—¿Qué demonios haces? Necesitas descansar.

Limpiabotas negó con la cabeza.

—No. Necesito darme unas puntadas.

Shy se dirigió al grupo:

—¿Podría alguien ayudarle al menos con *eso*? —todos intercambiaron miradas.

—Aquí no tenemos suturas —dijo el pastor—. Y la herida está demasiado profunda para el Dermabond que *sí* tenemos.

—Todo lo que se necesita está enfrente —dijo alguien.

—¿Y por qué no está aquí? —demandó Carmen.

Nadie contestó.

Limpiabotas intentó hacer a Shy a un lado diciendo:

—Ya sé lo que necesito —dijo debilitado por el dolor que había soportado, así que Shy fácilmente le impidió el paso.

Marcus también trataba de jalar a Limpiabotas de regreso.

—Dinos lo que necesitas y *nosotros lo traemos* —se volvió hacia el pastor y preguntó—: ¿Cómo entramos?

—No está cerrado —respondió el pastor—. Pero no les conviene entrar.

—¿Por qué no? —preguntó Shy.

—¡El hospital está vedado! —gritó el hombre de la barba—. ¡Es un caldo de cultivo!

—De seguro se infectarán —dijo alguien.

—No —dijo Marcus—. Esa cosa no nos pega a nosotros.

El hombre barbado dio un paso adelante.

—Está bien. Vayan entonces. Él necesita un kit para suturar, además betadina y gasa. El lugar más probable para encontrarlo es Urgencias.

Alguien le lanzó a Marcus una máscara de hospital.

—Pero tienen que comprender —agregó el barbado— que no podemos permitirles regresar.

Shy encogió los hombros. Marcus lo tomó del brazo.

—Vamos.

Shy le lanzó el maletín de lona a Carmen.

—Asómate ahí adentro cuando nos vayamos —se colocó la máscara—. Golpearemos la puerta cuando regresemos. Así, tú y Limpiabotas nos encuentran afuera.

Carmen bajó el maletín al suelo.

—Voy con ustedes.

—Nosotros lo resolvemos —le dijo Marcus.

—¿Por qué, pendejo? ¿Porque soy mujer? —ella avanzó hacia la puerta, pero Shy la detuvo.

—Necesitamos que alguien se quede con Limpiabotas —insistió.

Carmen frunció el ceño pero ya no discutió.

—Cuida el maletín —Shy le reiteró.

Marcus jaló el brazo de Shy, quien se reajustó la máscara de hospital, y los dos salieron corriendo por el pasillo, atravesaron el área de recepción y de una patada abrieron las puertas de la entrada. Shy de nuevo se encontraba en la calle.

21
CALDO DE CULTIVO

El hedor dentro del hospital, una mezcla violenta de químicos de limpieza y putrefacción, detuvo a Shy en seco. Se cubrió la máscara con la mano e intentó respirar por la boca unos segundos, pero tampoco funcionó: el olor era tan intenso que tenía sabor. Ya imaginaba que se encontraría con cadáveres por los círculos rojos torpemente pintados en el frente del edificio, pero nada como esto. El olor era cientos de veces más intenso que en la casa rodante. ¿Cuánta gente habría muerto allí? ¿Cuánto tiempo habría estado muerta? Además, el lugar se encontraba totalmente a oscuras. Shy no podía ver sus propias manos. Buscó la linterna en su mochila, la encendió y con la delgada luz recorrió lo que parecía una espaciosa área de recepción. Alguien había tapado todas las ventanas con periódico, lo que explicaba la oscuridad. Shy se dirigió a Marcus, que luchaba por no vomitar.

—¿Listo?

Marcus asintió, sacó su linterna y murmuró:

—Hay que terminar de una vez con esta porquería.

Iluminaron las paredes, el piso y el techo mientras avanzaban lentamente al interior del hospital. Pasaron del mostrador de admisiones a un área amplia donde el olor se volvió todavía más pronunciado. A Shy le dio un ataque de tos tan violento que temió echar fuera los pulmones. Sólo consiguió calmarse respirando profunda y regularmente a pesar de la fetidez. Tenían que elegir de entre cuatro pasillos, así que él y Marcus iluminaron todos los señalamientos hasta encontrar el de Urgencias.

Al avanzar, Shy comenzó a notar formas voluminosas y aleatorias a la mitad del piso de mosaico, medio ocultos bajo los escritorios y amontonados a la entrada del pasillo al que se dirigían. Se dio cuenta de que eran cadáveres cubiertos con sábanas. Los muertos. Pasaron por encima de una valla de cuerpos y continuaron por el pasillo hacia Urgencias. Shy no pudo con la curiosidad y se detuvo cerca de uno de los cadáveres. Le retiró la sábana con el pie e iluminó la cara hinchada y putrefacta de una mujer joven. Una enfermera, por el uniforme que llevaba puesto. Los ojos rojo oscuro. Le faltaban trozos de las mejillas. Una cruz de plata inútil pendía de su cuello en descomposición.

En eso, a Shy le pareció oír algo en la recepción. Un golpe fuerte y sordo. Se volteó para escuchar mejor. Como ya no oyó nada, regresó su atención a la enfermera e intentó volver a colocarle la sábana con el pie, pero no pudo. Tuvo que agacharse esforzándose por no vomitar y usar la mano para taparla. Se levantó, se limpió la palma en los jeans y respiró lentamente detrás de la máscara.

—¿Oíste eso? —le preguntó a Marcus. Éste asintió.

—Hay que agarrar lo que necesitamos y largarnos al carajo.

Tuvieron que trepar encima de otra valla de cuerpos cerca de Cardiología. A Shy le daba vueltas la cabeza. Pensaba en aquello que Limpiabotas había dicho de la soledad de la vida. Tal vez tenía razón. Aquí todos los cadáveres estaban envueltos

130

en su propia sábana. Completamente solos. Y en la vida real, la cosa no era mucho mejor. Te meten en un ataúd y te entierran en el suelo. O te creman y te guardan en un frasco.

Al pasar por Pediatría, Shy no pudo evitarlo. Se detuvo. Esto era otra cosa. Abrió la puerta que conducía a la parte infantil del hospital y se asomó.

—¡Vámonos, hermano! —ladró Marcus.

Shy lo ignoró e iluminó la habitación con su luz sobre los pequeños cuerpos apilados uno sobre otro en cada esquina de la recepción. Cada uno cubierto por una sola sábana blanca. El olor tan intenso le dobló las rodillas y se sostuvo del dintel para no caer. Se le vació el estómago por completo, como aquella vez en la montaña rusa. Todos estos niñitos muertos... por el mal de Romero... por LasoTech.

Shy vio una pared de vidrio al otro lado de la habitación. Al instante supo lo que era: el cunero. Los bebés. Sintió un estallido de energía en su interior. Abrió la pesada puerta y comenzó a golpearla con el hombro contra la pared de hormigón una y otra vez, hasta que le rompió la bisagra y la venció. Se arrancó la máscara, mientras vomitaba doblado sobre el piso de azulejos blancos y negros. Tuvo arcadas, escupió; después más arcadas. Luego se limpió la boca con la máscara, la desechó y se agarró el hombro dolorido. Cuando con vista nublada y todavía de rodillas volteó a ver a Marcus, se sorprendió porque junto a él estaba Carmen, con una máscara de hospital puesta y abrazando el maletín de lona. Seguramente ella había producido el ruido que se había escuchado antes. No le había hecho caso porque Carmen no le hacía caso a *nadie*.

—No podemos regresar a casa —le dijo Shy.

—Lo sé —respondió ella.

Él vio cómo le rodaban las lágrimas por la cara.

—No. Lo que digo es que tenemos que ir a Arizona —añadió.

Carmen accedió con un movimiento de la cabeza y le tendió la mano para que se levantara. Él se puso de pie y volvió a mirar por la pared de vidrio a los bebés enfermos.

—Shy, vámonos de aquí —murmuró Marcus por la máscara.

—Limpiabotas me dio cinco minutos para que viniera por ustedes —dijo Carmen jalando a Shy de la muñeca hacia la puerta rota.

Tenían razón. Entre más pronto encontraran el equipo de suturas para Limpiabotas, más pronto saldrían de ese lugar y más pronto se dirigirían al este para entregarle la vacuna a esos dizque científicos de Arizona. Limpiabotas siempre había tenido la razón. Eso era lo que tenía que hacerse. Era el camino en el que se encontraban. Ya regresarían a sus hogares después.

Shy le quitó el maletín a Carmen. Pero en lugar de salir de ahí como quería, comenzó a internarse en la habitación, hacia la pared de vidrio, hacia los bebés. Detrás de él, Carmen gritaba su nombre tratando de alcanzar su brazo. Marcus también gritaba, pero Shy no podía detenerse. Tenía que mirar detrás de esta cortina también. Tenía que conocer las últimas y peores consecuencias de lo que había hecho LasoTech.

22
REPORTES DESDE LAS RUINAS

DJ DAN: ...Hoy nos acompaña Ben Vázquez, un periodista de Blythe, California, que está cerca de Arizona. Ben, entraste a California hace varias semanas para realizar un reportaje, pero pronto te atrapó otro, ¿verdad?

BEN: En realidad, fueron otros dos reportajes. Se traslapan. [*Pausa.*] Unos días después de los terremotos, el *New York Times* nos pidió a mí y a un equipo reducido que hiciéramos un reportaje sobre los daños y los primeros esfuerzos de rescate. Nos pasamos cinco días compilando videos de lugares como el Condado Orange, el centro de Los Ángeles y San Bernardino, pero cuando mi equipo y yo tratamos de conseguir combustible para regresar en el helicóptero, nos dijeron que ya no era posible hacerlo. Que todo aquel que hubiese puesto un pie en California después de los terremotos tenía que quedarse ahí hasta que se distribuyera una vacuna. Nos hablaron, además, de la frontera que se estaba levantando. Claro que nos enfurecimos y quedamos destrozados. Todos tenemos familia esperándonos en casa. Sin poder hacer otra cosa, seguimos trabajando. Pero, como dijiste, cambiamos de enfoque casi inmediatamente. Nos topamos una y otra vez con distintos grupos de personas que habían atravesado la frontera a California para tratar de ayudar. Los medios los han estado llamando *cruzados*. Y estos cruzados, precisamente, nos ayudaron a seguir la otra historia que nos interesó: el avance de los científicos que trabajan por desarrollar un tratamiento.

DJ DAN: ¿Y qué han sabido?

BEN: Me temo que no tenemos nada que informar acerca de una vacuna. Pero últimamente se habla mucho de un medicamento para tratar el mal. Muchas compañías farmacéuticas afirman que están experimentando con una tableta que no sólo enmascara los síntomas del mal de Romero, sino que con el tiempo elimina por completo la enfermedad.

DJ DAN: Esta noticia es muy alentadora. ¿Crees que estén cerca de lograrlo?

BEN: Pues es lo que oímos constantemente. De todas maneras, ya que se tenga el fármaco, faltará que lo aprueben y distribuyan. Ahora, como ya te dije, es un tratamiento, no una vacuna.

DJ DAN: De todas maneras, es una muy buena noticia. Ahora, ¿por qué no le hablas a mi audiencia de estos cruzados?

BEN: Por supuesto. La primera oleada llegó directamente después de los terremotos. En general, eran grupos gubernamentales como la Cruz Roja, la FEMA y la Guardia Nacional, además de varios grupos de los medios, como mi equipo y yo. Íbamos en respuesta a los terremotos, así que de ninguna manera estábamos preparados para una enfermedad que se contagiaba con rapidez. Calculamos que una tercera parte de la primera oleada de cruzados ha muerto por ella.

La segunda oleada también estaba bastante organizada, pero ya no afiliada al gobierno estadunidense. Al menos no de manera directa. Estos cruzados se infiltraron ilegalmente en California con plena consciencia de que no se les permitiría regresar. Se han comportado increíblemente. Como ya lo sabes, han introducido comida, medicinas y equipos de radio. Hasta han metido armas de contrabando para que la gente pueda protegerse. Hace poco nos reunimos con un grupo que inició una ruta de autobuses en medio del desierto. Ayudan a todo aquel que quiera viajar hacia y desde la frontera. Otro grupo ayuda a organizar comunidades autosustentables al occidente de la frontera en Avondale.

Hace un par de semanas comenzó a emerger una tercera oleada. Estos grupos tienen motivaciones mucho más políticas. Están horrorizados por la decisión gubernamental de separar California y partes de Oregón del resto del país, de modo que lo único que hacen es protestar. Realizan la mayoría de sus protestas al oriente de la frontera, pero unos cuantos hasta la han cruzado para protestar desde California. Han hecho una gran labor de concientización.

DJ DAN: Pero no todos estos grupos están aquí para ayudar, ¿verdad?

BEN: Lamentablemente, ha surgido una cuarta oleada, mucho más pequeña. Esta gente no cree que una vacuna bastará para detener el contagio; sobre todo si comienza a propagarse el mal a través del aire, como lo empiezan a predecir algunos científicos locos. Estos tipos de la cuarta oleada ingresan a California y partes de Oregón en vehículos de doble tracción cargados con un arsenal. Visten trajes de neopreno completos, a veces hasta respiran por medio de tanques de oxígeno. Su objetivo es arrasar con todo lo que encuentren dentro de una franja de treinta kilómetros de la frontera, incluyendo campamentos. La mayoría de estos grupos siguen en el desierto cerca de la frontera, pero tememos que algunos comiencen a avanzar hacia el occidente.

DJ DAN: O sea que no todos los cruzados están aquí para ayudar.

BEN: Claro que no. Algunos han venido a matar…

Día 46

23
BUENAS NOTICIAS, MALAS NOTICIAS

Shy, de pie junto a una ventana, vestido con sólo sus calzones, miraba a Carmen al otro extremo del tráiler. Distaba mucho de ser el mejor momento para babear por una chica, pero era exactamente lo que él hacía. ¡*Estúpido!*

Ella, sentada sobre una silla plegable de plástico, sólo llevaba puestos el bra y las panties que se había robado de la tienda de artículos deportivos. Intentaba cubrirse con los brazos y su cabellera larga y ondulada, pero no alcanzaba a taparlo todo. Se le veían áreas pequeñas de su hermoso vientre moreno, incluyendo unas palabras tatuadas debajo de su ombligo. Estaba demasiado lejos para leerlas, pero Shy imaginó que se trataría de algo profundo. Algún refrán filosófico o el pasaje de un poema que él comprendería mucho *mejor* que un cierto novio patán, estudiante de leyes.

Shy miró al guardia armado junto a él. Llevaba un traje de neopreno completo y una máscara antigás. Luego de que la noche anterior Shy, Carmen y Marcus hubieran abandonado el hospital porque los únicos paquetes para sutura que encontraron en Urgencias estaban vacíos, el pastor le había lanzado a Shy las llaves de una bodega a unas cuantas cuadras de ahí. Era un amplio cubículo de concreto infestado de cucarachas y rodeado por cajas con las pertenencias de gente desconocida, donde habían pasado la larga noche en vela, prácticamente en silencio, con Limpiabotas sudando a mares y abrazando su pierna herida. Shy comenzó a picotear una de las bolsas adicionales que Limpiabotas había cosido en el interior del maletín de lona. Luego había sacado la carta del hombre del peinado de cortinilla que leyó otras quince o veinte veces concentrándose en la página faltante que, no dudaba, contenía el resto de la fórmula para la vacuna. Mientras tanto, Carmen y Marcus escuchaban a un DJ reportando sobre las clases de cruzados que entraban a California.

En la mañana, cuando tropezaron con los Estudios Sony, Shy les preguntó a los hombres en la caseta de seguridad por Gregory Martínez, como le habían dicho que lo hiciera, y entregó el sobre con efectivo. Unos minutos después, los hombres condujeron a Marcus y Limpiabotas a la tienda de campaña de urgencias, y a Shy lo desvistieron hasta dejarlo en calzones en un extremo del tráiler y a Carmen en el otro. Un doctor les había tomado una muestra de sangre para analizar si portaban el mal de Romero.

Después de más de una hora, el jefe de seguridad finalmente había regresado, esta vez sin máscara. Llevaba la cabeza rasurada y anteojos gruesos. Era mexicano. Por su acento, Shy asumió que los otros guardias de seguridad también lo eran.

—Les tengo una buena y una mala —dijo el hombre dirigiéndose principalmente a Shy—. Primero la buena: a ninguno de ustedes se les detectó el mal de Romero.

Shy y Carmen se miraron uno al otro. Shy procuró mantener los ojos en la cara de la chica.

—¿Y la mala? —preguntó Shy.

El hombre se cruzó de brazos y se recargó contra la pared cerca de la puerta.

—Pues ocurre que ya rebasamos nuestra capacidad, y Gregory dice que la atención médica que necesita su amigo les costará extra. Ya que lo arreglemos, me temo que vamos a tener que dejarlos ir.

—¿Lo dices en serio? —replicó Carmen todavía cubriéndose—. ¡Les acabamos de dar casi cinco mil dólares!

—Es todo lo que tenemos —rogó Shy.

Tenían que entrar. Habían planeado buscar una entrevista en el programa de radio que descubrieron la noche anterior, para decirles a sus familias dónde se hallaban. Eso también le daría a Limpiabotas un día completo para recuperarse ya que lo curaran.

—Lo siento —dijo el hombre separándose de la pared.

Carmen se burló y le dijo a Shy:

—¿Qué no fue uno de esos Suzuki's el que nos dijo que viniéramos?

—Exactamente —Shy se dirigió al hombre—. ¿Cómo crees que nos enteramos de que teníamos que preguntar por Gregory Martínez?

—Mira, ahí es donde están equivocados —respondió—. La pandilla Suzuki no opera los Estudios. Nosotros nos manejamos solos.

—Sólo queremos estar aquí *un* día —dijo Carmen.

El hombre sonrió.

—Una vez que entren, ya no se querrán ir. Créemelo.

Carmen negó con la cabeza.

—Un día. Te lo juro.

Shy miró el maletín junto a sus pies y de pronto se le ocurrió otra idea. Mientras, llegó otro guardia de seguridad a

141

la puerta con una toalla grande. El hombre de los anteojos la tomó y se la lanzó a Carmen.

—Para que te cubras —dijo.

—¿Qué tal un trueque? —preguntó Shy.

El guardia volteó a verlo.

—¿Trueque?

—Sí, mira, ¿qué tal si tengo algo que vale mucho dinero? ¿Lo aceptarían en lugar de efectivo?

El hombre se quedó parado, pensando.

Era un precio alto tan sólo por un día, pero no tenían otra opción. Supuestamente el DJ de la radio se hallaba dentro de los estudios. Además, tenían que cerciorarse de que Limpiabotas se recuperara lo suficiente para seguir adelante. Y tal vez podrían llenar sus mochilas de agua y alimento antes de iniciar el viaje largo que les esperaba.

—Tendría que preguntarle a Gregory —dijo el hombre—. Pero si tienen algo con un valor legítimo… no veo por qué no. Shy se arrodilló para abrir el zíper del maletín. Tomó el brillante anillo de diamante y lo levantó para que el hombre lo viera.

—Es de verdad, amigo. Mira todos estos quilates. Debe valer diez, quince mil dólares cuando menos.

El guardia se acercó y le quitó el anillo a Shy.

—¿Cómo sabremos si no es falso? —preguntó mientras lo revisaba.

Shy continuó:

—Le perteneció a uno de esos magnates del petróleo súper ricos. Créemelo, no era del tipo que compraba falsedades —miró brevemente a Carmen, que tampoco podía quitarle los ojos al anillo.

El guardia pareció impresionado.

—Pues mira, lo veo con Gregory. Si le gusta, están dentro. Si no, regresaré con su ropa y cada quien agarra su camino.

—Le va a gustar —le aseguró Shy al hombre.

Él y Carmen observaron al guardia salir del tráiler. Carmen se volvió a Shy y le dijo:

—¿Es lo que pienso…?

—No me lo robé —le dijo él interrumpiéndola—. Te lo juro, Carmen. Él me lo dio precisamente antes de irse por la borda. Ni siquiera sé por qué.

Carmen acompañaba a Shy cuando él había visto el anillo por primera vez en el crucero. El petrolero lo ostentaba en la cubierta Lido, presumiéndole al que se animara a escuchar cuántos quilates tenía y cómo iba a sorprender con él a su novia durante la cena. Pero nunca tuvo oportunidad de hacerlo. Más tarde, esa misma noche, les había pegado el tsunami y el barco se había hundido. Por alguna razón, el magnate petrolero terminó en la misma lancha maltrecha que Shy y Addie.

—¿Y por qué no me lo dijiste? —preguntó Carmen.

Shy encogió los hombros.

—Supongo que nunca lo pensé.

—¿Qué nunca lo *pensaste*?

Shy volvió a encoger los hombros. Claro que aquello era una mentira descarada: lo había pensado un *millón* de veces. Pero en su cabeza siempre lo proyectó como un gran momento de cuento de hadas: ellos, al final, llegaban a casa, todo perfectamente intacto. Las familias se abrazaban y sus mamás lloraban. En medio de aquella celebración, él se ponía de rodillas para ponerle a Carmen el anillo en el dedo. Un brindis. Todos los felicitaban y les decían que formaban la pareja perfecta.

Carmen se ajustó la toalla, meneando la cabeza.

A Shy se le fue el corazón al piso. Ni siquiera sabía por qué.

—Sólo espero que alcance para que entremos —murmuró.

El guardia regresó unos minutos después con cuatro bolsas de supermercado cerradas.

—Más buenas noticias —anunció con una sonrisa. Le lanzó la primera bolsa a Carmen, y la otra a Shy.

—Gregory está de acuerdo con el trueque. Vístanse. Ya entraron.

Shy levantó el pulgar para Carmen y ambos abrieron sus bolsas para sacar los jeans y las camisas blancas que les habían dado. Sin embargo, él se sentía muy desanimado. No solamente había regalado su talismán de la buena suerte, sino lo único de valor que podría ofrecerle alguna vez a Carmen.

24

LOS ESTUDIOS SONY

Shy siguió a Carmen, Marcus y los guardias a través de un túnel alto de ladrillo a la entrada de la propiedad. Ahí los recibió otro grupo de personas, incluyendo un hombre llamado Darius, quien se presentó como su guía. Darius vestía un traje y corbata ligeramente manchados, y un sombrero fedora.

—Aquí estoy para lo que necesiten durante su tiempo en este lugar —les dijo el hombre delgado.

Luego los condujo por una visita guiada del enorme lugar. A Shy le impresionó profundamente lo que vio. Había un área amplia y abierta con pasto, quemado sólo en partes, donde cuando menos unas cien personas sentadas en sillas de plástico plegables observaban a un grupo de niños corretear tras un balón de futbol. A un lado del pasto había varios edificios de oficinas de tres pisos, cubiertos con cinta amarilla de precaución. Los edificios se hundían. Les faltaban muchas ventanas, pero a ambos lados de la cancha había dos tráileres perfectamente intactos que habían juntado. Era la cafetería, explicó Darius. Conforme avanzaron al interior de la propiedad, Darius les explicó el funcionamiento de los Estudios Sony antes de los terremotos. Ahí se habían filmado escenas de películas y programas de televisión. La propiedad se había dividido en varios lotes distintos, todos los cuales habían funcionado independientemente bajo el paraguas de Sony. Cada uno de los lotes o estudios se veía y sentía completamente distinto del otro, dependiendo de lo que se hubiera estado filmando. Shy se quedó viendo a lo que Darius llamó el lote del Salvaje Oeste. Contaba con granero y establos de verdad, además de plantas rodadoras y fardos de paja chamuscados. No podía creer la minuciosidad de cada detalle. El lote de Las Vegas era igualmente detallado. La primera mitad consistía en un elegante casino con máquinas tragamonedas, esculturas chabacanas y bares con botellas falsas de alcohol apiladas en pirámides. Adentro había habitaciones con *jacuzzis* en forma de corazón, paredes y techos cubiertos de espejos. Toda la propiedad se había dedicado a mundos de fantasía; incluso ahora que se habían apagado las cámaras y toda la gente en California vivía como invasora de terrenos. Shy recordó lo que le había dicho Limpiabotas acerca de la gente que se oculta de la realidad. Tenía frente a sus ojos el ejemplo perfecto. La televisión probablemente sólo era eso, un mero lugar donde esconderse.

Darius les mostró el resto del ala oriental, que incluía el lote con el Café, el lote del boliche, el lote del crucero, dos lotes con estaciones de policía y el lote con el pantano embrujado. Los terremotos habían destruido tres de ellos, ahora estaban cerrados con cinta amarilla de precaución, aunque el resto había sufrido apenas daños menores y, según Darius, estaban abiertos a todos los residentes. Por último, el hombre los condujo detrás de la cafetería a un grupo de tráileres alineados. Eran de la clase que se usaba para que las estrellas de cine esperaran su turno para filmar. Darius metió una llave en uno de la hilera posterior y les indicó que ahí se quedarían los cuatro.

—Sólo un par de reglas sencillas —dijo parado frente a la puerta—. Uno: los alimentos básicos y el agua embotellada se distribuyen dos veces al día en la cafetería. Para evitar las aglomeraciones, el reparto se hace en tres turnos. A ustedes les tocará el turno B. Como contamos con generadores, habrá una comida caliente un par de veces a la semana. Como en otras partes, nos gusta conservar nuestros recursos, pero nos esforzamos por hacer sentir cómodos a los residentes.

¿Una comida caliente?, articuló Carmen con la boca en dirección a Shy. Él encogió los hombros tratando de evitar un exceso de entusiasmo. Estarían ahí tan sólo un día y estaba bastante seguro de que en el desierto no habría comidas calientes.

—Dos —continuó Darius—: los residentes pueden explorar cualquiera de los lotes libremente, a menos que lo hayamos acordado o lo estemos usando para la programación de nuestros niños.

—¿Programación de los niños? —preguntó Marcus—. ¿Qué, los ponen a jugar Twister?

—Te sorprenderías —dijo Darius sonriendo ampliamente—. Los papás de aquí no quieren que sus pequeños sepan lo mal que están las cosas. Entre más se sienta este lugar como un campamento de verano, mejor.

—Entonces, ¿qué sacan *ustedes* de todo esto? —preguntó Shy.

Darius lo volteó a ver.

—Pues, para empezar, yo estoy mucho más seguro. Esa enfermedad allá afuera es de lo peor. Tenemos a doctores que le hacen análisis a cada persona que pone un pie en este lugar. No se puede ser más intocable que eso.

147

A Shy le volvió repentinamente a la cabeza el ala de pediatría del hospital. No podía deshacerse de la imagen.

—Pero a la vez, también es una inversión —dijo Darius—. Todo el personal y yo estábamos trabajando aquí cuando pegaron los terremotos. Los peces gordos (actores, productores y empresarios), todos, se largaron, pero varios de nosotros, los guardias de seguridad, lo vimos como una oportunidad para hacer negocio. Así que nos quedamos y arreglamos el lugar lo mejor que pudimos. Al principio, le cobrábamos una cantidad modesta a la gente que había perdido sus casas. Pero cuando comenzó a propagarse la enfermedad, *todos* querían venir a vivir aquí. Por eso elevamos el precio. Dejamos entrar a los doctores gratis si accedían a ejercer aquí.

—Pero ¿de qué sirve el dinero ahora? —preguntó Carmen.

Darius guardó silencio unos segundos.

—Mira, a la larga todo esto va a terminar. *Por fuerza.* Y cuando eso suceda, todos estaremos en muy buena posición. Y si no... ¡carajo! De todos modos moriré, ¿no?

—No me incluyas —dijo Marcus—. Yo pienso *sobrevivirlo,* hermano. No importa la mierda que se me presente.

Shy recorrió las hileras de tráileres con la vista. Sabía que tenían suerte de haber conseguido un día dentro de estos muros, donde estarían seguros, pero todavía se sentía mal por haber renunciado a su anillo. ¿Qué pasaría si las cosas *realmente* regresaban a la normalidad? ¿Terminaría el anillo en algún empeño? ¿Se lo regalaría uno de estos tipos de seguridad a *su* novia? Shy miró a Carmen a los ojos un segundo antes de apartar la vista.

—Una última cosa —dijo Darius—. Traten de alejarse del perímetro. Recientemente hemos tenido algunos problemas con los de afuera.

—¿Qué clase de problemas? —preguntó Shy.

—Nos han lanzado un par de botellas de vidrio —respondió Darius—. Un ladrillo, y cosas por el estilo. Un tipo disparó contra una cámara en uno de los lotes. Sólo les estoy diciendo que mantengan bien abiertos los ojos.

A Shy no le sorprendió. Mientras aquí dentro la gente hacía de cuenta que estaba en un campamento de verano, afuera todos luchaban tan sólo por sobrevivir. *Por supuesto* que odiaban los Estudios Sony.

—Como sea —dijo Darius juntando las manos—, mis hombres les han dejado un regalo de bienvenida ahí dentro. Además encontrarán cuatro bultos con almohadas y cobertores.

—Una última pregunta —lo interrumpió Shy—. ¿Dónde está el estudio del DJ ése? Nos enteramos que podíamos ir a su programa para decirles a nuestras familias dónde estamos.

—Te refieres al DJ Dan —dijo Darius. Shy asintió—. Verás, mucha gente se confunde —dijo Darius—. El DJ Dan transmite desde el edificio de Sony Records, que queda al norte de aquí.

A Shy se le vino todo abajo. Además de conseguir atención médica para Limpiabotas, el DJ Dan había sido la razón principal por la que habían ido hasta allí. Darius señaló el radio de Marcus.

—De hecho, qué bueno que lo mencionas. A los residentes les pedimos que no escuchen ese programa en exteriores. Como ya les dije, mucha gente no quiere pensar en lo que realmente está sucediendo allá afuera.

Shy sintió que se derrumbaba. Quería darse por vencido. Nada les había salido bien desde que atracaron en California. Y ahora él había entregado su anillo para *nada*. Pero no se derrumbó… hasta eso exigía demasiado esfuerzo. Renuente, siguió a Carmen y Marcus y subió los tres peldaños que conducían a la puerta del tráiler que Darius mantenía abierta.

—Huele *increíble* —dijo Carmen.

El olor le pegó a Shy en cuanto dio el primer paso en el interior. Recorrió el tráiler estrecho y vacío fuera de las cuatro colchonetas delgadas en el piso, los cuatro juegos de cama y los cuatro platos calientes de chili con carne y frijoles.

—Su regalo de bienvenida —les dijo Darius con una sonrisa enorme.

—¿Bromeas? —dijo Carmen mirando a Shy.

Él encogió los hombros, todavía clavado en lo del DJ y su anillo.

—Que lo disfruten —dijo Darius saliendo del tráiler.

Antes de que el hombre cerrara la puerta, Carmen y Marcus ya estaban inclinados sobre sus platos, atragantándose con el chili. Shy los observó unos segundos, tratando de idear un nuevo plan para encontrar al DJ, pero el hambre le ganó la partida y terminó yéndose sobre su comida también.

25
EL HOMBRE DETRÁS DE LA MÁSCARA

Shy abrió los ojos y se limpió la baba que le escurría de la boca. Se incorporó y miró a su alrededor sorprendido de que realmente se hubiera quedado dormido. Carmen y Marcus *seguían* en el sueño más profundo. Limpiabotas ya estaba instalado en el tráiler. Sentado contra la pared de atrás, escribía en su diario; abierto a sus pies, estaba el maletín de lona que Shy había llevado consigo.

El sol se ponía. Shy no entendía cómo era posible, si todavía no era medio día cuando habían llegado al tráiler. El plan para después de la comida había sido salir a hablar con la gente, reunir información, averiguar dónde se encontraba el otro edificio Sony y si había trenes que llevaran hacia él. No estaba en el plan quedarse dormidos. Shy se acercó a Limpiabotas.

—¿Te arreglaron bien? —preguntó en voz baja.

El hombre levantó la pluma y la mirada.

—Con una noche de descanso, joven, quedo bien.

—¿Es lo que te dijeron los doctores?

—Es lo que yo les dije a los doctores —el hombre siguió escribiendo.

Shy movió la cabeza y miró a Carmen y Marcus. Tendría que explorar a solas.

—Si llegan a salir del coma —le dijo a Limpiabotas—, diles que no tardo.

Limpiabotas asintió sin levantar la vista.

Shy habló con unas cuantas personas en las orillas del abarrotado jardín, pero nadie sabía mucho del mundo exterior. Algunos hasta le hicieron preguntas a *él*. ¿Seguía muriendo la gente? ¿De verdad había calles marcadas y patrullas de motociclistas en las calles? La única información útil que obtuvo fue de un hombre maduro vestido con traje de baño verde fluorescente. Lo último que él había escuchado era que aún salía un tren por día de la Estación Unión, en el centro. Desconocía si iba hacia el este u oeste. Tampoco sabía nada del DJ.

Shy deambuló por algunos de los lotes pensando en lo que diría en la radio. A Limpiabotas, por supuesto, todo aquello le parecía mala idea. Pero él no lo entendía. Si Shy no iba a regresar directamente a casa, cuando menos tenía que hacer el intento por comunicarse con su mamá. Exploró algunos de los lotes tropezándose con varias utilerías elaboradas y grúas para cámara. Era sorprendente que existiera un lugar como éste. Durante el largo viaje de regreso a California en el velero, él nunca imaginó terminar en un lugar donde la gente filmara películas y series de televisión. Shy acabó frente a un escenario con un gran crucero recargado contra una barda de alambre que separaba a los lotes del mundo exterior. El barco no tenía fondo y la cubierta principal era bastante más pequeña que las de las embarcaciones de Paradise Cruise, pero con todo aquello a Shy lo sobrecogió una oleada de imágenes. Se recordó a sí mismo recargado sobre el borde de la cubierta

Honeymoon, en el momento en que el saco del señor peinado de cortinilla se le escapaba de entre los dedos y desapareciera en el océano oscuro. Recordó al hombre del traje negro que lo seguía por el barco acribillándolo con preguntas. Se acordó de Rodney... y Kevin... y el supervisor Franço. De nuevo se vio deambulando frente a la cabina de Carmen a media noche, ante su puerta, sin poder tocar, y luego, cuando se había dado la vuelta para retirarse, cómo ella había abierto la puerta y le había llamado.

Después recordó el final. Él paralizado frente a la ventana del teatro Normandie mirando fijamente a la primera ola tsunami levantarse y erguirse hasta alcanzar cuando menos el doble de la altura de su barco. Cómo se le salió todo el aire del pecho cuando la ola explotó encima de ellos rompiendo ventanas, tirando paredes y haciendo volar en cámara lenta a los pasajeros por los aires, y cómo él no pudo escuchar nada.

Shy se apartó del barco falso. De pronto se había sentido asqueado y sin aire. Se arrodilló y colocó las manos en el concreto tratando de recobrar la estabilidad. Todavía se encontraba en esa posición, observando un camino torcido de hormigas que marchaban por allí, cuando escuchó un silbido familiar. Se puso de pie y miró a su alrededor. Reconoció la melodía del silbido que solía oír por las calles de su casa. Una costumbre mexicana. El sonido subió y calló dos veces. Pero él no vio a nadie. A los pocos segundos escuchó el silbido una segunda vez. Se dio cuenta de que provenía del otro lado de la reja de alambre y dio unos pasos hacia allá para ver mejor. Los árboles y matorrales prácticamente tapaban la alta reja, pero en algunas partes el fuego había dejado claros donde Shy divisó la figura de un hombre sentado en una motocicleta. El corazón se le aceleró. ¿Qué tal si era alguien de la pandilla Suzuki? Respiró: los separaba una reja. Además, no había problema: era el tipo de la pandilla Suzuki que lo había mandado hasta allí.

—¡Oye, *cabrón*! —le llamó el hombre con voz apagada—. ¡Ven acá un segundo! ¡Te tengo algo!

El primer instinto de Shy fue salir corriendo y regresar al tráiler para comer con Carmen, Marcus y Limpiabotas. Pero no lo hizo. Se encaminó hacia el hombre. Notó la máscara verde y la rasgadura en el brazo de su chamarra también. Era el hombre que le había dicho que fuera allí. El hombre que le había dado el sobre grueso lleno de efectivo. Shy miró rápidamente sobre su hombro. No había nadie más en los alrededores. Sobre la parte superior de la reja de alambre, Shy se percató de un árbol caído y se preguntó si alguien habría tratado de meterse por allí.

—¿Qué? —le respondió Shy al hombre.

El motociclista bajó el caballete de la moto de una patada y se apeó.

—Estoy en *shock* —le dijo a través de la máscara—, hasta que por fin haces caso —se acercó hasta la reja y enredó los dedos entre la malla.

—¿Qué quieres decir?

—Que viniste como te dije.

Shy encogió los hombros. Entonces de *eso* se trataba. El tipo se sentía héroe por haberle dado a un muchacho un lugar seguro donde esperar a que pasara la enfermedad. Si supiera que en menos de veinticuatro horas él regresaría al exterior.

—Tengo algo que creo que te interesará —le dijo el motociclista quitándose los guantes de piel y metiendo la mano a su bolsillo. Acercó su puño a la barda diciendo—: Anda. Tómalo.

—¿Qué es? —Shy ya sentía curiosidad aunque no sabía si podía confiar en el hombre.

—Ven. Acércate.

—No. Estoy bien —le dijo Shy.

El hombre se apartó de la barda.

—Bueno, pues entonces me quedo con él —lanzó aquello en el aire, lo atrapó y sostuvo entre el pulgar y dedo índice.

Shy no lo podía creer: era su anillo. Casi se fue contra la reja.

—Oye, ¿dónde conseguiste eso? —las palabras habían salido de su boca antes de que se diera cuenta.

El motociclista dejó escapar una carcajada mullida por la máscara.

—Ni siquiera quiero *saber* a quién le robaste esto —aventó el anillo por encima de la reja.

Shy lo arrebató en pleno vuelo y estudió el diamante en su montura de plata. Definitivamente era su anillo. Su talismán de la suerte. Por un instante vio el rostro de Carmen cuando lo guardó en su bolsillo. Luego miró al hombre, confundido a más no poder.

—No digas que nunca hice nada por ti.

—¿Cómo lo conseguiste? —preguntó Shy.

El hombre movió la cabeza.

—Le dije a Gregory que qué jodido fue eso de pedir dinero extra. El dinero que yo te di era más que suficiente.

El motociclista entonces se desprendió la máscara verde y Shy se quedó frío. La mitad de la cara del hombre estaba severamente quemada. Tenía la carne viva y ampollada. Había rasurado su cabello crespo y la barba descuidada se teñía de gris. Aun así, Shy lo reconoció al instante. Era su padre. Dio un paso atrás todavía sin entenderlo. No había visto a su papá en más de un año.

—¿Te sorprendo, muchacho?

—¿Cómo es que…? ¿Qué *haces* aquí? —el corazón de Shy le pulsaba en todo el cuerpo. De pronto volvía a ser ese niñito tonto, el que siempre se ponía nervioso ante su propio padre… hasta cuando no había razón para ello.

—Le disparaste a mi amigo —logró decir Shy sacudiendo un poco la reja.

—Le disparé a un hombre que me disparaba a mí. Además, le di en la pierna cuando pude haberle apuntado al corazón —el padre de Shy asió los dedos de su hijo a través de la reja de alambre—. Te he estado buscando, muchacho. Desde que pegaron los terremotos. Hasta fui a la radio un par de veces.

Shy trató de liberar sus dedos, pero su padre los tenía bien sujetos.

—Imagínate lo que sentí cuando te levanté la máscara —le dijo su padre—. Casi me cago en los pantalones, pero al alejarme en la moto me dije: "Ya no importa nada. He recobrado a mi hijo" —Shy apartó la vista de la mirada intensa de su padre—. Tu madre me dijo que trabajabas en un barco —el hombre movió la cabeza—. Recé porque no estuvieras ahí cuando sucedió. Luego pensé: "Tal vez deba rezar porque mejor *sí*."

—Pues me tocó en el barco.

—Bueno, pero ahora estás aquí —le dijo su padre—. Y te lo juro, Shy, he cambiado. Ya lo verás.

Miró por encima de su hombro hacia la calle que se hacía cada vez más oscura detrás de él.

—Aquí te tendré hasta que pase toda esta mierda, ¿entendido? Aquí estarás seguro. Luego estaremos juntos.

Shy no respondió. No sabía qué hacer ni qué pensar. Miraba a los ojos a *su papá*, a alguien de *su familia*. No obstante, le parecían los ojos de un completo extraño. Shy había dedicado el último año y medio a sacarse esos ojos de la cabeza, de su *vida*. Había dejado de regresarle las llamadas a su padre. Había bloqueado sus correos electrónicos. Se decía ocupado cada vez que su padre pedía visitarlo, lo cual no ocurría muy a menudo.

—Me quedaría ahí dentro contigo —continuó su papá—, pero todavía me quedan algunas cosas por hacer. Estarás orgulloso de mí, muchacho. Aquí andamos ayudando a la gente.

Shy por fin liberó sus manos y dio unos pasos atrás.

—¿Cómo que están ayudando a la gente? —dijo él repentinamente sintiendo que hervía de valor. Porque *él también* había cambiado. Había pasado por lo peor imaginable y había salido avante. —Le disparas a las personas. Les prendes fuego cuando duermen —inhaló profundamente intentando pensar—. Estás equivocado, hombre. Cuando pase toda esta mierda, yo me voy a *casa*.

—¿A casa? —su padre movió la cabeza—. Ya no existe la *casa*, Shy. Ya no queda nada ahí.

—¿Entonces piensas que así de repente puedes volver a ser mi papá? —le gritó Shy. Sentía una rabia tremenda que le recorría las venas. Pateó la reja con todas sus fuerzas haciéndola crepitar ruidosamente. Ignoró lo que su padre trataba de decirle sobre Otay Mesa.

—Cuida tu boca, muchacho —le gruñó el hombre entre dientes, en un tono que significaba que estaba a punto de explotar.

Shy había escuchado esa voz una y otra vez durante el año que pasó con su padre en Los Ángeles. Pero ya no le asustaba ahora como entonces.

—No. ¡Tú cuida *tu* boca! —gritó Shy—. Tú no eres mi padre. Nunca me enseñaste nada. ¡Absolutamente nada!

Su padre agarró la reja con tal fuerza que Shy pensó que podría derribarla. Una vez más levantó la vista al árbol recargado contra la reja de alambre y le preocupó que también pudiera notarlo. Pero éste se hallaba demasiado ocupado tratando de asustar a Shy para que le obedeciera. Como siempre.

—¿Shy? —escuchó la voz de alguien detrás de él—. ¿Shy? ¿Todo bien?

No tuvo que voltear para saber que era: Carmen.

—Todavía no distingues la mierda de la Shinola —le gruñó su padre—. ¿Verdad, muchacho?

—Pues lo que sí sé —retobó Shy con su propio gruñido entre dientes— es que ya no puedes decirme lo que tengo que hacer.

Se dio vuelta y se encaminó hacia Carmen, dejando a su padre ahí parado junto a la reja gritando su nombre.

26
LOS DÍAS DE LOS ÁNGELES

—Pero antes ni siquiera lo habías *mencionado* —dijo Carmen con voz callada mientras Shy la conducía junto con Marcus por el sendero oscuro que los llevaría al lote del barco crucero.

—Porque tal vez ni vale la pena hablar de él —respondió Shy.

—¿Pero dónde te ibas a imaginar, hombre, que tu padre andaba con el grupo que precisamente queremos evitar? —dijo Marcus.

—Es lo que *yo* le dije —replicó Carmen.

Shy levantó los hombros pensando que si evadía sus preguntas terminarían por dejarlo en paz. No estaba de humor para hablar de su padre. Lo único que ocupaba su mente en estos momentos era llevar la vacuna a Arizona. Eso y comunicarse con su familia *de verdad* a través del programa de radio hacia el que iban en esos momentos.

Durante la cena hablaron con una mujer que había ido a Sony Records. Hasta había participado en el programa del DJ. Cuando Carmen le pidió la dirección, la mujer la anotó emocionada y les deseó suerte. Decidieron salir y entrar de los Estudios a escondidas porque, según la señora, cada vez que alguien pasaba por la entrada principal, el equipo de seguridad lo sometía al mismo engorroso análisis para detectar el mal de Romero. Ellos no tenían tiempo para todo eso.

Ya cerca del lote del barco crucero Shy les señaló la barda alta.

—¿Ven cómo se recarga el árbol contra el alambre de púas?

—¿Piensas que todos podemos treparlo? —preguntó Marcus echando un ojo a Carmen.

—¿Qué? ¿Crees que no puedo? —ladró ella demasiado fuerte—. Tienes problemas severos con cuestiones de género. ¿Quién te crió?

—Tranquila —dijo Marcus, mirando por encima de su hombro—. Carajo, ¿quieres que todos se enteren de que nos estamos saliendo a escondidas?

—Tienes razón, Carmen —dijo Shy.

Ella puso los ojos en blanco y se les adelantó a la barda. Shy y Marcus la siguieron de cerca.

Mientras Shy, después de Carmen, trepaba la malla que cascabeleaba se hizo el propósito de concentrarse en lo que diría en el programa de radio. Por el momento ésa y ninguna otra cosa tenía que ocupar el centro de su atención. Al poco rato, sin embargo, olvidó sus buenas intenciones: se le presentó en su mente la cara quemada de su padre. ¿Qué le habría pasado?, se preguntaba. Y ¿qué quería insinuarle sobre su casa?

Ya en la cima de la barda, Shy abrazó el grueso tronco del árbol y con cuidado impulsó sus piernas por encima del alambre de púas para reunirse con Carmen al otro lado. Una vez que Marcus había librado la cima, los tres bajaron por el otro lado de la barda, saltaron sobre el asfalto y miraron a su alrededor.

—¿Y ahora qué? —preguntó Marcus.

Shy sacó la dirección del bolsillo trasero de sus jeans y la iluminó con la linterna para estudiar los nombres de las calles.

—Síganme —dijo cruzando la calle oscura.

Caminaron en silencio checando sus espaldas constantemente. Muy pronto, el pensamiento de Shy derivó hasta una noche en particular durante su primer año en preparatoria. Su padre había regresado borracho de la planta de reciclaje donde trabajaba, con una mancha de labial en el cuello de su uniforme. A todas luces había vuelto a pasar por el bar. Tal vez se habría enredado con alguna mujer. Otra vez. La mamá de Shy se dio cuenta mientras cenaban y tiró un vaso de agua que se estrelló contra el piso de mosaico. La discusión subió rápidamente de tono y muy pronto ambos se gritaban el uno al otro. El padre de Shy se levantó de repente tirando la silla al piso. Su mamá gritó que era la última vez, que ya no seguiría haciéndose la tonta.

—¡Empaca tus cosas y vete! —le gritó ella, apuntándole al papá de Shy en la cara.

En aquella ocasión su papá ya no inventó pretextos. Golpeó el dedo de su mujer tan fuerte que la hizo perder el equilibrio y caer sobre sus rodillas. Cuando ella levantó la cabeza le escurrían las lágrimas por la cara.

Shy se quedó paralizado. Observando.

Su papá gritó:

—¿Quieres que me vaya? ¡Ahorita mismo me largo! ¡Ya me harté de fingir que te quiero!

La mamá de Shy se levantó y enfrentó al padre. Ambos gritaban. Miguel lloraba en su recámara. La hermana de Shy salió presurosa a reconfortarlo. El papá de Shy dijo que no iría a ninguna parte sin llevarse a su hijo con él. Y volteó a ver a Shy.

Su madre también lo volteó a ver.

La única razón por la que Shy no se opuso fue para protegerla. Si él se iba con su padre, así quedarían las cosas. Tal vez se acabarían las peleas.

Dos días después, él y su padre recibían las llaves de un diminuto departamento de dos recámaras en Mar Vista, y Shy se vio subiendo cajas por una escalera que no conocía para dejarlas caer en la alfombra manchada de una sala extraña.

Al poco tiempo, sin embargo, se percató de que no tenía tiempo para cuidar a un muchacho. Resultó que ya desde antes él tenía una novia en Los Ángeles y pasaba la mayoría de las noches en su casa. Shy tuvo que valerse por sí mismo y decidir a qué preparatoria iría, cómo inscribirse, dónde comprar víveres y cómo cocinar lo suficiente para no morirse de hambre.

Ocho meses después, en cuanto su padre consiguió un trabajo fácil de oficina con el departamento de mantenimiento de Culver City, le dio la noticia. Lo sentía mucho pero las cosas no iban bien: llevaría a Shy de vuelta a Otay Mesa a vivir con su madre.

Shy recordó haber fingido decepción, pero en el momento en que puso un pie en el viejo departamento y olió lo que se cocinaba, se dio cuenta de cuánto lo había echado todo de menos. Su abuela, que ahora vivía ahí también, lo abrazó, al igual que su mamá y hermana... hasta Miguelito. Lo llevaron a la cocina donde lo esperaba su platillo predilecto: chile colorado con arroz y frijoles, a un lado una pila caliente de tortillas hechas a mano. De postre, los famosos tamales de dulce de la abuela.

—¿Y ahora qué? —dijo Carmen sacando bruscamente a Shy de sus recuerdos.

Se encontraban frente a una puerta encadenada de cristal que decía Sony Records. Ahí estaba su oportunidad para comunicarse con sus familias y decirles dónde estaban.

—Sólo llamamos a la puerta, ¿cierto? —dijo Marcus.

—Supongo —respondió Shy.

Carmen acunó las manos contra la puerta de vidrio y se asomó. Luego volteó a ver a Shy y Marcus encogiendo los hombros y tocó. Shy dio un paso atrás para ver si el DJ Dan venía a abrirles.

27
REPORTES DESDE LAS RUINAS

DJ DAN: ...de hecho, abandonando los Estudios Sony por elección. La mayoría de las personas daría cualquier cosa por vivir allí, en lo que probablemente sea el lugar más seguro de California.

CARMEN: No teníamos elección, señor. Hay algo importante que tenemos que hacer.

DJ DAN: ¿Qué podría tener tanta importancia como para arriesgar sus vidas? [*Pausa.*]

MARCUS: No podemos decirlo.

DJ DAN: Pues se los diré yo. Tengo a varios escuchas que darían lo que fuera con tal de cambiar de lugares con ustedes. [*Pausa.*] Pero eso ya se los dije. Vinieron aquí esta noche para comunicarse con sus familias, ¿verdad?

CARMEN: Exactamente.

SHY: Por cierto, gracias por dejarnos hacerlo.

MARCUS: Yo voy primero. [*Pausa.*] Ah, sí. Decidimos no usar nuestros nombres, pero mi mamá sabe quién habla. Este mensaje es para ella y para mi hermanita, Joslin. Y para la tía Dee y Vincent y Nigel y todos los demás de la cuadra East Cypress en Compton. Miren he sobrevivido cosas de lo más jodido... Perdón, ¿puedo decir eso?

CARMEN: Como si alguien fuera a entrar aquí para arrestarte. Imagínate.

DJ DAN: Continúa.

MARCUS: En fin [*Risas.*] Como les iba diciendo: de milagro sigo aquí, pero lo que quería decirles es que… pronto regresaré a casa. En cuanto terminemos lo que tenemos que hacer. [*Pausa.*] Carajo, ya pasé lo peor, así que por ahí pronto me verán la cara.

CARMEN: De mi parte el mensaje es para mi mamá, Netty y mis dos hermanos, Marcos y Raúl. Y mi prometido, Brett. Los quiero a todos… ¡tanto! Rezo porque estén bien. [*Pausa.*] Brett, si escuchas esto, por favor, cuídamelos a todos. Que estén a salvo. Regresaré en cuanto pueda.

SHY: Yo me estoy comunicando con mi mamá, Lucía, mi hermana y sobrino. [*Pausa.*] Queríamos regresar directo a casa, pero no podemos. Esto que tenemos que hacer… es bien importante. Luego se los explicaré. Por ahora, sólo quería decirles que pienso en ustedes… todo el tiempo. [*Pausa.*] Los quiero mucho. Y lo único que importa es que todos volvamos a estar juntos.

DJ DAN: *Okey.* Bien. Ahora, antes de que los deje ir… Tengo que estar seguro de que ustedes jóvenes entienden la situación. También lo estoy haciendo por si hay alguien más que esté pensando en salir al camino. [*Pausa.*] ¿Ya saben que un grupo conocido como la pandilla Suzuki ha prohibido toda clase de viaje?

SHY, CARMEN y MARCUS: Sí.

DJ DAN: ¿Y ya saben que han amenazado con dispararle a cualquiera que pesquen moviéndose de una zona a otra?

SHY, CARMEN y MARCUS: Sí.

DJ DAN: La gasolina está extremadamente escasa y sin nada que la regule. Lo más probable es que hagan el viaje a pie. ¿Están conscientes de esto?

SHY, CARMEN y MARCUS: Sí.

DJ DAN: Por no mencionar que resulta tremendamente difícil tener acceso a los repartos gubernamentales si no estás en una zona establecida. Es muy probable que se les agote la comida y el agua en el camino. [*Pausa.*] Y sabiendo todo esto, ¿todavía están dispuestos a viajar hacia el este?

CARMEN y MARCUS: Sí.

SHY: Es que no lo entiende, señor. No tenemos opción.

Día 47

28
CÓMO MONTAR

—Supongo que sólo podemos esperar que estuvieran escuchando, ¿verdad? —comentó Carmen.

Shy asintió.

—O al menos que alguien se los diga.

—Si es que siguen vivos —Carmen se comió una rebanada de naranja mirando fijamente a uno de los botes salvavidas artificiales colgados en el costado del barco crucero de escenografía. El sol detrás del atrio falso apenas comenzaba a asomar la cabeza.

Shy levantó los hombros y apoyó el plato de poliestireno en el regazo mientras le daba un trago a la botella de agua.

—Todas esas cosas que nos dijo el DJ Dan anoche —dijo Carmen—, ¿también te horrorizaron?

Shy afirmó.

—Pero no es que nos haya dicho algo nuevo.

—Supongo.

Shy metió la última cucharada del puré gris y granuloso en su boca y puso el plato en el suelo. La avena fría de los Estudios Sony sabía a mierda, pero él comprendía que necesitaba sus nutrientes. En cuanto se ocultara el sol, los cuatro abandonarían definitivamente ese lugar y se encaminarían a

Arizona. Quién sabe cuánto les durarían las provisiones que habían empacado en sus mochilas.

Mientras Shy observaba a Carmen mirar al helicóptero que los sobrevolaba, jugueteó con el anillo en su bolsillo. El anillo lo había motivado a pedirle a ella que lo siguiera al lote del barco crucero cuando despertaron. Se lo iba a dar ahora, por si sucedía cualquier cosa, sin que aquello representara una romántica y grandilocuente propuesta de matrimonio. Nada más quería que ella lo tuviera, como amigos. Si tan sólo pudiera encontrar la manera de explicárselo…

—Eeeh… ¿Shy? —dijo Carmen sacándolo de sus elucubraciones.

—¿Qué? —volvió a meter el anillo en el bolsillo.

—¿Es quien pienso que es? —Carmen señaló el estrecho camino principal que corría entre los diversos lotes.

Shy se puso de pie. No le sorprendió volver a ver a su padre. Pero esta vez, no estaba al otro lado de la barda, sino *dentro* de la propiedad. Y en lugar de vestir su traje de cuero Suzuki y su máscara verde, llevaba una simple camisa y jeans Raiders. Caminaba por el sendero hacia ellos rodando su motocicleta. El hombre se detuvo a unos veinte metros de distancia y gritó:

—¡Shy! ¡Ven acá, muchacho! ¡Quiero hablar contigo!

Carmen se levantó también para gritar:

—Pues qué lástima. ¡Shy no quiere hablar con *usted*!

—Está bien —Shy le dijo con voz callada.

Ella lo miró molesta.

—¿Seguro?

Él asintió. La noche anterior, antes de quedarse dormido, había tomado una decisión. Averiguaría lo que sabía su padre de su casa. No importaba lo que fuera.

—Déjame lidiar con esto, y luego te voy a buscar.

—¿De verdad es lo que quieres? —Shy confirmó. Carmen volvió a mirar al papá y le dijo a Shy—: Estaré en el jardín principal por si me necesitas.

Otro helicóptero los sobrevoló mientras Shy observaba a Carmen caminar por el sendero llevando sus cáscaras de naranja y el plato de Shy. Ella redujo un poco la marcha para lanzarle una mirada dura al padre de Shy antes de rozar su moto y casi tumbarla. Él esperó hasta que Carmen llegara al final del sendero para volver a dirigirse a Shy.

—Igual que a mí —dijo con una sonrisa amplia—. Te agradan las que no se dejan —con un ademán le indicó que caminarían al lote del salvaje oeste—. Sígueme.

—Yo no me parezco a ti *en nada* —murmuró Shy mientras seguía a su padre.

—Te escuché anoche en la radio —le dijo su papá recargando la moto en su caballete dentro de la pista para caballos. Detrás de ellos había una fila de establos cerrados demasiado pequeños para albergar a un caballo de verdad—. No es en serio que piensas irte, ¿verdad?

Shy encogió los hombros.

—¿Por qué llevas ropa normal?

—Nos hacen dejarlo todo en la entrada antes de que podamos ingresar. Además nos someten a los mismos análisis que a todos los demás —el padre de Shy se asomó dentro de uno de los establos vacíos—. No puedo dejarte salir de aquí, Shy. Es demasiado peligroso. Y ésta es mi segunda oportunidad.

—Segunda oportunidad, ¿para qué? —preguntó Shy.

—Para ser tu padre —dijo volteando a ver a Shy directamente a los ojos—. Ya te lo dije ayer, hijo. Esos terremotos me cambiaron.

Shy apartó la vista. Se concentró en el interior de los establos. Había seguido a su padre hasta ahí para preguntar por su familia, su *verdadera* familia, y no para oír las mismas promesas huecas que Shy había escuchado de él desde que tenía memoria.

—Me quedé pensando en algo que dijiste ayer —el papá aclaró su garganta—, eso de que nunca te enseñé nada.

—Ya no importa…

—No. Tenías razón —lo interrumpió su padre—. Déjame preguntarte, ¿alguna vez has andado en moto?

Shy negó con la cabeza. Aun cuando lo había ensayado en su cabeza, lo ponía nervioso preguntar por su casa. ¿Qué tal si su papá realmente sabía algo y ese algo era terrible? ¿Podría enfrentarlo?

—Te voy a enseñar a manejar una —su papá dio unos golpecitos en el asiento para que Shy se trepara.

—Mira, te seguí hasta acá por un motivo —dijo Shy, luego aclarándose la garganta—. ¿Qué sabes de la casa? Sinceramente, ¿le pasó algo a mamá?

Su padre lo ignoró.

—¿No te quieres subir? Está bien. Te explicaré cómo manejar —el hombre se trepó en la moto con la llave en la mano que luego insertó en la marcha—. Primero giras la llave así. ¿Ves cómo se encendió la luz roja? Eso quiere decir que está lista para arrancar. Las velocidades funcionan así —señaló el pedal redondo bajo su pie derecho—: abajo es primera. Una más arriba es neutral. La siguiente arriba es segunda y así…

—Ya, papá —dijo Shy cada vez más enojado.

—Espera —dijo su papá—. Déjame enseñarte esto primero, luego contestaré a todas tus preguntas.

A la distancia, Shy escuchó otro motor, pero no sonaba como una motocicleta, sino algo más grande. Su papá también volteó al escuchar el sonido, pero cuando éste se disipó Shy dijo:

—Entonces, ya acabemos con esto.

—Aquí es importante saber andar en moto, muchacho. Ya viste cómo están los caminos —cuando Shy no respondió, el padre añadió—: No tienes que decidirlo en este mismo instante, pero he estado pensando… Si de verdad ya no quieres quedarte aquí, tal vez podrías andar conmigo y mis amigos. Lo que hacemos es importante, hijo.

Shy casi se rio en la cara de su padre. ¿En serio pensaba que él iba a abandonar a Carmen, Marcus y Limpiabotas por andar con una horda de matones que intentaron prender fuego a su casa rodante? No le deseaba ningún mal a su papá. De hecho, si pudiera le pasaría a escondidas una de las jeringas para protegerlo contra el mal. Pero al mismo tiempo no quería que él pensara que ambos se perderían juntos en el horizonte como en algún cursi final feliz de película.

—Bueno, pero ya me estoy adelantando. Podemos hablar de eso después —su papá volvió a enfocarse en la moto—. Entonces, una vez que enciendes la marcha, sostienes el *clutch* así con la mano, y con el pie metes primera.

Mientras su padre proseguía con su clasesita de moto, el pensamiento de Shy volvió a flotar hacia su casa y familia. Imaginó sus caras: la de su mamá, la de su hermana, la de Miguel. ¿Qué haría si se enterara que algo les pasó?

—Sólo dime la verdad —dijo Shy al fin interrumpiendo a su padre—. ¿Qué es lo que sabes? —el hombre hizo una pausa mirando fijamente a Shy—. Merezco la verdad.

Su padre inspiró profundamente y dejó salir el aire con lentitud.

—Mira, hablé con Teresa tan sólo unas horas antes de los terremotos —dijo—. Miguel no sobrevivió. Murió del mal.

Shy se quedó paralizado sin quitarle los ojos de encima a su papá mientras se iba helando. Casi había esperado escuchar aquello, pero de todas maneras lo golpeó como un ladrillo.

—Pensé que le estaban dando medicamento.

Su padre asintió.

—Te estoy diciendo lo que escuché.

Shy apartó los ojos imaginándose la cara del Sr. Miller... imaginándose cómo le cambiaría la expresión si él lo picaba con una navaja.

—¿Y mamá y Teresa?

—Mira, Shy —le dijo su padre—, si te quedas aquí un poco más...

—Ya, papá —le rogó Shy—. Por favor... sólo dime lo que sepas.

—No sé nada con seguridad.

Shy bajó la vista al suelo queriendo creer que eso era todo, pero sabía que su papá se guardaba algo.

—Pero ¿tú qué *piensas*?

—Pues te diré algo más, ¿*okey*? —el padre levantó el mentón de Shy para que pudieran verse a los ojos.

A Shy le zumbaban los oídos con anticipación, porque lo presentía. Lo que estaba por escuchar iba a cambiarlo todo.

—Al día siguiente de los terremotos —continuó su papá—, me pude comunicar por teléfono con un tipo con el que trabajaba en Chula Vista. Justo antes de que se vinieran abajo las torres de los celulares —tomó aire y lo dejó salir lentamente—.

Otay Mesa desapareció, *mijo*. Al igual que todas las ciudades de alrededor. Y a todo el que sobrevivió a los terremotos lo alcanzaron los incendios —hizo una pausa—. Se fueron todos, *mijo*. Allá pegó más duro que en cualquier otra parte del estado.

El estómago de Shy se le fue a la garganta. Se arrodilló y pegó las palmas contra la tierra. Imaginó a su madre. Muerta. A su hermana. Muerta. Ya no tenía para qué regresar a casa, ni a ninguna otra parte, porque quizás él mismo estaba muerto también. Su padre intentó levantarlo de los hombros.

—Escúchame, Shy. Saldremos adelante juntos, porque me di cuenta de algo. Tú eres lo único que he tenido en este mundo. Y te lo digo con el corazón.

Shy permaneció varios minutos con las manos y las rodillas sobre la tierra mirándola fijamente. El tenue sonido de las palabras huecas de su padre le caía como lluvia sobre la cabeza. Anteriormente, cuando se había imaginado este momento, se había visto gritándole al cielo. Llorando. Pero no hizo ninguna de las dos cosas. Se quedó ahí sentado, entumecido, con la vista borrosa. Finalmente, un sonido fuerte como de algo que se venía abajo lo hizo alzar la vista. Provenía de algún lugar en la propiedad.

—¿Qué carajos? —escuchó murmurar a su padre. Luego, el estruendo de un motor. El mismo de antes, pero más cerca. Después vio a una camioneta Suv negra atravesar una hilera espesa de arbustos y entrar al lote del lejano oeste.

Shy se levantó de un brinco. Dos hombres vestidos de negro saltaron del vehículo al otro extremo de la pista para caballos y sacaron sus armas. Antes de que Shy pudiera reaccionar, los hombres ya marchaban hacia adelante disparando sus armas. Las balas levantaron la tierra junto a sus pies.

29
EL TRÁILER VACÍO

El padre de Shy lo tiró al suelo detrás de los establos falsos. Las balas les llovían por todos lados. Shy se levantó lleno de pánico y vio a su papá montar la moto, arrancar el motor y hacerle señas para que se trepara. Shy se asomó por un lado de los establos. Los dos hombres avanzaban a través de la pista para caballos. Dejaron de disparar el tiempo suficiente para que uno a gritos le diera instrucciones al otro. Luego se dividieron. El líder se fue hacia el perímetro del lote.

—¡Ven! —le gritó su papá pegándole al asiento detrás—. ¡Vámonos de aquí!

Shy respiraba a bocanadas rápidas. Detrás del cobertizo había una pequeña colina que llevaba a una casa pequeña estilo granero. Se volvió a asomar por un lado de los establos. El otro hombre se dirigía directamente hasta allí con la pistola en alto. Shy no sabía qué hacer ni quiénes eran estas personas o lo que querían. Lo que sí sabía era que no podía irse con su papá.

—¡Te dije que te subas! —volvió a gritar su padre—. ¡Pero ya!

Shy salió corriendo en sentido contrario por la ladera de la colina. Los balazos cortaban entre los árboles frente a él. Se tiró detrás de una gran grúa para cámara y se quedó ahí agarrando aire, mirando al cielo y escuchando. Percibió el ruido del motor de la camioneta y luego la moto de su padre saliendo a toda velocidad por detrás de los establos y después una pequeña conmoción cerca del jardín principal. Lo que no escuchó fueron balazos. Shy se incorporó y levantó la cabeza para volver a echar un vistazo. Vio a su padre a la carga contra uno de los hombres armados. Éste hizo dos disparos fallidos y se volteó para correr en el instante en que el padre de Shy aventó la moto contra él mandándolo a volar con todo y pistola. El papá de Shy viró con tal violencia que tuvo que bajar el pie para no caer. El pistolero buscó su arma a gatas. El padre de Shy arrancó, pero entonces emergió el otro pistolero y le disparó en el hombro.

—¡Papá! —gritó Shy. Vio como éste se tocaba el hombro instintivamente haciendo chocar la moto contra la puerta del conductor de la camioneta. Se enderezó rápidamente y arrancó derribando la endeble barda de madera que rodeaba el lote.

A Shy lo inundó una sensación de alivio al ver que su papá avanzaba por el sendero que llevaba al jardín principal. El hombre al que había golpeado se levantó lentamente del suelo y se quedó parado vacilando con la pistola. El otro seguía avanzando hacia la parte de la barda que derribara el padre de Shy sin dejar de disparar. Luego enfrentó a un hombre mayor, aún paralizado a la mitad del camino pavimentado, y le disparó en la frente. Al instante cayó para atrás. Su cabeza resonó contra el pavimento. Shy salió a hurtadillas por detrás de la casa y corrió para el otro lado. Así atravesó unos lotes aledaños sin saber a dónde ir ni cómo escapar, hasta que volvió a dar con el set del barco crucero donde se ocultó, detrás de un carrito de café. Arrodillado trató de recobrar el aliento y de pensar. Tenía que regresar a los tráileres para buscar a Carmen, Marcus y Limpiabotas, pero le daba miedo seguir por el sendero principal. Los hombres disparaban contra todo lo que se movía. Terminarían por dirigirse al jardín donde encontrarían la mayor concentración de gente. Darius les había advertido de la gente que les lanzaba botellas y rompía las luminarias, pero ahora la situación parecía otra. Estos tipos intentaban matar a todos. Shy se imaginó a Carmen en alguna parte, atrapada en el fuego cruzado. El corazón le golpeaba el pecho. Tenía que protegerla. Luego imaginó a su mamá y las cosas que le había dicho su papá sobre su casa. Todo destruido, y lo que significaba… Shy escuchó otros disparos. Ahora sonaban más lejanos. Aspiró profundamente y se obligó a salir de detrás del carrito y del lote del barco crucero. Corrió presuroso por el sendero principal a la vista de todos. A cada instante se imaginaba que alguien se asomaría de entre los arbustos para meterle una bala en la espalda. Pero nadie lo hizo.

Al llegar al jardín principal, se deslizó detrás de un árbol flaco para estudiar el caos. Uno de los pistoleros, en cuclillas detrás del muro posterior de la cafetería, disparaba contra un montón de gente que corría para todos lados. Había varios cuerpos inmóviles en el suelo. El otro pistolero yacía boca abajo en el pasto a unos veinte metros de la cafetería. Tampoco se movía. Del lado contrario del jardín tres guardias de seguridad disparaban contra el pistolero que quedaba.

Shy buscó un atajo atravesando unos edificios de oficinas acordonados con la cinta de precaución para emerger cerca de la última hilera de tráileres.

Encontró el que le habían asignado, abrió la puerta de un empujón y metió la cabeza gritando los nombres de sus amigos, pero el tráiler estaba vacío, sin huella. Dejó que la puerta se cerrara sola y miró ansiosamente a su alrededor. ¿Dónde estaban?, ¿dónde estaba su padre?

Toda la gente a su alrededor abría y cerraba las puertas de sus propios tráileres llamando a sus seres queridos, algunos gimiendo abiertamente, otros queriendo pasar desapercibidos pero mirándolo todo. Un hombre pasó corriendo junto a Shy llevando en el hombro a un niño que chillaba a pleno pulmón. Shy estuvo a punto de seguirlo también, cuando por encima del escándalo escuchó la voz de alguien que le llamaba. Giró rápidamente y vio a Marcus corriendo hacia él.

—¡Toma! —le gritó Marcus arrojándole su mochila—. ¡Sígueme!

Cortaron por la orilla del jardín principal donde los guardias se cubrían detrás del enorme depósito de basura. Ahí estaba también su papá recargando una pistola. Le echó un vistazo a Shy antes de volver a ver al pistolero que quedaba y dispararle. Marcus agarró a Shy del brazo.

—¡Por acá!

Los dos corrieron hacia la entrada principal. Había una multitud reunida en torno a Darius y otros guardias, que intentaban calmar a la gente.

—¡Créanmelo! —gritó Darius—. ¡Todavía es más seguro aquí dentro que afuera!

—¡Shy!

Él volteó rápidamente al escuchar la voz de Carmen. Ella y Limpiabotas se agazapaban a unos veinte metros del lado izquierdo de la multitud, medio ocultos detrás de un grupo de palmeras enanas. Limpiabotas traía el maletín de lona. Al acercarse a ellos con Marcus, Shy vio una sábana enrollada que colgaba de una rama gruesa del otro lado de la pared de ladrillos.

—¡Limpiabotas dice que podemos usarla para escalar la pared! —gritó Carmen.

Shy asintió mientras observaba a Marcus adelantarse a agarrar la sábana y comenzar a escalar. Le tomó apenas unos segundos para llegar a la cima, donde se impulsó para brincar al otro lado y desaparecer de la vista de todos. Le siguió Carmen, luego Shy. Una vez que Limpiabotas finalmente logró pasar la barda asiendo con fuerza el maletín y cuidando su pierna parchada, todos salieron rápidamente por el camino y atravesaron la entrada.

En la primera intersección, Shy divisó una segunda camioneta Suv negra, del mismo modelo que la que había chocado en los Estudios. En la parte posterior le habían enganchado un remolque cargado con dos motocicletas color gris metálico nuevas. Los ojos del hombre dentro de la camioneta se agrandaron cuando vio a los cuatro pasar delante de él. Ellos se escabulleron por una angosta calle residencial. Shy no dejaba de mirar para atrás esperando ver a la camioneta Suv sobre sus talones, con el conductor asomado a la ventana disparándoles. Pero no sucedió. Detrás de ellos la calle permaneció vacía. Finalmente, Shy dejó de voltear.

30
ESTACIÓN UNIÓN

Lo primero que quedó claro fue que no había trenes. Durante la hora que les tomó caminar a la Estación Unión, Shy había rezado porque hubiera *algo*. Pero Marcus tenía razón, ese *algo* había sido un sueño. El techo alto del icónico edificio se había desplomado y un tren que se estrelló en la estación yacía de lado sobre varias vías hecho pedazos. Shy estudió los maltrechos círculos rojos pintados sobre paredes, puertas y ventanas. Afuera zumbaban los enjambres de moscas. Habría cadáveres adentro, algunos cuantos quizá.

Observó a Carmen y Marcus acercarse a las altas puertas en arco de la entrada pensando en la última vez que había visitado la estación. Aquel día en que su padre lo había dejado en la acera con un boleto de ida (sin vuelta) a San Diego. La estación estaba entonces repleta de gente que iba y venía, rodando su equipaje, abrazando a sus seres queridos. Ahora todo se había convertido en un pueblo fantasma. Carmen llamó a Shy con la mano, pero él ya no quería saber de cadáveres. Necesitaba un minuto a solas. Aún no se reponía que le hubieran disparado, así por nada.

Pensaba incesantemente en lo que su padre le había dicho de su familia y esto lo hacía cuestionarlo *todo*. ¿Qué esperaba que sucediera cuando llegaran a Arizona? *Si es que* llegaban a Arizona. Claro, les entregarían la vacuna a los científicos y quizás hasta salvarían algunas vidas, pero ¿lo merecería esa gente más que su mamá, hermana y sobrino? ¿O que aquellos bebés inocentes del hospital? Y luego estaba el tema de Carmen. Él tendría que decirle lo que sabía: que todos en su pueblo habían desaparecido, incluyendo sus familias. ¿Pero cómo decirle algo así a la chica que tratas de proteger?

Limpiabotas, sentado contra una palmera detrás de Shy, escribía en su diario. El tipo se veía tan tranquilo, moviendo metódicamente la pluma por la página; las gruesas frondas del árbol se mecían con el viento encima de él. Shy se preguntaba de qué manera Limpiabotas se habría despegado emocionalmente de todo. ¿Era una tendencia que se desarrollaba con la edad? ¿Se debía a su tiempo en el ejército? ¿Tal vez algunos nacían así?

—¡Madre santa! —gritó Carmen.

Shy volteó y la vio salir corriendo de la estación de trenes, recargarse contra el concreto agrietado y vomitar. Marcus venía detrás de ella. Dio un portazo y salió cubriéndose la boca.

—¿Son muchos? —les preguntó Shy con voz fuerte.

—Están amontonados —dijo Marcus—. Debe haber miles, hermano. Peor que en el hospital.

Carmen, de manos y rodillas, miraba fijamente el concreto. Shy volteó a ver a Limpiabotas, quien seguía sentado escribiendo en su diario. De seguro ni siquiera se había molestado en alzar los ojos.

Ahora que había desaparecido su familia, Shy tendría que hacerse más como él: encallecerse ante el mundo. Sólo así iba a poder seguir adelante.

31
COMPAÑÍAS BILLONARIAS

Limpiabotas los condujo hacia el este por las vías del tren que se prolongaban detrás de la Estación Unión. El sol golpeaba la cara de Shy y su espesa mata de cabello. El aire le quemaba los pulmones, pero si comenzaba a toser, nunca pararía. El plan consistía en caminar por las vías hasta salir de la parte congestionada de la ciudad. Después se cambiarían a la Autopista 10, que también iba al este. Luego buscarían un auto con llaves y gasolina, o algún modelo viejo que Shy pudiera encender directamente con los cables de la ignición. Por el momento, sin embargo, únicamente caminaban. La camisa de Shy se había empapado de sudor, sobre todo en la parte entre su mochila y la piel. De cuando en cuando apartaba la mochila de su cuerpo para que le entrara aire a la camisa, pero terminó por rendirse y dejar que el sudor le corriera por el cuerpo. Limpiabotas, maletín de lona al hombro, cojeaba frente a él usando un palo nudoso que se había encontrado como bastón. Marcus cargaba su radio escuchando al DJ Dan con apenas el volumen suficiente para que todos ellos pudieran oírlo. Carmen caminaba de puntas sobre uno de los delgados rieles de metal. Shy la observó mover ocasionalmente los brazos para mantener el equilibrio. Como una niña, imaginó. Verla así hacía que el secreto que él guardaba sobre sus familias le revolviera el estómago.

Al cabo de una hora pasaban por el centro de Los Ángeles y Shy se impresionó con la devastación frente a sus ojos. Rascacielos caídos de lado que habían dejado cráteres gigantescos en la tierra. Calles con hoyos peligrosos. Semáforos regados en las aceras. Largos corredores de concreto y asfalto chamuscado. En algunos de los lotes vacíos habían surgido asentamientos de viviendas improvisadas, todas apretándose unas con otras. Adentro, en las sombras, se veían las cabezas de sus ocupantes. Encima de una iglesia caída vieron otros grupos de pequeñas carpas.

A más o menos un kilómetro del barrio chino vieron a un grupo de niños que entraban y salían de un camión de basura volteado y quemado. Shy vio cuerpos inmóviles alineados en un tramo largo de la acera y luego a dos niños en un callejón cercano, parados sobre un hombre grande e hinchado al que picaban con palos. Luego el Staples Center, donde jugaban los Lakers, cubierto de vidrio astillado en toda su estructura masiva. Producía unos reflejos tan hirientes que los cuatro tuvieron que taparse los ojos. Todos esos círculos pintados le dijeron a Shy que el estadio del equipo de la NBA, favorito de su padre, ahora constituía un féretro enorme.

Limpiabotas los llevó hasta la Autopista 10, donde hallaron varios carros totalmente volteados con las puertas de los conductores abiertas, indicando que los dueños habían escapado. Revisaron el interior de todos los vehículos que quedaban parados sobre sus neumáticos, pero rara vez contenían llaves y, cuando eso sucedía, no tenían gasolina.

Cuando el grupo llegó a la intersección de la Autopista 10 con otras vías, Limpiabotas rompió el silencio.

—Les convendrá saber que nos vienen siguiendo.

Shy giró la cabeza para todos lados, pero sólo vio un mar de autos abandonados y la vista posterior de una ciudad en ruinas.

—Yo no veo nada —dijo Carmen.

Marcus le bajó el volumen a su radio y miró a alrededor.

—¿Quién? ¿La pandilla Suzuki? Oiríamos sus motos, ¿no?

Más allá del Centro reinaba el silencio en la ciudad. Incluso cuando Shy cerraba los ojos y se concentraba, el viento era lo único que oía.

Limpiabotas mantuvo la vista al frente mientras caminaba con su palo.

—Sabíamos que en algún momento la compañía comenzaría a buscarnos —le echó una mirada a Shy—. Ir a la radio como lo hicieron sólo les facilitó la búsqueda.

—¿LasoTech? —preguntó Marcus—. No, hombre. Han de pensar que morimos en la isla con todos los demás.

—No si nunca regresó uno de sus barcos con sus hombres —dijo Limpiabotas—. Piénsenlo como si estuvieran en sus zapatos. Hay una carta por ahí que explica todo lo que hicieron. Además, hay jeringas llenas de una vacuna que apoyan lo que dice la carta. Podrían pensar tal vez que todo esto quedó en el fondo del mar, pero las compañías con billones de dólares no operan pensando en el *tal vez*.

Shy siguió mirando a sus espaldas. Él le había dicho a Carmen lo mismo, que la compañía los buscaría, pero escucharlo de boca de Limpiabotas lo hizo más presente. Jugueteó con el anillo de la buena suerte en su bolsillo deseando que fuera solamente paranoia de su parte. Pero entonces le entró otro pensamiento.

—¿Quieres decir que esos tipos que atacaron los Estudios en la mañana venían de LasoTech?

—Así es —dijo Limpiabotas.

Carmen negó con la cabeza.

—Limpiabotas, no escuchaste lo que nos dijo Darius: han tenido problemas con la gente de fuera todo el tiempo.

Shy volvió a recordar a los dos pistoleros que saltaron de la camioneta Suv. Les habían disparado a todos, pero primero se fueron tras él y su padre. ¿Qué tal si él había sido el verdadero blanco?

—Les dijeron exactamente dónde estábamos —dijo Limpiabotas.

Marcus negó con la cabeza.

—¿En la radio? No, hombre. No usamos nuestros nombres a propósito.

Limpiabotas se detuvo.

—¿Y a quién le importa cómo se llamen? Piénselo, muchacho. Un grupo de chamacos sale al aire diciendo que abandonan los Estudios Sony. Por su propia elección. Porque tienen que hacer un viaje importante.

Shy volvió a echar una mirada a la autopista detrás de ellos. Aún no veía nada, pero sabía que Limpiabotas tenía razón. Se sintió como un idiota. Habían ido a la radio para tratar de comunicarse con sus familias, pero éstas habían desaparecido, así que lo único que lograron fue decirle a LasoTech dónde encontrarlos.

—¡Mierda! —dijo Shy—. Entonces, ¿ahora qué?

Limpiabotas mantuvo la mirada sobre la autopista frente a ellos.

—Tenemos que hacer parada en San Bernardino.

—¿San Bernardino? —preguntó Carmen.

—Pensé que teníamos prisa por llegar a Arizona —añadió Marcus.

Limpiabotas apuntó al este con su bastón.

—Queda de camino, a unos 95 kilómetros de aquí. Si no encontramos un carro que camine, andaremos cuando menos dos días, así que más vale que nos movamos.

—¿Qué hay en San Bernardino? —preguntó Shy.

Limpiabotas volteó a mirarlo.

—Conozco a un tipo ahí que almacena armas. Tenemos que protegernos de algún modo.

Shy levantó la vista al cielo claro mientras los cuatro seguían caminando. Cero helicópteros. Tampoco escuchaba camiones ni motocicletas. No entendía por qué Limpiabotas estaba tan convencido de que los seguían.

32
HACIA EL ORIENTE, AL DESIERTO

Para cuando tuvieron el sol inclemente y ardiente directamente sobre sus cabezas, ya habían dejando bastante atrás los límites de la ciudad. La autopista perdió un carril a ambos lados. Quedaban menos autos que revisar y los pueblos que pasaban se iban haciendo más pequeños y distantes entre sí, aunque todos se veían igualmente devastados por los terremotos e incendios. Shy se quitó el sudor de la frente con la muñeca y estudió los alrededores. Registraba hasta el sonido más leve en la distancia. Se habían turnado para meter la cabeza en cada auto que pasaban, pero hasta el momento ninguno contaba con llaves y gasolina. Después de un tiempo, Shy le dijo a Carmen:

—Más vale que nos resignemos: iremos a pezuña hasta Arizona.

Ella lo miró molesta, pero no dijo nada. Él se preguntaba si sería buen momento para hablarle de sus respectivos hogares. Entre más esperara, más difícil sería explicarle por qué no se lo había dicho inmediatamente. Shy se aclaró la garganta, pero cuando abrió la boca le faltaron las palabras, así que enfocó su mirada al frente y siguió caminando en silencio.

Entre más avanzaron hacia el este, más disperso se volvió al paisaje. Un pequeño centro comercial aquí, un Cineplex allá. Los grandes anuncios espectaculares prometían locales de comida rápida y cafés y cadenas de hoteles, pero casi todos los lugares que pasaban estaban desplomados y abandonados. No se detuvieron en ninguna parte a investigar, por el contrario, comieron sus barras de granola y galletas, y bebieron tragos diminutos de agua embotellada sin dejar de caminar.

Shy fijó la vista en el camino que tenían por delante intentando tragarse sus emociones como Limpiabotas, pero su mente seguía dando vueltas a todo lo que había perdido.

Llevaban horas caminando cuando se apareció un punto diminuto en el cielo: un helicóptero.

—¡Alto! —dijo Limpiabotas señalándoles que se detuvieran.

—¿Qué pasa? —preguntó Carmen.

Shy apuntó al cielo observando a Limpiabotas escudriñar la autopista frente a ellos.

—Ahí —dijo el hombre haciéndoles señas de que se acercaran a una destrozada camioneta blanca Suburban, a unos veinte metros de ellos.

Shy volvió a mirar al cielo mientras los cuatro se ocultaban rápidamente en la Suburban. El helicóptero venía directamente hacia ellos. Shy contuvo la respiración y gateó debajo del auto para esconderse con los demás. Esperaron varios minutos en silencio, escuchando cómo el sonido del helicóptero se hacía cada vez más fuerte hasta quedar directamente encima de ellos revolviendo todo lo que había en el camino. El corazón de Shy se le fue a la garganta. Miró a Carmen y

Marcus, pero precisamente en ese momento, el helicóptero siguió de frente. Shy estiró el cuello para observarlo dirigirse al oeste por la Autopista 10 y luego virar al norte, hacia el pueblito que habían pasado más temprano. El helicóptero se empinó más cerca del suelo y se quedó estático un momento. De pronto se abrió una puerta y se asomó un hombre vestido con una chamarra de la Cruz Roja que comenzó a bajar una caja de madera grande con una cuerda. Shy volvió a respirar, aliviado. Carmen quiso arrastrarse fuera de la Suburban, pero Limpiabotas la detuvo:

—Aguante otro poco.

Hubo algo de ruido debajo del helicóptero cuando el hombre con la chamarra de la Cruz Roja dejó caer la caja a tierra y luego jaló la cuerda que amarró a otra caja para empezar a bajar ésta también.

—Sólo están dejando alimentos —le dijo Carmen a Limpiabotas—. No todos van tras nosotros como piensas.

Limpiabotas asintió apretando el maletín más estrechamente. Luego de tirar la segunda caja, el helicóptero avanzó hacia el oeste. Cuando Carmen intentó deslizarse de debajo de la Suburban, ya no la detuvo Limpiabotas sino Shy. Era claro que el helicóptero repartía paquetes de ayuda, pero a Shy se le figuró que de todos modos valdría la pena esperar hasta que quedara totalmente fuera de su vista.

33

LA DECISIÓN DE MARCUS

En cuanto oscureció, comenzaron a buscar un lugar seguro donde pasar la noche. Sin el sol, el aire del desierto se enfriaba. Tuvieron que ponerse las chamarras. Limpiabotas los llevó hasta una canaleta profunda y tapada por los árboles al otro lado de la autopista. Shy descendió hasta el centro del seco canal junto con los demás y se comió otra barra de granola dando tragos pequeños a su agua. Así sentados, las paredes de la canaleta les llegaban un poco más arriba de sus cabezas. Entre las paredes y los escuálidos árboles que los cubrían, difícilmente alguien los distinguiría en la oscuridad.

—Mejor aprovechen para descansar —dijo Limpiabotas—. Al amanecer tenemos que seguir caminando.

Shy vio al hombre sacar su diario del maletín de lona y abrirle el candado con la llave que se colgaba del cuello.

—Lo que *tenemos* que hacer es encontrar un maldito carro que sirva —dijo Carmen—. Los pies me están matando.

—Nada más a ti, ¿no? —dijo Marcus.

—Me refería a *todos* nosotros, pendejo —Carmen movió la cabeza y miró a Shy—. Este tipo habla demasiado.

Marcus hizo un ademán de que no le haría caso.

Shy observó a Carmen hacer una bolita con la envoltura de lo que comió y meterla en el bolsillo de adelante de su mochila. Él había decidido que esa misma noche le diría todo lo que sabía de su casa. La apartaría un poco para que pudiera reaccionar a la noticia en privado. Y él la abrazaría o la escucharía si quería hablar… lo que ella necesitara, pero tenía que acabar el asunto de las malas noticias. Esta noche.

Carmen le dio un último sorbo al agua, cerró la tapa y miró a Shy.

—Despiértame cuando lleguemos, Sancho.

—Espera —dijo Shy enderezándose—. ¿Te vas a dormir?

—Es lo que suelen hacer los humanos cuando llega la noche —respondió ella.

—Y siendo ustedes mexicanos —se metió Marcus—, ya están acostumbrados a dormir en canaletas, ¿no? ¿Qué no tuvieron que hacer esas cosas sus ancestros para meterse a escondidas al país? —se mordió el puño, sonriendo.

—Carmen —dijo Shy—. ¿Oíste algo? Me pareció oír la voz de Marcus, pero no alcanzo a verlo en esta oscuridad.

—En cuanto encuentres a ese tonto cabeza de estropajo —dijo ella—, dale unas bofetadas de mi parte. Estoy demasiado cansada para levantarme.

Los tres compartieron unas breves carcajadas. Después de todo lo que habían pasado, se sentía bien joderse el uno al otro como lo hacían en el barco. Shy vio que Carmen ponía su mochila de almohada, recargaba la cabeza y miraba al cielo. Apenas pasaron un par de minutos antes de que se le cerraran los párpados y comenzara a respirar largo y pesado. Hasta ahí llegó el propósito de Shy de darle las malas nuevas.

Marcus encendió su radio. Él y Shy escucharon al DJ hablar de los últimos cálculos de muertos. Según una fuga de información del gobierno, se creía que la enfermedad había cobrado más del doble de muertes que los terremotos e incendios juntos.

—Oye, Shy —dijo Marcus después de un rato—, ¿puedo hablar contigo un minuto?

—Claro, ¿qué pasa?

Marcus miró a Carmen, luego a Limpiabotas todavía ocupado escribiendo.

—En privado.

Shy se levantó y siguió a Marcus por la canaleta, salvando una que otra lata vacía de cerveza o envoltorio de comida rápida hasta que se hubieron alejado unos veinte metros. Se sentaron uno frente al otro contra las anguladas paredes de la canaleta, pero Marcus no habló inmediatamente. Sólo se quedó mirando al cielo nocturno. Había toneladas de estrellas y una media luna que pendía tan baja y pesada en el cielo que Shy sintió que casi podría estirar la mano y agarrarla. Despedía apenas la luz suficiente para que pudiera ver a Marcus.

— Entonces, ¿qué? —volvió a preguntar Shy.

Marcus encogió los hombros y se miró las manos.

—Pues es que he estado pensando en muchas cosas.

Siguió un silencio prolongado.

Por el tiempo que habían pasado juntos en el velero, Shy sabía que a Marcus le costaba trabajo decir lo que pensaba; en particular cuando se trataba de algo serio. Shy siempre tenía que hablar primero de lo que pensaba, para que Marcus se animara a hacerlo. Esta noche, sin embargo, Shy sólo pensaba en cosas que podía compartir con Carmen, así que se quedó sentado. Y esperó.

Finalmente, Marcus comenzó a conversar. Por centésima vez le dijo a Shy que debería buscar una relación con Carmen…

aunque fuera tan brava. Cuando Shy mencionó al prometido de Carmen, Marcus hizo un ademán como espantando a una mosca y dijo que después de todo lo que él y Carmen habían pasado juntos no había manera de que ella pudiera regresar a su vida de antes.

—Nada une más a dos personas que pasar juntos por dificultades. Créemelo, hasta le tengo un poco de afecto a ese viejo loco que está ahí —señaló en dirección a Limpiabotas.

Shy sabía que había algo de verdad en aquello. En este momento, sentía lazos más estrechos con Carmen, Marcus y Limpiabotas que con cualquiera de sus amigos. Pero dudaba que fueran lo suficientemente fuertes como para hacer que alguien cortara con la persona con la que pensaba casarse.

—Ya en serio —dijo Shy ansioso por cambiar de tema—, ¿qué querías decirme que me trajiste hasta acá? Me queda claro que no fue para darme una clase sobre relaciones.

Marcus se quedó ahí moviendo la cabeza un rato. Entonces ocurrió algo sorprendente: comenzó a abrirse. Le dijo a Shy que todos en la universidad y en el crucero lo tenían por un tipo rudo y gánster porque venía de Compton. Y por la manera en que se vestía.

—De repente me gana la risa con todas esas pendejadas —dijo—, porque si realmente hablaras con los *brothers* con los que crecí, se reirían en tu cara. En mi pueblo la gente me toma por *nerd*.

—¿En serio? —Shy sabía que Marcus sobresalía en la escuela, pero tampoco lo imaginaba de *nerd*.

—Te lo juro —Marcus rio un poco—. Tenía buenas calificaciones, ¿no? Pero había más. Siempre tenía la cara metida en un libro, sobre todo cómics. Casi nunca iba a las fiestas. Y cuando llegaba a ir los tontos me llamaban *el Niño de biberón*. Cuando yo entraba a la fiesta, no faltaba alguna chava que gritara: *¡Hey, todos, ya llegó el Niño de biberón!*

—No es cierto —dijo Shy—. Yo te vi bebiendo en el barco.

—Bueno, así era en la *prepa* —Marcus movió la cabeza—. En fin, no voy a contarte la historia de mi vida ni nada parecido, pero como que tiene cierta relación con lo que quiero decirte:

Shy observó a Marcus tallarse los ojos, como si de pronto hubiera quedado exhausto.

—Son malas noticias, supongo —Marcus encaró a Shy—. Me voy a casa, amigo. Mañana temprano.

—¿A casa? —repitió Shy. No lo había visto venir—. Oye, ¿pero entonces por qué viniste hasta acá?

—Pues como te dije, he estado pensando las cosas —Marcus metió las manos al fondo de los bolsillos de la chamarra y se echó sobre la pared de la canaleta.

—Yo no soy héroe, hermano.

—¿Y qué piensas que soy *yo*?

—Te vi la cara en el hospital, Shy… Cuando dijiste que irías a Arizona. Lo dijiste *de verdad*. Yo te seguí la corriente porque… no sé. Supongo que sentía cierta obligación —Marcus sacó las manos de sus bolsillos y se volvió a tallar los ojos—. Y decidí que ésa no era razón suficiente para hacer algo. Shy se devanó los sesos en busca de algo significativo que pudiera decirle a Marcus, algo que le hiciese ver el viaje a Arizona de una manera totalmente distinta. Ninguno de ellos era un héroe. Sólo, como dijera Limpiabotas, se hallaban en este camino y tenían que completarlo… Tal vez Shy podría mencionarle lo que le había dicho su padre en los Estudios Sony: que su mamá había desaparecido junto con su hermana y sobrino. Quizá la única razón por la que iba a Arizona era porque no tenía a dónde más ir. Pero a Shy no le pareció correcto usar a su familia de esa manera, como una táctica para hacer a alguien cambiar de parecer. De modo que se quedó ahí sentado, negando con la cabeza y jugando con el anillo de diamante en su bolsillo.

—La cosa es que quise decírtelo primero a ti —Marcus pateó el pie de Shy para asegurarse de que le prestaba atención—. Ya sé que te doy mucha lata y eso, pero la verdad… has sido un buen amigo, Shy.

—Tú también —dijo Shy. Tenía una sensación extraña en el estómago. Ésta bien podía ser la última conversación frente a frente que tendrían él y Marcus. Y esto encima de que habían perdido a tanta gente de su grupo en el barco, pero en este caso se sentía diferente.

—En fin… —dijo Marcus.

Shy hubiera querido decir otra cosa tan sólo para que siguieran platicando un rato más, pero todo lo que se le venía a la cabeza le parecía sentimentaloide. Marcus seguramente se reiría de él. Por eso se quedó sentado, mirando el piso sucio de la canaleta.

—Ya sabrás que me siento como un patán. No te voy a mentir —Marcus agitó la cabeza—. Pero a la vez ni siquiera me importa.

—Tú no eres ningún patán —le respondió Shy.

Marcus se tapó la boca con el puño y tosió. Luego se asomó por la canaleta para ver a Limpiabotas y Carmen.

—En fin, la próxima vez que te mire, amigo, espero que sea muy de la mano con Carmen y todas esas cosas —regresó la vista a Shy—. Esa niña a veces es más molesta que el infierno, pero oye… cuando menos nunca se van a aburrir, ¿no?

Ambos sonrieron. Pero en secreto, Shy trataba de imaginarse el resto del viaje sin Marcus. Por alguna razón, realmente no podía hacerlo. ¡Tantas cosas por las que habían pasado juntos!

Día 48

34
EL CÍRCULO DE VENENO

Cuando Shy despertó a la mañana siguiente, le sorprendió encontrarse solo. Se talló los ojos con los puños. Miró a uno y otro lado de la canaleta: nadie. Las pertenencias de sus compañeros también habían desaparecido. Metió los brazos por las correas de su mochila, se puso de pie y fue entonces cuando lo vio.

En medio de los carriles que llevaban al este, quizás a unos veinte metros de él había un círculo grande de cuerpos sin vida alrededor de una camioneta.

—¿Qué demonios? —murmuró Shy.

Trepó la pared de la canaleta y se encaminó a la autopista. El corazón ya le golpeaba el pecho. El sol apenas se asomaba por encima de las distantes colinas al este, derramando luz sobre la escena extraña. Shy volvió a concentrarse en los cuerpos, todos boca arriba, con los brazos a sus costados. Había cuando menos una veintena, todos perfectamente acomodados. La camioneta que los separaba apuntaba hacia la cuneta. Sintió alivio al ver que Marcus todavía no se había ido. Estaba metido entre la camioneta y un Volvo volteado, asomándose por el agrietado parabrisas de la camioneta. Carmen y Limpiabotas afuera del círculo de cuerpos estudiaban una caja pequeña.

—¿Qué pasó? —los llamó Shy atravesando el camellón de la autopista para encontrarlos.

Carmen fue la primera en voltear a verlo.

—Ellos mismos se mataron. ¿Lo puedes creer?

Había cajas regadas alrededor de los cuerpos. Shy se agachó a recoger una.

—Es veneno para ratas —le dijo Carmen.

—¿Veneno para ratas? —Shy revisó la etiqueta y vio el cráneo con la cruz de huesos en la esquina superior derecha.

Volteó a ver la camioneta justo cuando Marcus abría la puerta lateral y se asomaba al interior. El logo grande en la puerta pertenecía a una compañía de control de plagas. Seguramente el grupo había tomado el vehículo por asalto. Pero ¿por qué? ¿Y por qué estaban los cuerpos tan ordenadamente acomodados? Shy volvió a escudriñar la autopista. Más allá de la cuneta había una bodega amplia pintada de naranja y, más lejos, un pequeño centro comercial… y uno de esos McDonald's grandes con un área exterior de juegos infantiles.

—Esto pasó hace apenas un par de días —dijo Limpiabotas.

Shy vio al hombre arrodillarse junto a uno de los cuerpos. Una mujer madura vestida con pantalones deportivos grises. Con la punta del zapato, Carmen movió un poco el cuerpo que le quedaba más cerca.

—¿Cómo podrías hacerte esto a ti mismo?

—¿Estaban enfermos? —preguntó Shy.

Limpiabotas abrió uno de los párpados de la mujer con los dedos.

—No parece —se apoyó en el palo para levantarse.

—¡Oigan! ¡Chequen esto! —gritó Marcus sentado en el asiento del conductor de la camioneta. Por la ventanilla les mostraba unas llaves.

—¡No es cierto! —gritó Carmen, arrojando la caja que tenía en las manos.

—Hasta tiene un poco de gasolina —Marcus saltó fuera de la camioneta y se les acercó a grandes zancadas. Se detuvo antes de traspasar el círculo de los cuerpos y le lanzó las llaves a Carmen—. Toma. Guárdalas mientras reviso atrás.

Carmen miró a Shy y a Limpiabotas.

—Vamos arrastrando algunos de estos cuerpos para abrir paso y llevarnos la camioneta.

Limpiabotas se acunó la oreja con una mano como apuntándola hacia el cielo. Su expresión era rara.

—Óyeme, te das cuenta, ¿verdad, hermano? —Marcus apuntaba a Shy—. Una última aportación. Que no se diga que nunca hice nada por ustedes.

Y precisamente cuando se acercaba a la camioneta, se escuchó una explosión fuerte desde lejos. Marcus tropezó, tocándose la espalda baja. Volteó a ver a Shy, con los ojos desmesuradamente abiertos y se desplomó en el suelo. Carmen gritó. Shy contuvo la respiración e instintivamente se puso a gatear mirando para todos lados. Frente al McDonald's, dos hombres enmascarados y armados avanzaban hacia la autopista. Hubo otros dos disparos. Las balas rebotaron en el concreto cerca de Marcus. Los hombres se cubrieron detrás de un depósito de basura. Limpiabotas corrió por encima de Marcus.

—¡Métanse en la camioneta! —gritó sobre su hombro.

Shy agarró a Carmen y la jaló a través de los cadáveres hacia el vehículo. Se escucharon otros tres balazos que astillaron el concreto cerca de sus pies. Luego Shy escuchó otro sonido familiar. Volteó a sus espaldas y vio a un helicóptero del gobierno elevando el vuelo por detrás de la bodega.

35
MANOS QUIETAS

Shy y Carmen corrieron detrás del Volvo con los neumáticos al aire. Él le quitó las llaves y abrió la portezuela del lado del copiloto, luego se lanzó sobre los asientos al lugar del conductor y torpemente recorrió las llaves hasta dar con la que entraba en la marcha. Más disparos. Una de las balas atravesó la pared posterior de la camioneta; otra reventó la ventanilla de atrás. Carmen se encogió en el asiento junto a Shy tapándose los oídos con las manos. Shy sintió el corazón en la garganta mientras terminaba de acomodarse en el asiento del conductor. Mantuvo la cabeza lo más abajo posible mientras giraba la llave y bombeaba el acelerador. El motor tosió y se apagó.

—¡Vamos! —gritó Carmen golpeando el tablero.

Shy echó un vistazo afuera. Los pistoleros ya estaban como a cincuenta metros y se acercaban con rapidez. Habían captado que Shy y su grupo estaban desarmados y vulnerables. Shy pisó el acelerador y volvió a dar vuelta a la llave. Ahora sí encendió. Dio un acelerón y metió reversa.

—¡Apúrate! —gritó Carmen mientras Shy metía el pie a fondo en el acelerador trepando la camioneta en la autopista.

Una vez que se interpusieron entre los pistoleros y Limpiabotas y Marcus, Shy frenó en seco, puso la camioneta en neutral y le gritó a Carmen:

—¡Hay que meterlos en la camioneta!

Carmen saltó del asiento y Shy la siguió, abrió la puerta lateral y entre ambos levantaron a Marcus mientras Limpiabotas hacía a un lado las cajas y mangueras en el interior para que pudieran recostarlo sobre su espalda. Shy levantó la mirada. El helicóptero casi estaba directamente sobre ellos, las aspas revolvían el aire y el polvo a su alrededor. La puerta lateral de la camioneta se hallaba abierta, y uno de los pistoleros comenzó a dispararles por ahí. Una bala hizo pedazos el parabrisas cuando Shy se aventó al interior. Limpiabotas se inclinó sobre Shy, cerró la puerta y le gritó a Carmen:

—¡Conduzca!

Carmen se encaramó en el asiento del conductor, cambió de velocidad y pisó el acelerador a fondo. El vehículo dio un jalón y pasó por arriba de algunos de los cuerpos. Ella entró al carril de alta velocidad y pisó a fondo, apenas disminuyó la velocidad un poco para esquivar algún carro abandonado o una falla en el concreto.

Los disparos siguieron escuchándose.

Shy se agazapó en la parte posterior de la camioneta respirando a fondo y tapándose la cabeza con las manos. Habría supuesto que las balas perforarían los lados y el techo de la camioneta, pero no fue así. Después de unos segundos, levantó un poco la cabeza y se asomó por la destruida ventana de atrás.

—¡Agáchese! —le gritó Limpiabotas.

Los pistoleros de a pie ya no le disparaban a la camioneta. Su atención ahora estaba sobre una camioneta Suv que apareció de la nada. Se veía exactamente como la que había irrumpido en los Estudios Sony. El conductor apuntaba su pistola desde la ventanilla, pero no a la camioneta, sino a los pistoleros de a pie. A uno le dispararon en el hombro. Shy lo vio caer en el pavimento. La Suv se detuvo rechinando las llantas. El conductor se asomó por la ventanilla para dispararle al otro pistolero, que se aventó detrás del Volvo. Después de eso, la camioneta en la que iba se había alejado demasiado para que Shy pudiera ver. Volvió a mirar al cielo. El helicóptero también los había olvidado. Volaba en círculos sobre el tiroteo.

—¡Agáchese, dije! —repitió Limpiabotas.

—Nos dejaron ir —le respondió.

—¡Haga lo que le dije!

Shy se apartó de la ventanilla. El corazón se le agolpaba en la garganta mientras trataba de buscarle sentido a todo aquello. ¿Por qué les disparaba el tipo en la Suv a los dos pistoleros? ¿Qué no eran del mismo bando? ¿Y qué del helicóptero? Volteó a ver a Marcus. Del lado izquierdo, la camisa de su amigo estaba empapada de sangre. Él parpadeaba con fuerza, como si estuviese tratando de despertarse.

—¿Está mal? —preguntó Shy. Supo que la pregunta era tonta en cuanto dejó salir las palabras. Limpiabotas no contestó. Estaba demasiado ocupado presionando una de sus propias camisas contra la herida de Marcus.

—¿Quiénes eran? —gritó Carmen desde el frente del vehículo.

—¡LasoTech! —le contestó en voz fuerte Shy—. ¿Verdad?

Marcus se quejó fuertemente. Carmen miró a Shy por encima de su hombro y luego regresó la vista al camino.

—¿Quién era el tipo de la Suv entonces?

Shy movió negativamente la cabeza y volvió a asomarse por la ventanilla. Al parecer, el helicóptero estaba aterrizando a varios kilómetros al oeste de donde ellos estaban.

—Tal vez andaba con los de la pandilla Suzuki. No sé.

—Los hombres de a pie eran de LasoTech —dijo Limpiabotas—. También el helicóptero. Ellos son los que tienen recursos.

—¿Y quién era el de la Suv? —preguntó Shy.

Los quejidos de Marcus se volvieron más fuertes. Limpiabotas lo tomó por los brazos y comenzó a mecerlo.

—Todo va a estar bien —le dijo al oído, repitiéndolo una y otra vez—. Todo va a estar bien, ¿me escuchas? Todo va a estar bien.

Shy los observó unos segundos, estremeciéndose con la vista de tanta sangre. Nada tenía sentido. Ni el círculo de cuerpos, ni la balacera o la Suv o la manera extraña en que Limpiabotas abrazaba a Marcus.

Shy se pasó las manos por la cara y fijó su atención en los anaqueles en el interior de la camioneta tan llenos de químicos y aparatos extraños. Deseaba creerle a Limpiabotas. Que todo estaría bien, hasta para Marcus. Pero no podía superar la vista de tanta sangre, ni de cómo había abierto los ojos Marcus cuando le dispararon, ni los quejidos que llenaban el vehículo. ¿Cómo había podido suceder todo aquello? Se suponía que para esta hora Marcus ya tenía que ir rumbo a casa.

Shy revolvió entre los equipos aspersores y nebulizadores preguntándose si encontraría algo útil. Vio aspiradoras de apariencia extraña con sus decenas de aditamentos. Encendió una linterna de luz ultravioleta y dirigió el potente haz a los cajones debajo de los anaqueles que fue abriendo uno por uno. Estudió los frascos y botellas unos minutos antes de caer en la cuenta de lo que buscaba. Ahí era donde la gente del círculo alrededor de la camioneta había encontrado el veneno.

Hizo a un lado un recipiente de doble entrada con concentrado de insecticida y encontró el veneno para ratas. Apenas quedaban algunas cajas. Parte de Shy entendió por qué la gente lo había hecho incluso *sin* haber estado enfermos. Ya para entonces la situación en California se veía muy desolada. Y sólo habría de empeorar. Aquella gente quiso tomar control de cómo y cuándo concluirían sus vidas. Con todo, a Shy eso le enfadaba. ¿Cómo habían podido quitarse voluntariamente la vida cuando tantos de los que habían muerto darían lo que fuera por un último aliento? Recordó a toda la gente que había visto morir desde que aquella primera ola tsunami había aporreado al barco: a los pasajeros en su punto de reunión, al Supervisor Franco, Toni y Rodney, al petrolero y tantos otros, incluyendo a todos los que se habían alineado en la playa de la isla Jones, pensando que los rescatarían. Y eso sin contar a su propia madre. Agarró una caja de veneno, la dejó caer en el piso de la camioneta y luego la pisó, sin saber por qué.

—¡Carajo! —gritó Carmen.

Shy gateó hasta el frente del vehículo.

—¿Ahora qué?

—Ya se encendió la luz del tanque de gasolina.

Shy se sentó en el asiento del copiloto y miró fijamente el indicador y su parpadeante advertencia luminosa de que el tanque estaba casi vacío. Se asomó por la ventana lateral. Nadie los seguía aún.

—¡Limpiabotas! —exclamó—. Se acaba de encender la luz de la gasolina. Nos seguimos hasta donde nos lleve, ¿verdad?

Limpiabotas no respondió, Shy se volteó por completo. Vio a Limpiabotas acariciando el cabello de Marcus y besando su frente sin dejar de mecerlo. Shy se extrañó, pero cuando menos Marcus había dejado de quejarse. Quizá Limpiabotas sabía lo que hacía. Shy volvió a acomodarse en el asiento, le echó un vistazo al indicador y luego miró el camino por delante por el parabrisas agrietado.

—Tal vez podremos llegar unos veinticinco o treinta kilómetros más adelante —le dijo a Carmen.

Ella exhaló profundamente.

—No puedo dejar de *temblar*.

Shy miró sus propias manos. Le sorprendió verlas perfectamente quietas. Su corazón también se había acallado. No era lógico, después de todo lo que habían pasado.

—Te lo juro —dijo Carmen—, si Marcus no sale adelante...

Shy miró a la parte de atrás de la camioneta. Marcus parecía más alerta. Limpiabotas había logrado que incluso hablara un poco. Ésa tenía que ser buena señal. Pero la atención de Shy luego se fue a la sangre. Se volteó y se quedó mirando el camino; de vez en cuando bajaba la vista a sus manos firmes.

36
EL PLAN

Entre más viajaban al este, más se despejaba la autopista. Carmen pudo mantener una velocidad constante de setenta y cinco kilómetros por hora. Shy alternaba la vista entre el indicador de la gasolina y los pueblos maltrechos a ambos lados del camino. Pasaron por Pomona, Montclair y Ontario. Pasaron también varios asentamientos de comunidades viviendo en carpas. De pronto pasaron frente a un grupo numeroso de gente que empujaba carritos de compra en donde llevaba sus pertenencias cerca de la cuneta de la autopista. Todos se detuvieron a mirar pasar la camioneta de fumigación balaceada avanzando sin tropiezos por la autopista.

Acababan de pasar un espectacular que anunciaba: ¡Bienvenidos al Rancho Cucamonga!, cuando Shy alcanzó a ver algo en el espejo lateral. Sacó la cabeza por la ventana y observó cómo un puntito se convertía en un helicóptero. Todavía se hallaba lejos, de modo que no podía saber si era el mismo de antes. Con todo, el corazón se le hundió en el pecho.

—¿Ves lo que viene detrás? —le preguntó a Carmen.

Ella mantuvo la vista adelante.

—¡Carajo! ¿Qué es?

Shy ajustó el espejo lateral para que ella pudiera ver. Carmen golpeó el volante.

—¿Y ahora? Casi andamos con los vapores.

—Agarra la 15 Oriente más adelante —le indicó Limpiabotas con voz fuerte.

—¿Y *ésa* a dónde nos llevará? —preguntó Shy girando sobre sí mismo. Le sorprendió ver a Limpiabotas recargado contra la pared de la camioneta con su diario en el regazo. Marcus también estaba sentado, presionando la camisa contra su costado y mirando inexpresivamente el hoyo de bala en el techo de la camioneta. Shy se volvió con rapidez a mirar el espejo lateral. Observó cómo el helicóptero se iba acercando cada vez más hasta quedar directamente detrás de ellos. Justo entonces comenzó a chisporrotear y fallar el motor de la camioneta.

—¿Qué quieren que haga? —gritó Carmen bombeando el acelerador.

De inmediato, Limpiabotas se asomó por encima de su hombro y señaló algo por el parabrisas.

—¡Llévenos a ese puente!

Un hombre sacó el cuerpo por la puerta abierta del helicóptero y disparó. Shy se agachó mientras la bala se incrustaba en el techo de la camioneta.

—¡Mierda! —Carmen viró hacia el camellón y luego enderezó rápidamente.

—¿Qué pasa? —gritó Marcus.

El helicóptero se adelantó un poco a la camioneta y giró para darle más ventaja al pistolero colgado de la puerta.

—¡Agáchense! —gritó Shy.

El espejo lateral explotó en mil pedazos. Carmen volvió a esquivar. Al irse acercando al puente delante de ellos, a Shy se le ocurrió una idea.

—¡Apaga el motor! —gritó.

—¿Cómo? —le gritó Carmen en respuesta—. ¡Estamos demasiado lejos! —otro disparo se incrustó en el techo de la camioneta.

—¡Sólo hazlo! —le gritó Shy—. ¡Vete hasta allá en neutral sólo con el impulso! ¡Tengo un plan!

Le sorprendió que Limpiabotas no hiciera preguntas. El hombre simplemente se regresó a gatas a un lado de Marcus y abrazó el maletín. Carmen apagó el motor y dejó que la camioneta avanzara. El pistolero disparó un par de veces más. Una bala destruyó la ventana del conductor y la otra perforó un neumático delantero. El helicóptero se elevó un poco para esquivar el puente. En cuanto quedó la camioneta bajo el puente, Shy gritó:

—¡Párala!

Carmen pisó el freno a fondo y la camioneta se detuvo rechinando llantas. El motor se ahogó.

Shy saltó a la parte posterior, abrió la puerta lateral y con la mano les hizo seña a todos de que se bajaran. Carmen se pasó a la parte de atrás y brincó. Shy y Limpiabotas cargaron a Marcus a la cuneta de la autopista y lo recostaron sobre su espalda. Limpiabotas cojeó de regreso al vehículo por el maletín, mientras Carmen juntaba las mochilas.

Shy no podía ver el helicóptero, lo que significaba que estaba sobrevolando justo encima del puente, esperando detectarlos en cuanto salieran. Por todas partes volaba la tierra y basura. Se le metía a los ojos, le ensuciaba los dientes. Si su plan no funcionaba, estaban fritos. Saltó de regreso a la camioneta y cerró la puerta lateral. Tomó el bastón hechizo de Limpiabotas. Se encaramó en el asiento del conductor y volvió a arrancar la camioneta. Respiraba a bocanadas. Puso la camioneta en neutral y luego rompió el palo por la mitad sobre su rodilla. Atoró una mitad sobre el acelerador y el soporte del volante. Se quedó parada. El motor gritó. Por favor, que funcione, que funcione, repitió Shy en su cabeza. Que funcione, que funcione.

Cuando Shy comenzó a deslizarse para salir por la puerta, el palo se zafó. Shy rápidamente lo volvió a atorar y se aseguró de que el acelerador estuviera hasta el fondo. Puso el vehículo en velocidad y salió volando al concreto duro. Tirado boca abajo observó salir a la camioneta a toda velocidad de debajo del puente. El helicóptero no tardó en emerger, para seguir a la camioneta de cerca. El hombre colgado de la puerta disparó una y otra vez contra la ventana posterior, por el lado y al techo. El vehículo continuó como cien metros hasta que el hombre perforó el otro neumático delantero. Entonces la camioneta de fumigaciones giró violentamente hacia la cuneta, donde se estrelló contra una camioneta *pick up* y se volteó. Cayó de lado con un estruendo enorme y resbaló hasta el camellón. Y estalló en llamas.

Shy ya se encontraba de pie respirando rápidamente observando el incendio. Volteó a ver a Carmen. Ella también lo observaba. Limpiabotas les daba la espalda protegiendo a Marcus.

Shy giró sobre sí mismo al escuchar una ráfaga de disparos. El helicóptero sobrevolaba encima del vehículo incendiado. El pistolero seguía colgado de la puerta descargando su arma. Disparó hasta que agotó el parque y luego el helicóptero se elevó ligeramente y permaneció allí un rato más, como esperando ver si alguien salía de entre las llamas.

—Ya váyanse —murmuró Shy—.Ya lárguense.

Carmen ya estaba junto a él. Ambos observaron al helicóptero a la sombra del puente. Para alivio de Shy, éste terminó por empinar la nariz, virar hacia el este y seguir su camino. Shy salió cautelosamente de debajo del puente para verlo irse.

—¡Mierda! —dijo Carmen agarrando a Shy de la muñeca.

Shy, asintiendo, volteó a verla. Su plan había funcionado. Carmen, a su lado, fijó la vista en el punto que se desvanecía en el cielo con la respiración todavía agitada. Cuando ya prácticamente había desaparecido el helicóptero, ella se dirigió a Limpiabotas y Marcus y les gritó:

—¡Se fueron! —pero Limpiabotas no volteó. Shy lo vio acurrucando de nuevo a Marcus, meciéndolo acompasadamente. Pero ahora de vez en cuando también le besaba la oreja. Carmen se veía molesta.

—¿Qué hace? —le preguntó a Shy.

—¡Oye, Limpiabotas! —le llamó Shy.

El hombre no volteó, así que con un ademán Shy le pidió a Carmen que lo siguiera.

37
LOS PUROS DE CORAZÓN

—¿Qué tan mal está? —preguntó Carmen.

Limpiabotas le dedicó una sonrisa extraña.

—Él se va a poner muy bien. ¿Verdad, muchacho?

Shy vio a Marcus alzar la vista y mirarlos a él y a Carmen en *shock*, con los ojos muy abiertos. Tenía la cara bañada en sudor.

—Estoy bien —logró decir.

—Tienes mi palabra —le dijo Limpiabotas a Marcus—. Todo va a estar bien porque nosotros tres te amamos. Y no hay nada en el mundo tan poderoso como el amor. ¿Lo sabes, muchacho?

Marcus afirmó con la cabeza y tragó saliva. Hizo por levantar la camisa ensangrentada para ver su herida de bala, pero Limpiabotas le apartó la mano y siguió presionando una de sus camisas de repuesto contra la herida. Había costras de sangre en todo el costado derecho de Marcus. Ya no empapaba solamente dos camisas, sino también sus jeans y los de Limpiabotas. Shy se estremeció y estudió la autopista de arriba abajo. No había gran cosa. Un par de comederos derrumbados. Un motel chamuscado. Marcus necesitaba atención médica inmediatamente, o se desangraría, pero ¿a dónde se suponía que podrían llevarlo en esta desolación?

—Joven —Limpiabotas se dirigió a Shy—. Estuvo muy bien. Muy acertada la treta con la camioneta.

Shy inclinó la frente.

—¿Lo ve? —Limpiabotas soltó el maletín de lona lo suficiente para darle unos golpecitos a Shy en el zapato—. Se está convirtiendo en quien ya es.

Durante medio segundo, Shy se elevó con orgullo, pero rápidamente se deshizo de él. Nada de eso importaba ahora. Menos con su amigo en tan malas condiciones.

—Tenemos que hacer algo —dijo Carmen.

—¿Crees que podamos cargarlo? —le preguntó Shy a Limpiabotas—. ¿O trato de ir a buscar a alguien para traerlo aquí?

—Vamos tomándonos un minuto para recuperar el aliento —dijo Limpiabotas, y siguió abrazando y meciendo a Marcus.

—¡No *tenemos* un minuto! —retobó Shy—. ¡Necesita ayuda *ya*!

Una lágrima recorría la cara de Carmen cuando se arrodilló junto a Marcus y lo tomó de la mano.

—Te vamos a conseguir ayuda —le dijo ella—. Te lo prometo.

—Estoy bien —contestó Marcus. Luego miró a Shy—. Estoy bien —repitió como si realmente se creyera las mentiras que le contaba Limpiabotas.

Pero Shy sabía que no era así. Aun cuando saliera corriendo en este instante, ¿cuánto tiempo le tomaría encontrar a alguien que pudiera ayudarlos? Y si cargaban a Marcus, ¿hasta dónde podrían llevarlo? Sobre todo ahora que volviera el calor. Shy se dirigió a Limpiabotas.

—¿Cuánto falta para San Bernardino?

—*Estamos* en San Bernardino —respondió Limpiabotas.

Esto encendió en Shy una chispa de esperanza.

—Entonces, ¿conoces algún lugar a donde podamos llevarlo?

—Desde luego que conozco un lugar donde podemos llevarlo —Limpiabotas cerró los ojos mientras calmadamente seguía meciendo a Marcus. Con sus manos grandes y callosas le dio masaje en las sienes y alrededor de los oídos.

Carmen se incorporó y miró a Shy.

—¿Qué esperamos? Tenemos que *irnos*.

—Limpiabotas… —dijo Shy—. Ya vámonos, hombre.

En lugar de responder, el hombre comenzó a tararear en el oído de Marcus. A Shy le tomó sólo unos segundos reconocer la canción. Era la misma que Limpiabotas les había tarareado a las dos niñas que habían enterrado cerca de la casa rodante. A Shy se le aceleró el corazón.

—Ándale, Limpiabotas, vámonos —Carmen volvió a intentarlo.

Limpiabotas se inclinó hacia adelante y volvió a besar la oreja de Marcus, luego colocó las manos a cada lado del rostro de Marcus y tarareó más fuerte.

—Limpiabotas —le rogó Shy.

—Estoy bien —dijo Marcus con los ojos muy abiertos mirando para todos lados. Limpiabotas tarareó y meció a Marcus una y otra vez, una y otra vez, hasta que de repente jaló su cabeza con una violencia tal que Shy literalmente escuchó cómo crujía el cuello de su amigo. Vio cómo de inmediato su cuerpo quedaba flácido, su cabeza caía contra el pecho de Limpiabotas y sus ojos se le ponían en blanco.

—¡Jesucristo! ¡maldición! —gritó Carmen apartando la vista. Shy dio un paso atrás separándose de Limpiabotas y Marcus, lleno de náusea. Se cubrió la cara con las manos y salió de debajo del puente. Todo el cuerpo le temblaba. Se arrodilló y escupió en el concreto.

—¡Jesucristo, Limpiabotas! —Carmen volvió a gritar—. ¡Qué carajos hiciste!

Shy tiraba de su propio cabello. Se sintió tan enfermo con lo que acababa de ver y escuchar que no podía pensar bien. Luego reaccionó y marchó hacia Limpiabotas, gritándole:

—¡Lo mataste, Limpiabotas! ¡Mataste a Marcus, carajo!

Limpiabotas pesadamente abrió un poco los ojos y levantó la vista a Shy sin decir nada. Aún mecía el cuerpo exánime de Marcus. A Shy lo ahogaba la furia. Apretó los puños queriendo darle un golpe en la cara a Limpiabotas o patearle la pierna herida, o romperle el cuello a *él*. Pero no hizo nada de eso. Se quedó ahí parado, incrédulo. Carmen lloraba a su lado.

Al fin, Limpiabotas dejó de mecer. Se desprendió del cuerpo sin vida de Marcus y se puso de pie con trabajo para enfrentar a Shy.

—Los puros de corazón no sufrirán innecesariamente.

La rabia inundó el cuerpo de Shy. Tan molesto estaba con Limpiabotas que sentía cómo le pulsaban las venas bajo la piel. Pero su rabia no solamente se dirigía contra él, sino también contra el pistolero que le había disparado a Marcus, y contra los terremotos y contra los tsunamis y contra su decisión de abordar un crucero Paradise Cruise. Pero todo aquello combinado no le llegaba a la rabia que sentía contra LasoTech y el padre de Addie. No había manera de seguir viviendo con tanta rabia recorriéndole el cuerpo.

—¡No te toca decidir! —le gritó Carmen a Limpiabotas. Se limpió la cara mojada y miró a Shy entre sollozos. Luego volvió a dirigirse a Limpiabotas—. ¡No te toca decidir por otro!

Limpiabotas se colgó el maletín de lona del hombro, luego se agachó para tomar el cuerpo de Marcus entre sus brazos y comenzó a cargarlo fuera del puente como a un niño pequeño. Cojeaba terriblemente. Cerca de la cuneta se tropezó un poco y tuvo que arrodillarse.

—Ayúdeme a sacar al muchacho al campo para que pueda enterrarlo —dijo mirando a Shy.

—No te toca decidir —repitió Carmen. Pero esta vez sus palabras sonaron menos duras.

Shy se dio cuenta de que la sangre en los jeans de Limpiabotas no era de Marcus. Lo supo porque seguía extendiéndose la mancha. Además salía del mismo lugar en que le habían disparado. Seguramente se había reventado las suturas.

Limpiabotas volvió a ponerse de pie sin apartar la mirada de Shy.

—Hacemos lo que tiene que hacerse, joven. Y tenemos que hacerlo sin ego ni sentimentalismos. Toda vida es una sola.

Shy le echó un vistazo a Carmen, quien sollozaba abiertamente. Se sentía tan confundido. Apenas anoche él y Marcus habían conversado en la canaleta. Y Marcus le había dicho que regresaba a casa. Ahora estaba muerto. Shy regresó al momento en que Limpiabotas había roto el cuello de su amigo. El sonido espantoso. Su cuerpo flácido. Sus ojos en blanco. Shy no era ingenuo. Había visto toda la sangre que vertió la herida de su amigo. Sabía que no había nadie que los ayudara. Pero ¿eso le daba a Limpiabotas el derecho de terminar la vida de Marcus de manera tan violenta? Limpiabotas agitó la cabeza y trabajosamente volvió a ponerse de pie acunando el cuerpo de Marcus. Cojeó solo al campo dejando a Shy y Carmen con su duelo bajo el puente.

38
ENTIERRO INADECUADO

No tenían con qué excavar una tumba, así que colocaron el cuerpo de Marcus en la canaleta de la cuneta de la autopista y lo cubrieron con arena, hojas y la poca tierra arcillosa que pudieron sacar con las manos desnudas. Los tres trabajaron lado a lado en silencio durante más de una hora. Carmen ya no lloraba, pero no quería mirar a Shy. Limpiabotas arrastraba tanto su pierna herida que Shy se preguntaba cómo podría continuar ahora que debían seguir a pie.

Arriba de ellos un pájaro solitario volaba en círculos, como observándolos.

Dos veces habían tenido que ocultarse en la cuneta para que no los vieran los vehículos que pasaban. La primera vez fue la camioneta Suv negra que había aparecido cerca del círculo de cuerpos. Shy la reconoció por el parabrisas estrellado como telaraña y los balazos en la puerta. La Suv pasó lentamente. El conductor escudriñaba ambos lados de la autopista, sin duda en busca de Shy, Carmen y Marcus. Pero en eso Shy vio algo más: la Suv jalaba un remolque con dos motocicletas color gris metálico nuevas. Era la misma que había visto afuera de los Estudios Sony cuando se fueron de allí. El conductor había logrado rastrearlos hasta el desierto.

El segundo vehículo era todavía más amenazante. Una Hummer con ruedas gigantes. En el interior viajaban dos personas con máscaras antigás estilo militar, con todo y que llevaban cerradas las ventanillas. Shy movió la cabeza mientras observó al vehículo desaparecer por la autopista. ¿A cuánta gente había mandado LasoTech detrás de ellos? Y todo por el maletín de lona descansando en la canaleta a los pies de Limpiabotas. Cuando terminaron de cubrir a Marcus lo mejor que pudieron, Limpiabotas se arrodilló junto a la tumba hechiza y pronunció calladamente algunas palabras que Shy no logró entender. Carmen fulminó a Shy con la mirada y se alejó enojada.

Shy, en cambio, se quedó estudiando al hombre. Su cabellera gris, hirsuta y en parte quemada; su barba trenzada, todavía perfectamente intacta, como si esa parte de él fuese indestructible o de algún modo estuviera fuera de este mundo. ¿Quién era este hombre que pudo quebrarle el cuello a Marcus a mano limpia? Shy comprendió que hoy no sabía más de Limpiabotas que aquel día en que el hombre los había rescatado a él y a Addie en medio del océano.

Entonces se le ocurrió un pensamiento extraño a Shy. Quizá Marcus había sido afortunado. Los terremotos e incendios habían destruido todo lo que parecía tener algún valor; después, la enfermedad, que se nutría de todo el que le saliera al paso. Y ahora los matones de LasoTech los cazaban como perros. Y todo esto, ¿para qué? ¿Para que Shy pudiera caminar por el desierto candente, muerto de hambre y deshidratado durante los próximos días?

Jugó con la caja de veneno para rata en su bolsillo mientras observaba a Limpiabotas atender a su amigo. ¿Era esta vida algo que él siquiera deseara? Ya habían desaparecido todas las personas que a él le importaban. Todos, menos Carmen. Cuando al fin Limpiabotas se apartó de la tumba hechiza, Shy ocupó su lugar. Se quedó ahí varios minutos, recordando a su amigo en el barco, bailando hip-hop en el escenario de afuera, a la gente que lo veía.

—No te olvidaremos —dijo Shy atropelladamente. Luego se volteó y siguió a Limpiabotas y Carmen a través de un campo abierto de matorrales secos al norte de la autopista.

Los tres caminaron guardando distancia uno del otro. Carmen con los ojos todavía hinchados de llorar, Limpiabotas cojeando terriblemente, pero todavía a la cabeza. Al acercarse a una pequeña comunidad de carpas de campaña al lado opuesto del campo, Shy echó una última mirada al trecho de autopista donde acababan de enterrar a Marcus. Una sensación enfermiza comenzó a recorrerle las venas. Ya había varias aves volando en círculo encima de Marcus. Buitres. Esperaban el momento oportuno para descender.

39
PUNTA DE FLECHA EN LA LADERA

Algunos hombres del asentamiento se reunieron para observar a Shy, Carmen y Limpiabotas aproximarse. Pensaron que atravesar el territorio de aquella gente no era tan buena idea. Pero para sorpresa de Shy, los hombres no dijeron ni hicieron nada. Simplemente los dejaron pasar por su larga fila de tiendas de campaña.

—Es un verdadero milagro —dijo Shy entre dientes—. Pensé que todo mundo quería dispararnos.

Carmen lanzó una mirada a Shy sin decir nada.

Shy vio a unos niños pequeños jugando con camioncitos de juguete y a un grupo de mujeres alrededor de un gran perol colgado sobre una fogata. Luego vio a un muchacho como de su edad recargado en un árbol, observándolos. No les tomó mucho tiempo atravesar el pequeño asentamiento; luego continuaron por el campo abierto. Shy y Carmen seguían silenciosamente al cojo Limpiabotas, hacia un grupo de colinas estériles al norte.

Transcurrieron las horas. La temperatura se fue elevando junto con el sol borroso y de pronto se hizo tan pesado que

Shy apenas podía respirar. Se sentía agotado por la caminata y el estrés de todo lo que había pasado. Le dolían las espinillas, la rodilla izquierda le crujía. Se quitó la camisa y se envolvió con ella la cabeza, como lo había hecho a diario en el velero. En aquel entonces habría dado lo que fuera por poner pie en tierra firme como ésta. Ahora, todo lo que deseaba era lanzarse a la frescura del océano.

Carmen se recogió el cabello en un nudo. Shy intentó hablarle un par de veces, pero ella solamente contestaba con monosílabos.

Limpiabotas los condujo a través de las colinas bajas, de destartalados vecindarios con sus caminos llenos de baches y por una empinada calle que dividía un desarrollo de viviendas modernas, seriamente dañadas por los terremotos. Pasaron cerca de muy pocas personas y ninguna los molestó por aquello de las zonas. Sólo dejaban de hacer lo que tenían entre manos y los observaban.

Para cuando tuvieron al sol directamente encima de sus cabezas, Shy se había quedado atrás unos cuantos pasos y se concentraba en el ritmo de sus propias pisadas. Se olvidó de Carmen y Limpiabotas. Luego se olvidó del inclemente calor del desierto y del pegajoso sudor que le corría por la espalda. Se olvidó del viento que le silbaba en los oídos, del zumbido de los insectos y los aullidos distantes de los coyotes. Simplemente caminó jugueteando en ocasiones con el anillo en su bolsillo. Al principio pensó en Marcus. Luego pensó en lo que su padre le había dicho de su hogar. Pero muy pronto ya no pensaba en nada. La mente se le puso en blanco y se dio cuenta de que una mente en blanco a veces es algo poderoso.

Tal vez a eso se debía que todos esos budistas siempre se la pasaban sentados meditando. Era como una existencia más allá de uno mismo, o quizá ninguna. No podía decidir cuál de las dos.

Antes de que Shy se diera cuenta, el sol comenzó a ponerse y bajó la temperatura. Tuvo que volver a ponerse la camisa. Finalmente, Limpiabotas se detuvo a orillas de un campo para béisbol infantil y apuntó su báculo a través del valle extenso.

—¿Ven esa punta de flecha en la montaña? —el sol se estaba poniendo, pero quedaba suficiente luz para que Shy pudiera distinguir una forma blanca difusa en la ladera terregosa—. Algunos amerindios creían que en tiempos antiguos una flecha en llamas enorme había entrado a la montaña —continuó Limpiabotas—: Otros creían que la flecha apuntaba a un venero de aguas termales en el valle —se detuvo unos segundos—. Pero la verdad es que el mundo nunca es tan mágico como quisiéramos creerlo. La flecha no es más que una formación natural de cuarzo.

Shy se quedó mirando a la ladera. La parte blanca ciertamente tenía forma de cabeza de flecha.

—¿Y cómo es que *tú* sabes todo esto? —el tono de Carmen le indicó a Shy que tardaría mucho en perdonar a Limpiabotas.

—Porque es a donde vamos —respondió Limpiabotas.

Durante su caminata sin fin, Shy había comenzado a preguntarse si Limpiabotas había hecho lo correcto. Marcus había perdido muchísima sangre. No iba a sobrevivir sin un hospital. Hubiera sido todavía peor dejarlo sufrir. Con todo y lo difícil de entenderlo, ¿qué más podían haber hecho? Limpiabotas se cambió el maletín al otro hombro y comenzó a bajar por una estrecha calle pavimentada hacia la distante punta de flecha.

—No puedo quitármelo de la cabeza —dijo Carmen mirando a Shy. Luego hizo algo que a Shy lo tomó completamente de sorpresa. Se acercó y lo abrazó con fuerza. Él de modo torpe le rodeó la espalda con las manos tratando de consolarla. Pero no sabía cómo consolar a nadie.

—Limpiabotas jamás habría lastimado a Marcus si no hubiera tenido que hacerlo —dijo—. ¿Te acuerdas cómo escudó a Marcus con su propio cuerpo, allá donde encontramos la camioneta?

Carmen no dijo nada. Shy se aclaró la garganta.

—Tú y yo lo sabemos, Carmen… Estaba perdiendo sangre a lo loco. Lo viste.

Carmen resolló.

—¿Pero cómo pudo… ?

Shy la abrazó en silencio, viendo fijamente la punta de flecha a la distancia. Carmen ya estaba destrozada por Marcus. ¿Cómo iba a poder decirle de su casa? No era posible.

Carmen se apartó para limpiarse la cara. Alzó los ojos a Shy, aspiró profundamente, y luego se fue tras Limpiabotas. Shy hizo lo mismo.

Ya estaba oscuro para cuando se toparon con la estatua gigantesca de un amerindio señalando un estrecho sendero de tierra. La luna alumbraba apenas la cara de la estatua que Shy distinguió al pasar. Unos minutos después, se encontraron con un cancel alto de malla ciclónica con un letrero grande.

—¿Qué dice? —preguntó Carmen.

Shy se acercó resueltamente al letrero que leyó en voz alta.

—*Precaución. Propiedad declarada en ruinas. No entre.*

—¿Nos hiciste caminar kilómetros y kilómetros para llegar *aquí*? —le reprochó Carmen a Limpiabotas.

En lugar de responder, el hombre se colocó el pulgar y dedo medio entre los labios y silbó con fuerza. En la montaña cercana ladraron unos cuantos coyotes. Shy se asomó por el cancel. Pudo ver el contorno de un edificio grande y viejo, y una fuente antigua. Luego detectó a dos hombres ataviados con sombreros de vaquero emerger por detrás de la fuente. Ambos portaban escopetas.

—Mmh, ¿Limpiabotas? —dijo Shy dando unos pasos atrás—. ¿Seguro de que no dimos una vuelta equivocada en alguna parte?

—¿Vigilante Nocturno? —llamó uno de los vaqueros—, Vigilante Nocturno, ¿de verdad eres tú?

—Sí, soy yo, Dale —respondió Limpiabotas.

Para sorpresa de Shy, los dos hombres bajaron sus armas y se apresuraron a la reja. El más alto y pasado de peso sacó una llave de su bolsillo y abrió el candado. El otro comenzó a desenredar la gruesa cadena para abrir el cancel. Shy y Carmen intercambiaron miradas.

—Espera, ¿conoces a estos señores? —le preguntó Carmen a Limpiabotas.

Ambos tenían a Limpiabotas en medio de un apretado abrazo de oso, pero él logró voltear a ver a Shy y Carmen.

—Antes trabajaba aquí —dijo.

Día 49

40
UNA VOZ DISTORSIONADA DEL PASADO

Unos golpes fuertes en la puerta despertaron a Shy temprano a la mañana siguiente. Le tomó unos segundos orientarse.

Los dos hombres con las escopetas los habían llevado a él, Carmen y Limpiabotas al interior de la reja para luego caminar por la propiedad hasta un edificio pequeño, directamente detrás de la enorme estructura en ruinas que habían visto desde el sendero. Los hombres los invitaron a pasar y les sirvieron a cada uno un vaso grande de agua. Luego condujeron a Shy y Carmen a una recámara abierta. Shy sólo recordaba haberse dirigido en línea recta a la cama del otro lado de la que había elegido Carmen.

Tan exhausto había quedado después de caminar todo el día en el desierto candente que seguramente se había quedado dormido antes de siquiera poner la cabeza en la almohada.

Más golpes en la puerta. Shy abrió los ojos y vio la carta del hombre peinado de cortinilla sobre su pecho. Eso indicaba que *no* se había quedado dormido de inmediato. Dobló las desgastadas hojas, las regresó a su desgastado sobre y entonces descubrió otra cosa: a Carmen junto a él bajo las cobijas.

La otra cama tenía señales de que se había dormido en ella, por lo que seguramente se había pasado a su lado en algún momento de la noche. Ambos estaban completamente vestidos, pero aun así: estaban juntos en la misma cama. El cabello de Carmen, espeso y ondulado, enmarcaba su rostro hermoso y tranquilo. Estaba a tan sólo unos centímetros de *su* cara. Podía inclinarse y besarla en la frente si lo deseaba, como un matrimonio despertándose para ir a trabajar.

Después de todo lo ocurrido con Marcus el día anterior, el momento no podía ser más ridículo para sentir mariposas en la panza por una mujer. Pero era exactamente lo que le estaba pasando. Las mariposas aleteaban por todo el estúpido estómago de Shy, incluso después de que él se ordenara a sí mismo calmarse.

Los golpeteos despertaron a Carmen también. Ella estiró los brazos y abrió con lentitud los ojos. Al percatarse de que estaba en la cama con Shy, rápidamente salió de entre las cobijas y se cruzó al otro lado de la habitación donde fingió ocuparse con una de las fundas.

—¿*Quién* es? —dijo ella sin levantar la vista.

Shy encogió los hombros y se sentó, preguntándose qué significaría que Carmen se hubiera metido a la cama con él. Recordó lo que Marcus le había dicho en la canaleta: que él y Carmen deberían estar juntos. Pero toda esa idea se le desmoronó al volver a pensar en Marcus, a quien nunca volvería a ver. Todavía no podía creerlo. Shy sacó todos estos pensamientos de su cabeza y gritó:

—¡Adelante! —la puerta se abrió lentamente con un crujido y dio paso a la cabeza de una mujer mayor, un tanto agobiada, con el cabello gris y encrespado peinado en una cola de caballo.

—¿Alguno de ustedes se llama Shy?

Shy miró a Carmen. La noche anterior se había quedado con la impresión de que únicamente los dos vaqueros vivían allí.

—Eres tú, ¿verdad? —dijo la mujer señalando a Shy—. Bueno, supuse que *Shy* era masculino, aunque estrictamente no es un nombre de verdad, ¿o sí? Es un adjetivo en inglés, pero como sea.

—Soy yo —le dijo él. La mujer vestía una pijama de los Osos de Chicago y su maquillaje estaba un poco corrido.

—Me llamo Esther —le dijo ella, entrando a la habitación. Era de poca estatura y redonda, como un círculo—. Leo las palmas de las manos. Ya lo sé, ya lo sé, de seguro piensas que soy alguna clase de bruja o una de esas personas que mira bolas de cristal, pero no es así. Mi tía me enseñó a leer las palmas de las personas cuando tenía yo seis años y desde entonces lo hago. Mario dice que tengo un don. En fin… tienes que venir conmigo, Shy —luego se dirigió a Carmen y añadió—: Tú también deberías venir. Odio que se excluya a las mujeres. Podrías decir que técnicamente soy una feminista, aunque no ando por allí quemando mis brassieres como ciertas personas.

Shy le lanzó otra mirada a Carmen. Ella levantó los hombros, arrojó la almohada por un lado y siguió a la mujer. Shy no tenía idea de dónde estaban ni qué esperar, pero quizás había alguna razón importante por la que habían mandado a esta mujer por él. Acomodó la carta del hombre peinado de cortinilla en su mochila y siguió a Carmen y a la extraña Esther. Al traspasar el dintel sintió una repentina y abrumadora tristeza de que Marcus ya no estuviera con ellos.

* * *

Resultó que los habitantes del lugar eran adultos con *discapa-cidad mental*. Al menos así se refirió a ellos Esther al llevarlos por el edificio. El día antes de los terremotos había trece residentes, tres consejeros y el fulano que dirigía el lugar, Mario. Pero en cuanto se enteraron de los daños en el resto del estado, los consejeros se fueron de prisa con sus familias. La mayoría de los residentes también se fue. Por eso solamente quedaban cinco personas: Esther, los dos vaqueros, Larry, un residente mayor que nunca hablaba, y Mario.

Según Esther, el lugar se llamaba Casa Brillante y funcionaba en ese edificio de diez habitaciones construido en la propiedad de un antiguo centro turístico abandonado, del que el gobierno municipal había tratado de expulsarlos. Esther se detuvo frente a una puerta cerrada en el extremo del pasillo.

—Ésta es la sala tecnológica de la que les hablaba. Dale es muy bueno con las computadoras. Cree que algún día trabajará para la NASA, ¿y quién soy yo para aplastar los sueños de la gente? Mario tiene dos generadores y le deja a Dale usar uno para grabar los programas de radio que le gustan.

Esther abrió la puerta. Los dos vaqueros sentados frente a una mesa portátil trabajaban con un antiguo y elaborado equipo de radio con antena de conejo. El hombre más alto y pesado levantó los ojos y dijo:

—Te llamas Shy, ¿no? —Shy asintió—. *Eso* pensé que te llamó Guardia Nocturno anoche. ¿Sabes que hace dos semanas alguien salió en la radio buscándote?

Shy frunció el ceño. Lo primero que pensó fue en su madre y hermana, pero era imposible. Luego pensó en su padre.

—Entra, amigo —dijo el vaquero fornido—. Tienes que escucharlo.

—Ahí los dejo, entonces —Esther ya se iba, pero de pronto volvió a meter la cabeza en la habitación y dijo—: Ah, ¿alguno de ustedes quiere que le lea la mano después?

Ella se veía tan dispuesta que Shy se sintió mal. Dudaba que tuvieran muchas visitas aquí en medio de la nada, incluso *antes* de los terremotos. Carmen miró a Shy, y luego le sonrió a Esther.

—Me encantaría que me leyera la mano —dijo ella.

—¿De veras? —Esther se emocionó todavía más—. Maravilloso. Luego nos reunimos y te diré todo lo que vea.

Agitó la mano despidiéndose de Shy y Carmen, y luego salió cerrando la puerta tras ella. Ambos se sentaron a la mesa y el vaquero más pesado dijo:

—Yo soy Dale y mi amigo es Tommy.

—Mucho gusto —dijo Tommy, tocando con dos dedos la orilla de su sombrero. Era más joven y desaliñado que Dale. Además, no hacía contacto visual.

Todos se dieron la mano. Shy nunca había estado con adultos con discapacidad mental y no sabía cómo comportarse. Anoche los había encontrado bastante normales, al igual que hoy. Si acaso, parecían más amables que la mayoría de la gente con la que se topa uno, de una manera más bien infantil.

—¿Dónde está Limpiabotas? —preguntó Carmen.

—¿Quién? —dijo Dale.

—Vigilante Nocturno —dijo Shy, recordando el nombre con el que lo habían llamado los vaqueros la noche anterior.

—Ah, sigue dormido —dijo Tommy señalando el techo—. Su cuarto está encima de nosotros.

Esto sorprendió a Shy. Limpiabotas nunca dormía más tarde que él, ni siquiera en el velero. Siempre se levantaba antes del amanecer. *Siempre*. Shy también miró al techo sintiéndose de pronto nervioso. Dale señaló su radio para volver a jalar a Shy a la conversación.

—En el instante en que escuché a Vigilante Nocturno decir tu nombre, supe que me sonaba familiar. Entonces anoche, después de que ustedes se fueron a dormir, Tommy y yo entramos aquí y escuchamos unas grabaciones viejas del programa del DJ Dan. ¿Ustedes saben de DJ Dan? —Shy miró a Carmen y asintió. Se volvió a acordar de Marcus… siempre traía un radio consigo—. Bueno, en este programa hace unas semanas, un tipo de la pandilla Suzuki entró al aire y dijo que buscaba a un muchacho llamado Shy, y yo pensé: "¿cuántos Shys puede haber en el mundo?" No te ofendas, pero el nombre es raro.

—No me ofende, para nada —dijo Shy, recordando que su padre le había dicho que lo buscó en la radio. En ese momento no se lo había creído.

Tommy señaló al radio.

—Ya, déjalos que lo escuchen.

—Sí, *lo sé*, Tommy —dijo Dale—. Sólo quería ponerlo al tanto un poco, *¿okey?* ¡Por Dios! —volvió a dirigirse a Shy, moviendo la cabeza—. Bueno, ¿lo quieres oír?

—Eeeh, sí —dijo Shy de pronto, abrumado por los nervios. Porque ¿qué tal si *no era* su papá? ¿Qué tal si era alguna clase de advertencia de LasoTech? ¿O el propio Jim Miller? Pero en el instante en que inició la grabación desaparecieron sus temores. Definitivamente sí era su padre.

HOMBRE: No importa si estás enfermo o sano, si eres hombre, mujer, adulto o niño… más te vale quedarte donde estés.

Nada de andar viajando de zona a zona. Por ningún motivo. Si no, pagarás las consecuencias. ¿Entendido? [*Tose.*] Y también ando buscando a un chico.

DJ DAN: ¿Qué consecuencias?

HOMBRE: Aguánteme. [*Crujidos suaves.*] El chico se llama Shy Espinoza: diecisiete años, moreno, de cabello corto café. Medio alto y flaco. Recompensaré a cualquiera que me dé informes de su paradero. Comuníquense aquí con el DJ Dan. Yo me estaré reportando.

DJ DAN: ¿Cuáles son las consecuencias por pasarse de una zona a la otra? ¿Quién se encargará de administrar estas consecuencias?

HOMBRE: Nosotros, hombre. Andamos patrullando las calles, como usted dijo. Ya hay cientos de nosotros subiendo y bajando por la costa. Y a partir de ahora, si pescamos a alguien deambulando por ahí, nos reservaremos el derecho de matarlo de un balazo. Sin preguntar...

Dale detuvo la grabación y miró a Shy, emocionado.

—Eres tú, ¿verdad?

Shy asintió. Ahora inundaron su estómago unas mariposas de clase distinta. Era *verdad* que su padre había ido a la radio a buscarlo. Hasta había ofrecido una recompensa. Shy no supo qué sentir por esto. Tal vez se había equivocado al rechazar a su padre en los Estudios Sony. Carmen tocó el brazo de Shy y lo miró de manera reconfortante. Shy se volteó a mirar a Dale.

—¿Sería posible escuchar el resto de las grabaciones?

—Claro —contestó el vaquero—. Pero ésta es la única que te menciona.

—Lo sé. Sólo tengo curiosidad.

Dale le hizo una torpe señal positiva a Tommy con el pulgar y regresó su atención a la máquina. Pulsó los botones.

—¿Por qué no empezamos con la primera que grabé?

Shy seguía intentando comprenderlo todo. Su padre lo había estado buscando mientras él se hallaba en el velero, en medio del Océano Pacífico, muerto de hambre y cocinándose al sol. Y luego en los Estudios Sony, había tratado de enseñarlo a conducir una motocicleta. Al parecer, el hombre sinceramente se estaba esforzando. Con todo, sin embargo, ¿en realidad hacía falta un desastre natural para que alguien quisiera ser tu padre?

Dale encontró la primera grabación. Oprimió el botón de *Play*, y Shy escuchó al DJ presentarse y explicar por qué iniciaba un programa de radio en medio de la catástrofe. Lo había perdido todo, dijo. A su familia entera. Si no encontraba algo que hacer, o alguna manera de ayudar, él también se perdería. Antes de los terremotos había sido ingeniero de sonido en una estación de radio. En realidad, nunca había estado frente a un micrófono, pero contaba con todo el equipo satelital, de modo que ahí estaba arrancando un programa de radio. Se dedicaría a difundir información entre los supervivientes como él.

En las primeras grabaciones, el DJ Dan explicó todo lo que sabía de los terremotos e incendios y dónde conseguir atención médica. Luego comenzó a entrevistar a las personas, les preguntaba qué estaban haciendo cuando todo había ocurrido, cómo habían sobrevivido y a quién habían extraviado. Luego también empezó a hablar de la enfermedad y de la rapidez con la que se propagaba. Dio información sobre cómo conseguir ayuda del gobierno, dónde encontrar los paquetes de alimentos y medicina. Explicó el sistema de zonificación que se estaba aplicando e informó de la frontera que habría de levantarse en Arizona. A Shy se le hundió el corazón cuando el DJ comenzó a hablar de San Diego. El área aledaña a la frontera constituía una de las regiones más devastadas del estado. La gente comenzaba a llamarla Zona Cero. Los pocos que habían sobrevivido los terremotos e incendios fueron los primeros en contraer el mal de Romero. Shy miró furtivamente a Carmen, quien tenía la mirada fija en el radio. Ni siquiera parpadeaba. Él sabía que ya tendría que haberle dicho lo que había escuchado de su padre, pero quizás esto lo liberaba.

Shy seguía pensando en su hogar cuando escuchó una voz femenina distorsionada en el programa del DJ. Se enderezó en la silla y escuchó más atentamente. No reconoció la voz, pero la cadencia del habla y lo que decía le generó una sensación extraña. La voz explicó unos cuantos detalles sobre la frontera improvisada en Avondale, Arizona (hacia donde se dirigían él, Carmen y Limpiabotas) y luego pasó a una historia inesperada acerca de quedar atorada en la marea con un tipo en la playa. Cuando dijo la palabra, a Shy se le entumió todo el cuerpo. Ésa era la marca de cera para zapatos que él le había mencionado a Addie cuando se hallaban varados en el barco semidestruido. Era *ella*. Nadie además de Otay Mesa conocía la historia. Ella trataba de comunicarse con él en clave, distorsionando su voz para que alguien (digamos, su padre o cualquier persona relacionada con LasoTech) no la reconociera.

—¿Qué pasa? —le preguntó Dale a Shy—. ¿Sabes quién habla?

Shy ignoró a Dale. Siguió escuchando. Había una compañía que quería acabar con la marca Shinola, dijo Addie con su voz distorsionada, lo que significaba que quería acabar con *Shy* y todos los que estuvieran con él. La compañía, continuó Addie, sabía que el velero había regresado a California. Y sabía de la vacuna. Y la carta. En otras palabras, LasoTech lo sabía todo. Addie concluyó la entrevista de prisa: *Es muy importante que la empresa Shinola tenga dos cosas claras: uno, que yo tengo la página faltante. Y dos, que no todos los helicópteros del gobierno van al otro lado nada más a dejar comida...* Cuando se volvió a escuchar la voz del DJ Dan, Shy encaró a Carmen.

—Era Addie.

Ella asintió.

—Tuve ese presentimiento.

—¿En serio?

—Se te veía en la cara —Shy miró a Dale y luego a Carmen.

—Nos estaba previniendo.

—No —dijo Carmen—, te estaba previniendo a *ti*.

Shy señaló el radio con la mano.

—Dale, ¿podrías volver a reproducir toda la entrevista?

41

LIMPIABOTAS SORPRESIVAMENTE PIDE PERDÓN

Shy escuchó todas las grabaciones de Dale antes de subir con Carmen a la habitación donde les habían dicho que encontrarían a Limpiabotas. Sin tocar, Shy abrió la puerta de un empellón.

—Lo saben todo, Limpiabotas —dijo al entrar—. Y no se van a detener hasta…

Shy se detuvo al ver a Limpiabotas en ropa interior arreglando su fea herida en el muslo, sentado sobre una toalla blanca manchada de sangre.

Limpiabotas puso a un lado el rifle que tenía en el regazo, rápidamente se cubrió el muslo y se metió una camisa por la cabeza, pero Shy lo había visto todo. A Limpiabotas definitivamente se le habían reventado todas las suturas. Y en los bordes de la herida había una amenazante capa de pus, como si se estuviera infectando. Además, Limpiabotas tenía una cicatriz larga y gruesa que le corría por el tórax. Carmen tragó aire y se tapó la boca con la mano.

—¿Qué pasó con tus suturas?

—Se rasgaron un poco —dijo Limpiabotas mientras se volvía a subir los pantalones y se abrochaba el cinturón—. Pero corrí con suerte en comparación con algunos.

Shy miró a Carmen, quien bajó la vista al suelo. Los tres se quedaron callados unos segundos. Shy se estremeció con la imagen de la herida de Limpiabotas en su mente, imaginándose toda la sangre pegada en el costado de Marcus. Tampoco acababa de creer que hubiera escuchado a Addie en el radio previniéndolo. ¿Sería posible que su padre se la hubiera llevado de la isla a la fuerza? ¿Que ella no hubiera tenido idea de que LasoTech planeaba fusilar a toda aquella gente en la isla? Tal vez Shy se había equivocado.

—Lamento mucho que hayan tenido que ver todo aquello en la autopista —dijo Limpiabotas rompiendo el silencio—. Era un buen muchacho.

Shy vio que Carmen movió levemente la cabeza y se recargó contra la pared. Era la primera vez que escuchaban a Limpiabotas ofrecer una disculpa de lo que fuera. Sin embargo, en lugar de que eso lo hiciera sentir mejor, Shy se estresó. Había visto la herida del hombre. ¿Qué pasaría si Limpiabotas planeaba quedarse allí? ¿Qué tal si a partir de este momento él y Carmen tuvieran que arreglárselas solos?

—En fin —dijo Shy expulsando esos pensamientos de su cabeza—, acabamos de escuchar algo en el radio que necesitas saber.

Limpiabotas se puso de pie ya totalmente vestido y escuchó mientras Shy le repetía todo de lo que se había enterado con la entrevista de Addie. LasoTech sabía que su velero había llegado a California y que conocían el contenido del maletín de lona. Limpiabotas miró fijamente a Shy durante varios segundos, que se hicieron largos.

—Y yo aquí pensando que me traía información nueva, joven.

—Pero ahora lo sabemos *con certeza*.

Limpiabotas dobló la toalla ensangrentada y la puso a los pies de la cama. Carmen señaló el rifle.

—¿Ya tienes las armas por las que vinimos? —Limpiabotas levantó del piso un estuche largo, lo colocó sobre la cama y abrió el zíper.

—Hay una para cada quien y bastantes municiones. Ya no podemos darnos el lujo de andar sin armas.

Shy se sintió aliviado. Limpiabotas iba con ellos.

—¿Entonces ya nos vamos? —preguntó Carmen—. Entre más pronto entreguemos este maletín en Arizona, más pronto podremos terminar con toda esta patraña heroica.

Limpiabotas negó con la cabeza.

—De ahora en adelante sólo viajaremos de noche.

—Para que seamos más difíciles de ver —dijo Shy.

Limpiabotas volvió a sentarse en la cama.

—Y también para evitar el calor. Así podemos avanzar más de prisa. Sobre todo entre más nos adentremos en el desierto —el hombre cargó el rifle junto a él, cerró el cañón, le puso el seguro y lo metió en el estuche.

Shy miró el reloj en la pared.

—¿Entonces qué hacemos de aquí a que oscurezca? Apenas son las dos.

—Descansen —dijo Limpiabotas—. Y coman. Traten de recuperar las fuerzas.

42

UN BUDA MODERNO

Segundos después de que Limpiabotas corriera a Shy y Carmen de su habitación, se toparon con un hombre mexicano mayor, de escasa cabellera, que se presentó como Mario.

—Bueno, pues qué casualidad —dijo aplaudiendo con una sonrisa—. A ustedes los buscaba precisamente.

Shy sabía que Mario era el director del lugar. Extendió la mano y se presentó. Carmen hizo lo mismo diciendo:

—Gracias por dejarnos quedarnos aquí anoche.

—Según entiendo, ustedes no se irán sino hasta la noche, así que se me ocurrió enseñarles el lugar. Mario echó un vistazo a la puerta cerrada de Limpiabotas.

—Me doy cuenta de que el mundo se derrumba a nuestro alrededor, pero no hay motivo por el que no pueda comportarme como un buen anfitrión.

Shy siguió a Mario y Carmen por el largo pasillo para salir por la puerta de enfrente. Al traspasar el cancel por el que habían entrado la noche anterior, le pareció escuchar vagamente el sonido de una motocicleta. Se detuvo a escuchar atentamente asomado por el cancel, pero únicamente vio polvo flotando a la distancia por el camino de tierra.

—¿Estás bien? —preguntó Carmen deteniéndose también.

—¿Oíste eso? —le preguntó a ella.

—¿Qué?

—Probablemente era sólo un coyote —dijo Mario—. O un venado. Hay fauna por toda la propiedad que viene en busca de alguna golosina.

Al reanudar la caminata, el cerebro de Shy comenzó a girar. Tal vez era pura paranoia suya, pero juraría haber escuchado una motocicleta. ¿Qué tal si LasoTech los había rastreado hasta acá? ¿Qué tal si tenían helicópteros esperándolos junto a la autopista? Las palabras de Addie resonaban en su mente: *ellos saben, ellos saben, ellos saben.*

Mario los condujo al otro lado del gigantesco hotel a medio colapsar y les iba señalando cosas en el camino: una hilera de canchas de tenis llenas de maleza, un enorme kiosco decrépito, una alberca olímpica vacía de agua pero llena de tierra y maleza. Les enumeró a todas las estrellas de cine de las décadas de los treinta y cuarenta que solían vacacionar ahí cuando el lugar estaba como se merecía. Todos eran nombres que Shy nunca había escuchado, pero trató de imaginarse el lugar bien conservado y repleto de huéspedes.

¡Qué raro pensar que la gente nacía en épocas distintas, cada una con sus propias adversidades! Una guerra mundial para una generación, terremotos y una enfermedad mortal para la siguiente. Se preguntaba si alguna vez hubo un tiempo en el que todo era paz; cuando un muchacho de su edad habría podido andar simplemente con sus amigos sin preocuparse de que lo arrollara e inmovilizara alguna codiciosa compañía farmacéutica.

Bajaron por una escalinata de madera que, rechinando, los llevó a una sección espesa del bosque donde Mario les señaló los manantiales naturales que olían a huevo podrido. Les explicó que los manantiales de azufre habían constituido el gran atractivo del lugar en la cúspide de su fama. Había más de una docena de estanques de diversos tamaños y temperaturas. Según Mario, los pueblos amerindios habían aprovechado el poder sanador de las aguas azufrosas mucho antes de que llegaran los colonizadores a reclamar la ladera.

—¿Todavía los usa la gente? —preguntó Carmen.

—Mis residentes y el personal —respondió Mario—. O cuando menos, así lo hacían antes de que huyeran todos.

Carmen quiso saber más acerca de las estrellas de cine que habían visitado el centro turístico mientras Mario los escoltaba de vuelta al hotel. Shy los siguió unos cuantos pasos atrás, mirando fijamente un helicóptero distante. Pensaba en la advertencia radiofónica de Addie. El helicóptero se hallaba tan lejos que ni lo oía, pero eso no quería decir que no se tratase de LasoTech. Probablemente revisaban cada centímetro cuadrado entre Los Ángeles y Arizona. De ser así, Shy no entendía cómo él, Carmen y Limpiabotas llegarían a la frontera con Avondale. Unos cuantos rifles no iban a hacer retroceder ni un centímetro a una empresa con tanto dinero y acceso a helicópteros, camionetas y armas automáticas. Tal vez todo este viaje con el maletín de lona era una gran misión suicida.

Shy se detuvo frente al hotel junto a Mario y Carmen. Los tres contemplaron toda la destrucción en silencio. El edificio consistía en diez pisos de pintura blanca descascarada y columnas rotas. El lado izquierdo completo se había venido abajo durante los terremotos. El techo pendía sobre el jardín descuidado por *ambos* lados, y todas las ventanas del frente estaban tapiadas.

Con un gesto de tristeza, Mario les dijo:

—Llevo veinte años tratando de juntar el dinero suficiente para comprar este lugar. El plan era renovar el hotel y crear la residencia para gente con necesidades especiales más grande del país. Pero nunca logré juntar lo que quería y luego, claro, los terremotos…

Shy volvió a mirar al helicóptero. Todavía se hallaba lejos pero ya lo escuchaba vagamente, lo que significaba que se había acercado.

Quería que ya fuera de noche para que pudieran volver a tomar el camino, pero no había más que esperar y la espera probablemente era lo peor de todo.

—Tengo que decirles —se dirigió Mario a Shy y Carmen— que su amigo es verdaderamente único.

Le tomó a Shy varios segundos comprender que Mario hablaba de Limpiabotas.

—¿Entonces de verdad trabajó aquí? —preguntó Carmen.

Mario afirmó con la cabeza.

—Más o menos unos cinco años. Era nuestro vigilante nocturno.

—Así le llamaban ustedes también, ¿verdad? —dijo Shy.

Mario asintió.

—Insistió en ello.

A Shy se le escapó una sonrisa por primera vez desde que él y Marcus habían conversado en la canaleta. Era bueno saber que algunas cosas nunca cambiaban.

—Entonces, ¿qué más nos puede decir de él? —preguntó Shy.

—Nunca habla de sí mismo —rio Mario—. No sé mucho. En general es callado —el hombre hizo una pausa para mirar al helicóptero que dibujaba círculos. Parecía volver a alejarse—. Recuerdo que siempre leía y llevaba diarios.

—*Todavía* lleva un diario —dijo Carmen.

Esto despertó la curiosidad de Shy.

—¿Tiene alguna idea de lo que escribe?

Mario negó con un gesto.

—Una vez le pregunté. Pero todo lo que me dijo fue algún galimatías acerca de registrar al mundo. Aunque esto sí recuerdo: en cuanto terminaba un diario, lo quemaba en una hoguera enfrente e iniciaba otro.

—¿Lo *quemaba*? —preguntó Carmen con ceño fruncido—. ¿Por qué?

Mario encogió los hombros.

—Ustedes saben tanto como yo.

Shy se imaginó dando un vistazo al diario de Limpiabotas. Tenía candado, pero Shy sabía que si se le doblaba una esquina a una cubierta de piel, se podían leer cuando menos un par de renglones.

—Una vez compartimos una cerveza en el pueblo —dijo Mario—, la noche en que presentó su renuncia. Yo quería agradecerle todo lo que había hecho por mí y los residentes, y él me dio por mi lado. Cuando le pregunté de dónde venía, no me contestó directamente, pero sí me dijo que venía de una familia de terratenientes adinerados.

—¿Gente rica? —Shy estaba en *shock*. Limpiabotas definitivamente no le parecía alguien que viniera de la opulencia.

—Es lo que dijo —Mario se aclaró la garganta—. También me dijo que el día que cumplió trece años empacó una mochila, abrazó a sus padres y abandonó sus propiedades.

—¿Por qué? —preguntaron Shy y Carmen al unísono.

—Déjenme ver si recuerdo exactamente sus palabras —dijo Mario—: *Una vida segura y feliz detrás de las rejas no es vida.* Imagino que desde entonces no ha visto a su familia.

—Qué duro —dijo Shy. Él no podía imaginarse dejando a su familia a *ninguna* edad, mucho menos a los trece años.

—Recuerdo que cuando me platicó eso —dijo Mario—, lo llamé un Buda moderno. Vigilante Nocturno (o Limpiabotas, como le llaman ustedes) se rio un poco conmigo, luego puso el vaso vacío en la barra y me dio la mano. Cuando menos lo pensé, salió del bar con su mochila al hombro. No lo había vuelto a ver en casi siete años, hasta que se aparecieron anoche.

Shy trató de imaginarse a Limpiabotas siete años más joven. ¿Tendría en aquel entonces esa loca melena gris? ¿Y la mágica barba trenzada en su mentón? Shy volvió a echar un vistazo al cielo. El helicóptero no se veía por ningún lado. Mario aclaró su garganta.

—También los traje aquí para pedirles un favor —Shy y Carmen afirmaron con la cabeza—. Vigilante Nocturno no me quiso decir a dónde iban exactamente. Estoy suponiendo que ustedes tampoco me lo dirán.

—No podemos —dijo Shy—. Perdón.

—Probablemente sea mejor que no lo sepa —agregó Carmen.

Mario continuó:

—Bueno, estoy pensando que no queda muy cerca. ¿Es justo que les pregunte eso?

Shy miró rápidamente a Carmen.

—No queda tan cerca —reconoció.

Mario miró hacia el edificio.

—No está en condiciones para caminar, creo yo. Quizá pueda ayudarles un poco con eso —el hombre dedicó un gesto cómplice a Shy y Carmen—. Cuiden al viejo por mí, ¿de acuerdo? Anoche que hablé con él, vi que algo no andaba bien.

—Tiene una herida grave en la pierna —dijo Carmen.

—Apenas se la cosieron hace unos días —añadió Shy—, pero se le rompieron las suturas.

Mario se quedó viendo unos momentos al límpido cielo azul, como si estuviera pensando.

—Algo así me temía —les tendió la mano a Shy y a Carmen—. Eso harán por mí, ¿verdad? ¿Lo cuidarán?

43
LO QUE DICEN LAS LÍNEAS

—¿Los llevó Mario a ver su auto? —preguntó Esther, mientras conducía a Shy y Carmen a su recámara.

—¿Su auto? —Shy la miró, confundido.

—Entiendo, entonces, que no —Esther abrió su puerta y encendió las luces—. Tiene un carro antiguo y elegante que les enseña a todos y, si puede, a sus mamás también. Pero imagino que está demasiado preocupado.

Le indicó a Carmen que se sentara en una de dos sillas de metal plegables en el centro de la habitación. Carmen miró a Shy, encogió los hombros, y luego se sentó en la silla más cercana. Esther se apoyó en el respaldo de la otra.

—Estoy tan cansada de hacer lecturas a las mismas personas una y otra vez.

Shy no podía creer lo rápido que ella hablaba. Él entendía su emoción, pero era mucho más que eso. Se comportaba como si aquello fuera lo máximo que le hubiera sucedido jamás.

—¡Al fin alguien nuevo!

Shy se detuvo en el dintel y miró alrededor de la habitación. Las persianas cerradas. Las paredes pintadas de púrpura y negro. Las sábanas en la cama individual, también negras. Junto a la cama, un mueble de cajones cubierto de velas grandes y pequeñas. Vio que Esther se dirigió al mueble de cajones y comenzó a encender velas, como si se preparara para una sesión espiritista.

—Luces, ¿por favor? —le dijo a Shy, quien apagó la luz—. Aquí te puedes sentar.

Llevó a Shy a uno de esos mullidos sacos rellenos de estireno que él no había notado en la esquina del cuarto.

—Y por favor, procura no interrumpirnos.

—Así, Sancho —sonrió Carmen—. Bien calladito en su rincón.

—Hasta me sorprende que estés aquí —agregó Esther—. Pensé que estarías en la sala de tecnología con Dale y Tommy.

—¿Yo? —preguntó Shy—. ¿Por qué?

—Se supone que el DJ ése iba a hacer un anuncio. No sé, algo así.

Shy se trasladó al asiento informal y se dejó caer. Después de haber escuchado horas y horas de grabaciones por la mañana, necesitaba un descanso del radio. Si por él fuera, estaría con Carmen en uno de esos estanques de azufre en estos momentos, o dormidos. Pero Carmen insistió en que la acompañara a la gran sesión de lectura de manos. Hacía como que le entusiasmaba la lectura, pero Shy sabía que en realidad ella quería hacer sentir bien a Esther. Carmen tenía esa clase de bondad. Esther tomó la mano izquierda de Carmen y le dio vuelta en su regazo. Pasó sus dedos por la muñeca de la muchacha, el interior de su pulgar y dedo índice. Luego inhaló dramáticamente varias veces y comenzó a dibujar las líneas en la palma de Carmen mientras producía extraños tarareos y chasquidos.

Shy se esforzó por no soltar la carcajada al ver a la mujer fruncir el ceño por la concentración. Él nunca había creído en cosas como lecturas de mano o signos astrológicos. La realidad no se hallaba en la mano de una persona, ni en las estrellas. La realidad eran helicópteros persiguiéndote en la autopista. La realidad era una gran camioneta irrumpiendo en los Estudios Sony y dos patanes de LasoTech apuntándote. La realidad era lo que le pasó a Marcus. Y a la familia de Shy. Y a todos aquellos bebés que él había visto en el cunero del hospital.

—Ah, sí… —dijo Esther inclinando levemente la cabeza—. Ahora lo veo con claridad. Tú, querida, has sufrido una pérdida devastadora. Me parece que a un ser querido. Esto es lo que los dioses te han dado en este último año. Incluso antes de los terremotos. Alguien en tu familia.

Carmen miró a Shy arqueando las cejas.

—¿Mi papá? —preguntó dirigiéndose a Esther.

—¡Eso es! —exclamó la mujer—. Cielo santo. Cuánto dolor. Cuánta confusión.

Shy puso los ojos en blanco. El arte de leer la mano consistía en mantener todo lo suficientemente vago para que pudiera interpretarse de mil maneras distintas. Esperaba que Carmen lo entendiera.

—Pero esta línea de aquí —continuó la mujer presionando el pulgar en medio de la palma de Carmen— No sufrirás tú el mismo destino. No, veo una vida larga, larga.

—Eso es lo que me gusta escuchar —dijo Carmen.

—Lo dioses se encargarán de eso. Te harás vieja y verás al mundo cambiar drásticamente.

Shy observó que Esther parpadeó dramáticamente cuando comenzó a seguir una línea distinta.

—¿Y qué pasa con ésta? —dijo ella—. Tu línea del amor.

—¿Qué tiene? —dijo Carmen. Su expresión se había vuelto seria.

A Shy le sorprendió que Carmen realmente cayera en todo eso. Se inclinó un poco hacia adelante esperando escuchar alguna tontería de parte de Esther.

—Muy interesante —dijo la mujer asintiendo.

—¿Qué? —preguntó Carmen.

—Alguien te espera.

—¿Ah, sí? —Carmen volvió a mirar a Shy—. ¿Quién me espera? ¿Dónde está?

—Lo veo claramente —continuó Esther—. Se pasea de un lado a otro en una especie de campo. Un parque, quizá, cerca de un cuerpo de agua. Espera a que regreses sana y salva.

—¿Qué parque? —quiso saber Carmen—. ¿Un *parque* parque? ¿Con columpios y eso?

Esther soltó la mano izquierda de Carmen y levantó la derecha.

—La mano izquierda es lo que te han dado los dioses —explicó—, pero la derecha indica lo que harás al respecto.

—¿Ya lo oíste, Carmen? —dijo Shy—. La señora está por leerte dos por una.

Carmen no se rio. Shy hizo un ademán de *allá ustedes* y se recargó en el asiento. No podía creer que ella se lo tomara tan en serio. Había escuchado esa mañana la grabación sobre San Diego. No quedaba nada esperando a *nadie*. Y, sin embargo, ahí estaba Carmen extendiendo las palmas, esperando que su tonto prometido estuviera paseándose en algún parque soñando con su regreso.

—Pero él no está donde te imaginas —dijo Esther—. Está en otra parte, muy lejos de casa.

Esther comenzó a hablar sobre algo como raíces de árbol, pero Shy ya no escuchaba. En realidad no. Más bien pensaba… en Marcus y en su última plática. Y en la pierna de

Limpiabotas. En el hecho de que se le hubiera arrebatado a su familia y lo solo que se sentía en esos momentos. Y luego pensó en el viaje que reanudarían en cuanto se pusiera el sol. Se dio cuenta de que todo lo que le quedaba era llegar a Arizona. ¿Y qué tal si realmente llegaban? ¿Qué haría entonces? No se le ocurrió nada. Después Shy se sorprendió recordando a Addie. Cómo los dos se habían sentado uno frente al otro en su barco salvavidas dañado. Todas las conversaciones que habían tenido. Y cómo se habían acurrucado juntos en esas últimas noches para conservar el calor.

Shy se incorporó del estúpido asiento.

—Oigan, todas estas cursilerías me tienen harto —declaró—. Me voy. Paz.

Pasó por un lado de Carmen y Esther al enfilarse a la puerta. Le sorprendió que ninguna de las dos siquiera levantara los ojos mientras él salía.

44
EL VÍNCULO CON EL ARCOÍRIS

Shy iba como a la mitad de la millonésima lectura de la carta del hombre con el peinado de cortinilla cuando Carmen irrumpió en su cuarto y se irguió a su lado con las manos en las caderas.

—¿Y qué te crees que estás haciendo?

Él no la volteó a ver.

—¿Leyendo una carta?

—Digo... *¿por qué, pendejo?* —ella se sentó en la orilla de la cama de él y le arrebató las páginas de las manos—. Nada más la vas a echar a perder y luego, ¿de qué nos servirá? Sin esto *nadie* nos va a creer.

Ella regresó las páginas al sobre y éste a la mochila de Shy.

Shy olfateó el aire. Se sintió bastante seguro de que el aliento de Carmen olía a vodka.

—Tengo que estarme recordando lo que hicieron esos cabrones —le dijo.

Carmen se quedó ahí sentada mirándolo fijamente. Shy entrelazó los dedos detrás de su cabeza y apartó la mirada. Deseaba que ya estuviera oscuro, porque así podrían ir a *hacer* algo, en lugar de estar por ahí sentados leyéndose mutuamente las palmas de las manos. Ambos se quedaron en silencio unos minutos, hasta que Carmen se levantó de la cama y tomó a Shy del brazo.

—Ven conmigo.

—¿Y ahora qué? —Shy se sentó molesto.

—Pensé que querrías ir a las aguas termales —ella jaló a Shy para levantarlo y señaló la toalla que llevaba sobre el hombro. Esto tomó a Shy de sorpresa.

—¿Cómo? ¿En serio?

—Limpiabotas dijo que descansáramos, ¿no? ¿Qué puede haber mejor para descansar que unos malditos manantiales?

A Shy le volvieron los ánimos al seguirla por la puerta.

Carmen se agachó y metió la mano en uno de los estanques más ocultos.

—Éste ni siquiera está tan caliente —dijo ella—, pero definitivamente huele.

Shy se quedó atrás un poco mirando al cielo. No había helicópteros a la vista. El sol se pondría más o menos en una hora, y comenzarían a prepararse para salir. Pero primero… quería saber si Carmen realmente se metería al agua. Se sentó en una gran roca plana, a un lado del estanque de azufre, a observarla. Los árboles desaliñados a su alrededor eran tan espesos que aquello parecía su mundito privado.

Carmen se arrodilló a la orilla del estanque y movió el agua con la mano.

—Me pregunto si estos minerales son tan buenos para el cutis como se dice —usando la mano de cucharón, sacó agua y la frotó en sus mejillas, frente y cuello.

—Asqueroso —dijo Shy.

—¿Qué? —Carmen se limpió la cara con las mangas de su camisa—. Estoy por tener un cutis perfecto, como si me lo hubieran pintado con aerógrafo. Y cuando te salgan espinillas desearás haber hecho lo mismo.

—Cuando menos no oleré a maldito huevo de Pascua.

Carmen sacó más agua y salpicó a Shy. Él se echó para atrás y logró esquivar la mayor parte, pero un poco le cayó en los pantalones y zapatos.

—¡Vamos, Carmen! ¡Carajo!

—Pues ahora sí que los dos olemos a huevo —Carmen se incorporó y estudió el agua. Luego miró a Shy con una sonrisa traviesa—. Pues ya que estamos aquí, más vale hacerlo bien, ¿no?

—Adelante —le dijo él—. Yo seré el rescatista.

—Pues tú eras el que quería venir, ¿y ahora te vas a ir?

Shy miró por encima de su hombro. Estaban solos. No entendía por qué, pero tenía la rara sensación de que estaban a punto de que los pescaran. ¿Pero quién? ¿Y por qué? Tenía que recordarse a sí mismo que ya no existían las reglas.

—¿Así te vas a meter? —le dijo señalando la ropa de Carmen.

Ella negó con la cabeza y se quitó los zapatos, uno a la vez.

—No. Así, —se quitó la playera por encima de la cabeza y comenzó a desabrocharse los jeans.

De pronto, el hermoso cuerpo canela de Carmen quedó frente a Shy. Su busto pesando sobre el bra. Sus brazos y hombros desnudos. La cita tatuada encima del ombligo tan cerca que él casi podía leer las palabras. Había perdido algo de peso desde el día en que se hundió su barco, pero lucía increíble. Shy tragó saliva al verla bajarse los jeans y quitárselos. Carmen se volteó y bajó lentamente al estanque.

—¡Mmh! ¡Qué bien se siente esto! —dijo ella mientras nadaba al otro lado—. Ven ya.

Las mariposas aleteaban frenéticamente en el pecho de Shy mientras se deshacía de zapatos, camisa y jeans. Cientos de mariposas golpearon a la vez. Miles. Entró al estanque con Carmen vestido tan sólo con su bóxer, preguntándose si ella se daba cuenta de su emoción. ¿Qué tal si se reía de él? ¿Qué tal si salía abruptamente del estanque porque él había malinterpretado toda la situación? Shy volvió a mirar a Carmen a los ojos hermosos y cafés que lo miraban a él. Esta mañana ella se había metido a su cama. Ahora poco les faltaba para estar nadando desnudos. ¿Qué *significaba*?

—Se siente bien, ¿no? —dijo Carmen.

—Se siente perfecto —le respondió él.

Era verdad. La temperatura, los árboles salvajes que los ocultaban y el interminable cielo del desierto. Aspiró el olor a huevo y bajó la vista a lo que podía ver del cuerpo mojado de Carmen. Incluso después de todo lo que habían pasado, ella seguía siendo la chica más sexy que hubiera visto… más bien la *mujer* más sexy. Él nunca había entendido aquello. ¿En qué momento una *chica* se volvía oficialmente *mujer*? Porque no quería arruinar eso con Carmen. Alguien debería explicarles esas cosas a los muchachos en las preparatorias. No hay reglas, se dijo a sí mismo, ni ninguna otra cosa.

Shy se hundió por completo en el agua. Al salir, se quitó el cabello de los ojos, se recargó contra la orilla rocosa y miró a Carmen, sentada en el agua frente a él con ambos brazos descansando sobre la orilla del estanque. Él no sabía qué hacer ni cómo comportarse. Le hacía falta un corte de pelo.

—¿Qué tal si así fuera el resto de nuestras vidas? —dijo Carmen—. Relajándonos todos los días en manantiales naturales.

—Arriba en las montañas —dijo él—. Detrás de un hotel antiguo que solían visitar personas famosas.

—Carajo, yo me enlistaría.

Shy trató de imaginarlo. Él y Carmen solitos arreglando el hotel. Dándole una mano de pintura. Reuniéndose de vez en cuando con la gente de Bright House. Leyendo libros como Limpiabotas.

—Tal vez hasta nos acostumbraríamos al olor —dijo él.

—Yo *ya* me acostumbré —Carmen dejó flotar las manos en la superficie del agua un rato, luego volvió a mirarlo.

—Oye, Shy...

—¿Qué?

Ella se alisó el cabello mojado detrás de las orejas.

—¿Te sorprendió en la mañana volver a oír su voz en el radio?

—¿A quién? ¿Addie?

Carmen asintió. Él hizo una pausa tratando de pensar.

—Supongo. Sí —pero él no sabía si había respondido bien, de modo que agregó—: ¿Por qué?

Carmen movió la cabeza.

—Es que... me dio la impresión de que tú y ella tenían como un lenguaje secreto.

Shy frunció el ceño.

—¿Dices por aquello de Shinola?

—¿Por qué yo nunca me enteré de eso?

Shy se talló los ojos con los puños mojados y se limpió el agua azufrosa de la nariz.

—Imagino que mientras estuvimos varados le platiqué algunas cosas, como la manera en que me empezaron a decir Shy. No teníamos mucho que hacer.

—Pero ¿por qué yo no conozco la historia? —preguntó Carmen—. ¿Cuando estuvieron varados tuviste un acercamiento con ella más grande que conmigo?

—Ni siquiera —Shy le aseguró, pero por dentro se sintió un poco extraño. Carmen era quien impedía que ellos se acercaran más. Ella había establecido las reglas—. Te la podría contar ahora.

—*Okey* —Carmen sacó con una salpicada a un insecto muerto que flotaba en la superficie del agua—. Porque yo también quiero saber cosas como ésa.

A Shy le asombraba la manera en que ella se estaba comportando. No era *él* el que tenía a una pareja esperándole en un parque por ahí. Él le diría cualquier cosa que ella quisiera escuchar. Shy se frotó un poco de agua en la cara (por si realmente previniera las espinillas) y luego le contó la versión resumida:

—Supongo que cuando yo era niño, mi padre repetía siempre una frase. Cuando menos eso me decían mi mamá y hermana. Decía en inglés: "*Damn, this kid doesn't know shit from Shinola*", "Este niño no distingue entre la mierda y la Shinola". Un dicho común en ese tiempo. Con el tiempo comenzó a apodarme Shinola, que luego acortó a sólo *Shy*. Y se me quedó, obviamente.

Carmen frunció el ceño.

—¿Cómo pudo expresarse así de su propio hijo?

—Yo qué sé.

Ella movió la cabeza disgustada.

—Oye, pues si vuelvo a ver a ese *pinche puto*, Shy, en serio le patearé los *huevos* para que ya no pueda tener hijos.

—Adelante —le dijo Shy.

Se rio un poco por dentro al pensar en la manera tan distinta en que habían reaccionado a su historia las dos chicas.

Addie se había deprimido y le había dicho que era lo más triste que hubiera escuchado jamás, mientras que Carmen quería pelear.

Shy la volvió a ver hundirse totalmente y salir con la cabeza inclinada hacia atrás para poder alisarse el cabello cuando le sacara el agua. A él siempre le había encantado el cabello rebelde de Carmen: grueso, ondulado, un poco salvaje y a la vez suave. Tenía la clase de cabello que todos miraban al verla pasar en el centro comercial; sobre todo, las demás muchachas.

—Me parece que ahora me toca a mí hacer una pregunta —dijo Shy señalando la parte de Carmen que quedaba bajo el agua—. ¿Qué dice ahí en tu estómago?

—¿Mi tatuaje?

Shy asintió. Había querido preguntárselo desde que estaban en el barco. Carmen lo miró detenidamente un par de segundos que se hicieron más largos.

—No es la gran cosa. Una frase que siempre me gustó.

Con las manos Shy le indicó que no era suficiente.

—Pues te ha de gustar muchísimo como para que te la escribieras en la panza.

Carmen sonrió.

—Creo que tienes razón.

—¿Entonces?

Ella suspiró y puso los ojos en blanco pero se irguió y dio unos pasos hacia Shy para que él lo viera por sí mismo.

—*Someday we'll find it* —leyó en voz alta— *the rainbow connection. The lovers, the dreamers and me.***

Alzó la vista para mirarla.

---

* N. del T: "Algún día lo encontraremos, el vínculo con el arcoíris. Los amantes, los soñadores y yo."

—¿De quién es?

—Kermit —contestó ella.

—¿Quién?

—Míralo… ¿qué?, ¿estás sordo? Kermit, la maldita Rana René, *¿okey?*

—Espérame —dijo Shy tratando de procesar aquello—. O sea, ¿de los Muppets?

—Sí, de los Muppets. Y más te vale que no digas ni pío —ella volvió a hundirse en el agua—. Hasta este día la mugrosa canción me hace llorar. Y no me cuesta reconocerlo.

Shy no pudo evitarlo. Comenzó a darle un ataque de risa. Había esperado alguna cita trascendental o el pasaje de un poema de Edgar Allan Poe o Shakespeare o alguna otra cosa histórica. Lo último que se le hubiera ocurrido era que se tratara de Kermit la Rana. Cuando levantó la cara tenía lagrimitas en los ojos de tanto reírse. Pensó que quizá Carmen se pudiera haber enojado, pero no. Ella se reía junto con él, lo que sólo lo hizo reírse más fuerte. Ambos se estuvieron riendo buen rato y tuvieron causa de risa durante varios días más. Con todo lo que habían pasado, se sentía increíble poder soltarlo todo. A Shy se le inundaron los ojos de lágrimas borrándolo todo. Golpeaba la superficie de la tibia agua sulfurosa con la mano. En medio de sus carcajadas, Carmen intentó explicarle que la letra le recordaba su niñez, cuando todo era sencillo y la hacía creer que algún día ella encontraría la verdadera felicidad. Sin embargo, el simple hecho de que Carmen tratara de justificar su tatuaje de Kermit sólo le provocaba más risa a Shy.

Cuando al fin se calmaron, Carmen aspiró profundamente y alcanzó la toalla para secarse los ojos. Se recargó contra la pared del estanque frente a Shy y dijo:

—Me alegra que te hagan reír mis sueños.

—A mí también —dijo Shy—. Me hacía mucha falta.

Carmen movió la cabeza y clavó la mirada en el agua frente a ella.

—¿Nunca has sentido que naciste en el lugar y el tiempo equivocados?

Shy asumió una expresión seria.

—¿Como ahora?

—No sé —dijo ella volviendo a secarse los ojos—. Es que... ¿qué tal si todo fuera diferente? ¿Qué tal que hubiéramos existido décadas o siglos antes de que se hubiera inventado siquiera esta enfermedad? ¿Qué tal si hubiéramos nacido en un país completamente diferente, como Rusia o Francia o Argentina?

—Sí, la verdad *sí* llego a pensar en eso —Shy coincidió—. Sobre todo después de que se hundió nuestro barco, de todo lo que pasó con Marcus. Y —se aseguró de que Carmen lo estuviera mirando— de lo que dijo el DJ de San Diego.

Carmen volvió a bajar la mirada al agua. A Shy le pareció extraño que ella no hubiera mencionado lo que habían escuchado sobre su ciudad. Se le figuraba que ella pretendía que nunca había ocurrido, lo cual no le parecía sano.

—Pero hace un par de días se me ocurrió —dijo Shy— que tal vez *siempre*, a lo largo de la historia, ha habido alguna compañía farmacéutica tratando de enriquecerse con gente como nosotros.

—Me pregunto si alguna vez cambiarán las cosas —coincidió Carmen a su vez.

—Ojalá esté yo para verlo: la gente por fin defendiéndose de toda esa patraña —concluyó Shy.

Se quedaron callados varios segundos, luego Carmen atravesó lentamente el estanque para acercarse a Shy y le dijo:

—Oye, por qué no me cuentas una vez más sobre nuestras versiones espaciales —ella buscó su mano bajo el agua y enlazó sus dedos.

El corazón de Shy casi se le salió del pecho. Únicamente había visto esa mirada de Carmen una vez, allá en el crucero, cuando se habían sentado juntos frente a la puerta de su camarote y habían platicado con los ritmos brasileños saliendo bajito de su laptop. Una botella de vino vacía entre ellos. Había sido la única vez que se habían besado.

45
LAS VERSIONES ESPACIALES

Shy trató de conservar la calma, aunque por dentro estalló en pánico. Era todo lo que él hubiera deseado, pero, al mismo tiempo, ¿qué sucedería después? Era como cuando de noche solía pararse en la cubierta más alta del crucero y miraba hacia abajo. A veces deseaba saltar. Quería volar libremente entre la oscuridad y los susurros de las aguas. Nunca lo hizo porque ¿qué tal si ahí quedaba todo aquello? ¿Qué tal si era el fin? Tragó y se aclaró la garganta.

—¿Segura de que estás lista para todo eso?

—Después de todo lo que hemos pasado —dijo Carmen—, creo que necesito escucharlo de nuevo.

Ella lo miró directo a los ojos sin parpadear, como hurgando en busca de algo dentro de su pecho, algo verdadero, algo más allá del mundo físico. En el barco, Shy le había dicho que había una *versión espacial* de él y Carmen que vivían en algún planeta distante. En esa versión estaban juntos, enamorados. Luego se le había ocurrido una cursi prueba en la que se daban las manos, que finalmente los llevó a besarse. Pero ahora, *ya* estaban agarrados de la mano y se sentía aún mejor de lo que él recordaba.

—Lo que digo —continuó él— es que la información es de mucho peso.

—Creo que lo soportaré —respondió ella.

Pero antes de que él pronunciara palabra, Carmen lo atrajo de manera que entre sus caras sólo había unos pocos centímetros. Él miró en sus hermosos ojos oscuros y aspiró su aliento.

—Por cierto, ¿estuviste bebiendo con Esther?

Carmen sonrió con picardía.

—Te hubieras quedado hasta el final de la lectura de manos —juguetonamente le picó la panza a Shy y le dijo—: ¿Sabes qué?

—¿Qué?

—Me gusta tu cuerpo.

—A mí también —se oyó Shy decir. Ella nunca había dicho algo así antes. Rápidamente añadió—: O sea, me gusta el *tuyo*.

—Puedes tocarme si quieres —le dijo ella sin bajar la vista de sus ojos.

Shy tenía el corazón en la garganta. Se acercó a ella rozándola y no supo si debía darle vergüenza.

—¿Y tu...?

Carmen le cerró los labios con un dedo.

—*Okey* —murmuró a través de su dedo.

Lentamente movió la mano por el agua y tocó suavemente su rodilla. Carmen no se apartó, así que la mano subió por su muslo. ¡Qué suave era su piel, tan cálida! Trató de imaginarse que *él* era su prometido y lo que sería poder tocarla así cuando quisiera... después de desayunar o a media noche. Deslizó su mano por su bien formada pantorrilla que sostuvo apretadamente mientras escudriñaba sus ojos. Ahora era *él* quien hurgaba en el pecho de *ella*.

—Tuve una sensación —susurró ella en su oído.

—¿Cuál?

—Nada más… Me gusta cómo se sienten tus manos —ella apoyó la palma en el pecho de él y bajó la vista a las aguas sulfurosas para mirar su excitación.

Esta vez él no se movió ni se retrajo, porque si ella realmente quería conocer su verdad, ahí estaba. Así se sentía y no había reglas: sólo él y Carmen en un abandonado estanque de aguas termales en el que solían remojarse estrellas de cine. Se recargaron uno sobre el otro al mismo tiempo y cuando se tocaron sus labios, Shy se perdió. Sus dedos dibujaron la cita Muppet en el vientre de ella cómo siempre lo había deseado. El estanque se disolvió en partículas microscópicas que los envolvieron como en un remolino y luego se transformaron en miles de manos diminutas que los elevaban por encima de la propiedad en ruinas, por encima de las montañas, arriba de las aves que medían el cielo con sus alas, y todas las criaturas vivas del planeta le hablaron: *Estás perdido, roto y solo, pero aún estás entre nosotros. Y ése es un don. Toda vida es una sola*

46
EL ANILLO

Todo terminó en un lapso penosamente corto. Shy observó a Carmen salir del estanque y secarse con la toalla que había llevado consigo. Luego la observó meterse en los jeans, pasarse la camisa por la cabeza, el caer de la tela sobre el tatuaje Muppet. Sintió la necesidad de ofrecer disculpas, aunque ni siquiera sabía por qué. Optó por salir del estanque y aceptar la toalla que ella le ofrecía. Mientras se secaba, se aclaró la garganta y dijo:

—Oye, Carmen. ¿Estás bien con todo esto?

Ella sonrió.

—Claro que estoy bien, Shy.

—Sólo quería decir… ¿Entonces ya no vas a poner reglas nuevas o algo?

Ella rio un poco, lo que a Shy le pareció una buena señal.

—Ah, estoy segura de que ya habrá reglas nuevas. Te aviso cuando sepa cuáles son —ella miró el camino más allá de Shy—. Pero bueno, el sol está por ponerse, más vale que vayamos a buscar a Limpiabotas.

—Definitivamente —coincidió él.

Ella dio unos pasos adelante y lo besó en los labios. Un beso breve que, sin embargo, le quitó un peso enorme a Shy.

—Apúrate y vístete —le dijo ella.

A Shy se le atravesó un pensamiento al abrocharse los jeans: el anillo. Lo sacó de su bolsillo y, emocionado, se lo ofreció a ella. A Carmen le tomó unos segundos entender lo que él tenía entre los dedos y, cuando lo hizo, se paralizó. La expresión se le contrarió un poco. Shy se aclaró la garganta.

—Mira, no significa nada, ¿okey? Te lo juro. Sé que ya tienes a alguien. Pero desde el día en que tuve esta cosa... siempre pensé que tú deberías tenerlo.

Carmen se echó para atrás un poco, moviendo la cabeza.

—Pero es que *sí* significa algo, Shy. Tú lo *sabes*.

—Ni siquiera te estoy pidiendo que lo uses —Shy continuó—. Guárdalo por ahí en un cajón. Ya que pase todo esto, lo llevas a empeñar. Lo que quieras.

Carmen miró al cielo y jaló su cabello mojado.

—Cielos, Shy, adoro que me tengas en un concepto tan alto —volvieron a encontrarse sus miradas—. Pero no lo merezco.

—¿Según quién? —preguntó Shy.

—Quien haya visto lo que acabamos de hacer. Lo que acabo de hacer —ella movió la cabeza—. Mira, nunca podría aceptar ese anillo, ¿okey? No hasta que tenga una certidumbre sobre Brett.

Shy bajó el anillo, avergonzado. Nunca en su vida se había sentido tan pequeño. Como si fuera a desaparecer por completo.

—Pero nadie más tendría que enterarse —discutió.

—Lo sabría *yo*.

Shy volvió a guardarse el anillo en el bolsillo tratando de aparentar que no era la gran cosa, que simplemente podrían ir a buscar a Limpiabotas y seguir con su estúpido viaje, pero por dentro se sentía demolido. Uno de los mejores momentos de su vida, haber estado con Carmen, ahora se sentía como uno de los peores. Ni como simples amigos quiso ella tomar el anillo. Él se volteó y comenzó a secar su cabello desordenado ignorando el olor a huevo impregnado en la toalla.

—Por favor, Shy —le rogó Carmen—.Ya sé que ahora te parece horrible lo que te dije, pero los símbolos como ése no pierden su significado —abruptamente ella calló y giró con rapidez hacia la espesura de árboles detrás de ellos. Shy también lo había oído: el sonido de pisadas y ramas rompiéndose.

—¡Shy! —lo llamó una voz distante—. Shy, ¿estás ahí?

Shy sintió la mirada de Carmen, pero él no podía verla. Todavía no.

—¡Shy! —la voz ya estaba más cerca y él pudo reconocerla: Dale.

—¡Hey! —le gritó Shy.

En unos segundos apareció Dale, seguido por Tommy, apartando ramas de árbol y maleza. A los dos les faltaba el aliento. Dale miró a Shy, luego a Carmen. Parecía encontrarse bajo el efecto de fármacos o algo.

—¿Qué pasa? —preguntó Shy.

—Acaba de salir en el radio —dijo Dale resoplando—. El DJ Dan. Lo escuchábamos cuando…

—Hizo un anuncio —dijo Tommy.

Dale asintió con entusiasmo.

—Ya se acabó.

—¿Qué se acabó? —preguntó Shy.

—*Todo* —respondió Dale—. Lo que está pasando con California.

Ahora sí, Shy volteó a ver a Carmen.

Ella tenía las manos sobre las caderas y el gesto fruncido.

—¿Qué quieren decir? —preguntó.

—Dice el DJ que una compañía farmacéutica —explicó Dale haciendo una pausa para agarrar aire— encontró la cura para el mal de Romero. Una pastilla. Se acabó la epidemia.

—Cállate —dijo Carmen.

Tommy afirmó con la cabeza.

—Te lo juro.

Dale torpemente chocó palmas con Tommy y volteó hacia Shy:

—Mañana van a comenzar a repartir píldoras entre toda la gente de California.

Shy sintió hormigas por todo el cuerpo. Él y Carmen intercambiaron miradas.

—¡Qué maravilla!, ¿no? —dijo Dale riéndose y moviendo la cabeza—. Esas personas son… héroes. Nos han salvado la vida.

—¿Y de casualidad te acuerdas del nombre de esta compañía? —preguntó Shy bastante seguro de conocer la respuesta.

—¡Claro que me acuerdo! —dijo Dale con voz estruendosa—. Lo apunté en cuanto lo oí. Se llama LasoTech.

47

REPORTES DESDE LAS RUINAS

DJ DAN: ...Se calcula que el número total de muertes por el mal de Romero ya asciende a más del triple de decesos atribuidos a los terremotos. Por eso el anuncio de anoche tiene tanta trascendencia. Seguimos recibiendo más detalles y estaremos actualizando esta noticia en los próximos días, pero hasta el momento esto es lo que sabemos: una empresa farmacéutica llamada LasoTech ha desarrollado un nuevo medicamento para tratar la enfermedad. Tomado una vez al día durante veintiún días consecutivos no sólo se contrarrestan los síntomas —como lo reportamos al principio—, sino que se *cura* la enfermedad.

Esta mañana, en un boletín de prensa, el fundador de LasoTech, Jim Miller, dijo que su equipo comenzó a trabajar en este medicamento nuevo mucho antes de los terremotos. LasoTech también fue la primera compañía en financiar estudios sobre la enfermedad cuando apenas afectaba a unas cuantas colonias pobres cerca de la frontera con México. Sin embargo, perdieron la mitad de lo que habían avanzado a raíz de la inundación de su laboratorio mar adentro. El resto fue destruido por saqueadores, así que tuvieron que volver a empezar desde cero.

Hasta el presidente de Estados Unidos ha reconocido la perseverancia de LasoTech. El mandatario le ha pedido al Congreso que trabaje directamente con el Sr. Miller para distribuir la medicina en toda la costa occidental durante las próximas semanas. En su boletín de prensa, el Sr. Miller también reveló que él personalmente ha patrocinado a varios grupos de cruzados en las últimas semanas. Estos grupos han proporcionado alimento, agua y provisiones médicas, e incluso a veces hasta transporte a través del desierto.

LasoTech y algunas otras compañías farmacéuticas están trabajando arduamente para desarrollar una vacuna que proteja a quienes no se han infectado con el mal. Se nos dice que sólo hasta que haya una vacuna se abrirá la frontera que protege al resto del país. Por el momento, continúa la prohibición de viajar. Mientras tanto, hay quienes han recurrido al aislamiento extremo a fin de evitar contacto con los infectados. Los muros que protegen al santuario mejor conocido, los Estudios Sony, posiblemente hayan caído ayer, pero quedan otros.

Los residentes de Coronado, una isla pequeña frente a las costas de San Diego, lograron destruir una parte del puente que conecta a la isla con la ciudad para separarse del resto de la población. The Strand, la única otra vía para llegar a la isla, se encuentra totalmente sumergida en el agua.

A unos kilómetros de la costa de Santa Bárbara se ha reunido una gran comunidad de yates. La gente transita de un barco a otro y vive de las algas o los peces que logran atrapar. No tienen acceso a los repartos que el gobierno procura por vía aérea y les falta el agua, pero se rehúsan a regresar al continente por temor a la enfermedad.

Una de las poblaciones aisladas más numerosas se encuentra en lo más recóndito del desierto de California. Ahí viven en carpas más de cinco mil personas bajo el calor inclemente. Tienen acceso cada semana a los repartos del gobierno y han logrado localizar pozos y levantar invernaderos donde cultivan vegetales como rábanos y espinacas.

Sin embargo, no cabe duda que entre las comunidades aisladas, las más sorprendentes son las prisiones estatales como San Quintín y Pelican Bay. Nos hemos enterado de que la prisión estatal de Avenal ahora alberga a una población de más de diez mil habitantes. Los prisioneros que alguna vez añoraron abandonar las paredes de sus celdas ahora vigilan el perímetro de la prisión para evitar que alguien se cuele adentro...

Día 50

48
HOY VS. MAÑANA

Se hallaban a unos ocho kilómetros al oeste de Indio cuando el anticuado indicador de gasolina bajó oficialmente a la zona marcada en rojo. Desalentado, Shy lo miró unos segundos antes de asomarse por la ventana trasera del vehículo de colección que Mario había insistido que se llevaran. Era un convertible Buick Skylark 1953 arreglado y conservado como nuevo. El orgullo de Mario, según Dale y Tommy. El hombre le había lanzado las llaves a Limpiabotas durante la gran escena de despedida diciéndole:

—No sé a dónde van todos ustedes, pero si tú estás involucrado, de seguro van a algún lugar importante. Más vale llegar allí con el estilo que amerita la ocasión.

Y ahí iban, avanzando sigilosamente y a oscuras por la Autopista 10, con las luces apagadas para guardar la discreción. Se suponía que Shy y Carmen buscarían una gasolinera —sin importar cómo estuviera— pero la mente de Shy seguía atrapada en las noticias. LasoTech los había salvado a todos. LasoTech ahora trabajaba directamente con el gobierno y a Jim Miller, el cabrón padre de Addie, ahora lo celebraban cual héroe. Tanta mierda le provocaba ganas de vomitar o romper algo. Una vez fuera de San Bernardino, el horizonte lleno de sombras comenzó a dibujar más montañas y los matorrales poblaban la cuneta. Los cables de luz bajaban, subían y volvían a bajar. Todas las ventanillas del auto iban abajo y el aire olía a polvo, arcilla, fuego y al cabello salvaje de Carmen, que le volaba en la cara a Shy desde el asiento delantero para recordarle el estanque de azufre. ¿Cómo se suponía que podría procesar esas dos emociones en competencia? La rabia contra una compañía malévola y la excitación nerviosa por una chica. *¡Mujer!* Era como querer juntar los polos positivos de dos imanes. Shy pasó el radio extra de Dale de su regazo a la rodilla derecha tratando de concentrarse por encima de la música clásica que el DJ había estado transmitiendo durante las últimas horas.

—¿Será gasolinera eso que se ve ahí arriba? —preguntó Carmen apuntando contra el parabrisas.

Shy apenas pudo distinguir un letrero a poco menos de un kilómetro de distancia, pero no vio una gasolinera como tal. Limpiabotas se asomó al retrovisor antes de tomar la siguiente salida de la autopista. En efecto, se trataba de una gasolinera, pero reducida a un montón de escombros quemados. Shy contó seis hoyos grandes en el suelo que alguna vez habrían estado coronados con bombas de gasolina. Se preguntaba si los tanques subterráneos habrían explotado con el incendio. Limpiabotas estacionó el Skylark al otro lado de la calle y apagó el motor. Los tres se quedaron viendo aquellos despojos.

—Regreso en un minuto —dijo Limpiabotas saliendo torpemente del asiento del conductor.

—Espera, ¿a dónde vas? —preguntó Shy nervioso por quedarse a solas con Carmen.

El hombre metió la cabeza por la ventana.

—Un viejo como yo tiene que atender el llamado de la naturaleza, joven. Es algo de la próstata. Ya lo comprenderá un día.

—Ah —Shy observó la manera en que Limpiabotas se recargaba en el bastón mientras cojeaba. De ninguna manera lograría llegar a alguna parte sin el Skylark. Tenían que encontrar gasolina. Shy aspiró profundamente y se concentró en la nuca de Carmen.

—Oye, Carmen. Quería pedirte perdón por lo que pasó allá…

—Mira —lo cortó Carmen dándose vuelta para encararlo—, he estado pensando en eso desde que salimos. Si alguien debería pedir perdón soy yo, ¿okey? Sencillamente me ganó el sentimiento. Y ya sé que eso no habla muy bien de mí, ¿verdad? Pero luego, cuando sacaste ese anillo…

—A eso me refería —dijo Shy—. Ni sé por qué lo hice.

Jugueteó con el anillo en su bolsillo sintiéndose alentado. Si Carmen decía que le había ganado el sentimiento, quería decir que se sentía atraída por él, que no eran figuraciones suyas.

—Pero te quería decir algo —continuó—. Ya sé que tienes a alguien, ¿no? Y sé que en cuanto lleguemos a Arizona…

—Si es que llegamos a Arizona.

—Exacto. Si es que llegamos a Arizona. Sé que vas a empezar a buscarlo. Y lo respeto. De verdad. Pero ve las cosas, Carmen —dijo Shy señalando a la gasolinera casi invisible en la oscuridad—, han cambiado. La gente se muere como moscas. Se esconde en prisiones. A mí ya no me preocupa el mañana. Me preocupa hoy.

Carmen asintió levemente sin quitarle los ojos de encima.

—De hecho, es una manera muy inteligente de expresar lo que he estado sintiendo, Sancho —ella se volteó aún más para verlo directamente a los ojos—. No estoy diciendo que fue lo correcto, pero ahora ¿quién puede decir qué está bien y qué, mal? Ya cambió todo.

Antes de que Shy pudiera responder, escuchó unas arcadas fuertes en alguna parte de la oscuridad, aunque no podía ver nada por la ventana.

—Carajo.

—Creo que fue Limpiabotas —dijo Carmen—. ¿Crees que debamos ir a buscarlo?

Shy estuvo de acuerdo y buscó en el maletín la linterna que le había dado Dale, pero apenas abrió la portezuela cuando vio a Limpiabotas caminando hacia ellos en la oscuridad. Shy siguió al hombre con la vista. Dio la vuelta frente del Skylark y se reacomodó en el asiento del conductor.

—¿Estás bien? —le preguntó Carmen. Limpiabotas volteó a mirarla.

—¿Quien, yo?

—Parecía que vomitabas allá afuera —le dijo Shy desde el asiento trasero. Limpiabotas estiró el cuello para mirar a Shy.

—Creo que se equivocó de hombre, joven.

Shy y Carmen intercambiaron miradas preocupadas, mientras Limpiabotas le daba vuelta a la llave en la marcha. Definitivamente, el hombre quería ocultar lo mal que estaba. Shy recordó la pus que había visto en la herida de Limpiabotas. El motor tosió un par de veces antes de volver a la vida con un rugido. Limpiabotas estudió los espejos durante un tiempo inusitadamente largo antes de volver a tomar la carretera.

49
EL ESTUCHE DE RIFLES

Para cuando Shy localizó la siguiente gasolinera, iban sólo con vapores. Limpiabotas salió de la autopista y bajó con el impulso por la rampa, luego los llevó por un puente angosto al lado norte del camino.

—Allí —dijo Carmen, apuntando en la oscuridad al pequeño estacionamiento vacío a un lado de la estación tapiada. Limpiabotas entró en uno de los lugares y apagó el motor.

—No se va a mover de aquí a menos que le metamos algo de gasolina.

Shy contó cuatro bombas, todas cubiertas con cinta amarilla de precaución. Junto a la estación, una *pick up* estacionada daba la impresión de albergar a alguien.

—¿Cómo vamos a hacerle? —preguntó—. No se puede surtir gasolina sin electricidad, ¿no?

—Tenemos que buscar algo que sirva de sifón —contestó distraído Limpiabotas. Tenía los ojos puestos en el puente que acababan de atravesar. Shy siguió la mirada de Limpiabotas. Era tan sólo un paso a desnivel y hasta donde le alcanzaba la vista, no había nada más. Después de unos segundos, Limpiabotas se dirigió a Shy y Carmen.

—Si queda gasolina habrá quien la reclame, así que mantengan abiertos los ojos —agarró el maletín y abrió la puerta del conductor. Shy jaló el estuche con el rifle y se lo puso en las piernas.

—Espera —dijo Carmen—. Entonces, ¿qué? ¿Vamos a tocar? Es media noche.

Un movimiento en las sombras heló a Shy. En la puerta principal de la gasolinera se dibujaron dos figuras encapuchadas apuntándole al Skylark.

—Bueno, pues ya no tendremos que preocuparnos por tocar —dijo.

Una de las figuras levantó un megáfono.

—*Salgan del auto con las manos en alto* —anunció una voz tipluda—. *Lentamente.*

Limpiabotas dio el primer paso afuera, todavía asiendo el maletín, y levantó las manos. Shy y Carmen intercambiaron miradas.

—Creo que sólo son muchachos —le dijo él.

—De todas maneras —contestó Carmen—, esto me da un mal presentimiento.

Pero no había otra opción. Se les había agotado la gasolina. Shy ocultó el estuche con los rifles junto a sus pies y salió del auto con las manos en alto. Carmen hizo lo mismo. Las dos figuras se les acercaron con precaución. Cuando quedaron a unos pocos pasos, Shy miró bajo sus capuchas. No se había equivocado: dos chicos con máscaras de hospital, no más de doce o trece años, sin zapatos. Esto lo hizo sentir un poco mejor, pero no cambiaba el hecho de que le apuntaban dos pistolas a la cara. El chico más pequeño le quitó el megáfono al más grande.

—*No están autorizados a estar en la carretera tan tarde. Podríamos dispararles aquí mismo y a nadie le importaría siquiera.*

El chico más alto volvió a arrebatar el megáfono y lo usó para golpear al otro chico en la cabeza.

—Están frente a nosotros, tonto. Podemos hablar normal.

El chico pequeño se sobó la cabeza a través de la capucha. Luego fulminó al compañero con la mirada.

—Sólo necesitamos algo de gasolina —dijo Carmen.

—Ustedes y el resto del mundo —dijo el chico alto—. Pero nosotros reclamamos esta gasolinera inmediatamente después de los terremotos. Aquí trabajaba el papá de Paulie.

—Exactamente —dijo el más pequeño.

—Así que si quieren gasolina —continuó el más alto— tienen que darnos algo a cambio.

—¿Cómo qué andan buscando? —preguntó Limpiabotas.

—Armas —dijo Paulie.

Limpiabotas miró a Shy, y luego la parte de atrás del auto. Le indicaba a Shy que fuera por el estuche para rifles. Shy le devolvió su más poderosa mirada de *¿estás loco?* De ninguna manera iban a atravesar la seguridad de Laso'tech sin nada para defenderse. El propio Limpiabotas lo había dicho. Nada más por eso habían pasado por San Bernardino.

—Vamos, joven —dijo Limpiabotas—. Vaya a traerles los rifles.

Shy no lo podía creer. Lanzó una mirada confundida a Carmen y renuente se acercó al Skylark por el estuche con rifles. El chico más alto asintió y les hizo la seña a Shy, Carmen y Limpiabotas de que lo siguieran a la estación tapiada.

50

TWINKIES Y LECHE RANCIA

Había otros tres chicos dentro de la maloliente estación. Todos se ponían las máscaras de hospital luego de restregarse los ojos como si se acabaran de despertar. Hasta donde veía Shy, ningún adulto. El lugar estaba hecho un muladar. Prácticamente no quedaba nada de comida en los anaqueles y el refrigerador estaba lleno de cartones y envolturas vacías que también tapaban el piso de cemento. A la tenue luz de vela, Shy detectó cinco pedazos de cartón desgastado contra la pared de atrás. Sus camas, supuso. Usaban gamuzas dobladas como almohadas. Desde el pequeño radio despertador, a un lado de la caja limpia de dinero, fluía a poco volumen el programa del DJ. Todavía música clásica, lo que significaba que el DJ dormía. El chico más alto abrió el estuche para inspeccionar los rifles. Los sacó uno por uno frente a la hilera de velas encendidas. Revisó cada cañón y cada mirilla.

—Les daré un tambo con diecinueve litros por los tres —dijo.

—Necesitamos quedarnos con cuando menos uno para protegernos —contestó Limpiabotas. Se pasaba el maletín de lona de un hombro al otro. A Shy le pareció un descuido que hubiera cargado con el maletín. Debía haberlo dejado en el Skylark.

—Lo que ustedes necesitan —dijo otro chico— es gasolina en su tanque. De otro modo se quedarán aquí encerrados con nosotros.

—Y no se pueden quedar encerrados con nosotros —dijo el más alto—. Ya saben que podríamos quitárselos sin darles nada y correrlos, ¿no? Pero me gusta ser justo. Por eso del karma.

—Bueno, como sea, ¿a dónde van? —dijo el pequeño Paulie. De un salto trepó a la mesa junto a la caja y se bajó la máscara revelando su cara llena de mugre. El más alto chasqueó los dedos y Paulie se volvió a poner la máscara rápidamente.

—Ya, Paulie —lo regañó otro chico—. Aunque tengan la cura, de todos modos no queremos que se nos pegue nada.

—Ya, ya —dijo Paulie a través de la máscara.

—Vamos rumbo a Arizona —les dijo Carmen. Los chicos se miraron entre sí con extrañeza. El más alto hasta se rio un poco y dijo:

—Ya saben que levantaron una barda por allá, ¿verdad?

—¿Qué no oyen la radio? —dijo otro.

—Ya sabemos de la estúpida frontera —retobó Carmen.

Shy notó que el chico alto que los había conducido dentro de la estación había bajado su arma. Se preguntaba si de algún modo podrían robar gasolina y quedarse con sus rifles. Eran cinco contra tres, pero sólo eran niños. Uno de ellos apartó una hoja de madera prensada de la ventana y apuntó hacia afuera.

—¿Qué clase de carro tienen ahí? Se ve histórico.

—Y bien que lo es —contestó Limpiabotas—. Eso que ves ahí es un convertible Buick Skylark 1953. Como recién salido de la fábrica. ¿Alguna vez habías visto un clásico como ése?

El niño negó con la cabeza.

—No se parece mucho a la *pick up* que tienen estacionada ahí enfrente —dijo Shy. Sabía que Limpiabotas algo se traía, así que decidió seguirle el juego.

—Mi papá me dejó ese camión —dijo Paulie.

—¿Y dónde está tu papá? —le preguntó Carmen—. ¿También vive aquí?

—Mi papá está muerto —respondió el chico—. Igual que todos los demás.

—¡Paulie! —lo regañó el chico alto fulminándolo con la mirada.

Paulie encogió los hombros y miró al piso. Con este intercambio Shy supo que no había adultos cerca, tan sólo estos cinco niños. Solos. Viviendo de Twinkies y leche rancia. Probablemente habían acordado no decírselo a nadie.

—Te ofrecemos nuestras condolencias —dijo Shy con voz sincera. Echó una mirada a Limpiabotas, quien inclinó la cabeza sutilmente.

—Pero ya nadie más va a morir —dijo otro niño—. Ya tienen la medicina que te cura. Lo oímos en la radio.

—Nosotros también lo oímos —dijo Limpiabotas—. Ya pronto todo habrá pasado y ustedes estarán de regreso en la escuela.

—La escuela se quemó —dijo uno de los niños.

—Entonces les construirán una nueva —dijo Shy—. Y de seguro va a quedar de locura.

La estación quedó en silencio unos segundos. Carmen le hizo un gesto disgustado a Shy, tratando de entender qué hacía. Pero el propio Shy tampoco lo sabía. Simplemente le seguía el juego a Limpiabotas, pensando que tenía algún plan.

—¿Saben qué? —dijo Limpiabotas golpeteando su bastón contra el piso de cemento—. Se me acaba de ocurrir una oferta nueva que quiero proponerles —se estremeció un poco, como si le doliera la pierna y luego les hizo una seña para que se acercaran a la ventana—. ¿Qué les parecería ser los *dueños* de ese auto clásico de allá afuera?

—¿Qué quieres decir? —dijo el chico alto.

Shy al fin comprendió. Era la manera de quedarse con los rifles.

—A donde vamos nosotros —dijo Limpiabotas—, nos van a hacer mucha falta esos tres rifles. Si quieren, les cambio el Skylark por su *pick up*, si me la llenan de gasolina.

Paulie saltó del mostrador emocionado.

—Ya tiene el tanque lleno, señor. Y trato hecho —volteó a ver al chico alto—. ¿Verdad, Quinn?

Quinn se acercó a la ventana y miró al Skylark. No se mostraba tan dispuesto a aceptar la oferta de Limpiabotas, aunque todos los demás niños le rogaban que lo hiciera. A Shy le sorprendió que Limpiabotas renunciara tan pronto al carro de Mario. Sin embargo, al final no importaba cómo llegaran a Arizona, siempre y cuando llegaran.

—Déjenme explicarles algo —dijo Quinn encarando a su pandilla—. Tener un carro elegante no nos sirve de nada. Más bien, hay que ver lo que se puede *hacer* con él. Además guardamos un montón de cosas en la caja de esa *pick up*.

—Sí, pero para eso tenemos el Jeep —discutió uno de los chicos.

—Lo oíste —dijo Paulie—, ya tienen la cura, todo esto se va a acabar pronto. Y de todos modos, era la *pick up* de *mi* papá. Así que tengo derecho a opinar.

Quinn se quedó unos segundos alternando la mirada entre el Skylark y su pandilla. Shy captaba que al chico le gustaba mandar y que todos esperaban su respuesta.

—Lo mantuvo en muy buenas condiciones —le dijo Quinn al fin a Limpiabotas—. Tal vez valga algo cuando las cosas vuelvan a la normalidad.

—Valdrá bastante —le dijo Limpiabotas.

Después de otra pausa breve, Quinn dijo:

—¿Saben qué? Al diablo, ¡trato hecho!

Los otros chicos comenzaron a gritar de gusto, lo que delataba lo verdaderamente jóvenes que eran. Shy tuvo que reprimir una sonrisa.

—Caray, hasta les doy un bote con veinte litros de gasolina adicional —dijo Quinn—. Así de seguro llegan hasta Arizona —luego se dirigió a uno de sus chicos—. Ve a poner un bote en la caja de la camioneta.

Limpiabotas le lanzó a Quinn las llaves del Skylark y Quinn le aventó las llaves de la *pick up*. Shy se quedó impresionado con la capacidad de Limpiabotas para negociar. Especialmente tomando en cuenta cómo parecía haberle dolido la pierna durante todo el trato.

Ahora podrían volver a ponerse en camino sin tener que vigilar el indicador de gasolina. Todavía quedaban algunas horas antes de que saliera el sol. Uno de los chicos salió presuroso por el bote de gasolina. Los demás comenzaron a rogarle a Quinn que los dejara llevar el Skylark a dar una vuelta de prueba.

—Tenemos que estar seguros de que camine antes de que los dejemos ir, ¿no? —alegó uno de ellos. Renuente, Quinn les pasó las llaves diciendo:

—Pero más vale que no lo rayen.

—Hay que ponerle un poco de gasolina primero —dijo Limpiabotas—. Llegamos sin gota.

Quinn señaló a Paulie.

—Puedes ponerle gasolina, pero no conduces.

Paulie asintió y salió veloz por la puerta de enfrente con los otros dos chicos. Quinn los vio partir con una leve sonrisa. Después de todo lo que habían pasado, pensó Shy, seguían siendo niños. Se preguntaba si Limpiabotas los veía así a él y a Carmen.

—Apenas nos habían dado esa cosa —dijo Carmen parándose junto a Shy.

—Al menos todavía tenemos los rifles —le dijo él.

—Cierto —ella no parecía muy contenta—. Pero ya no tiene mucho caso este viaje, ¿no? Ya tienen una cura.

—Sí, pero no tienen la carta que comprueba todo lo que hizo LasoTech —Shy volvía a sentir que le despertaba la rabia—. Si dejamos que se salgan con la suya, todo mundo seguirá pensando que esos imbéciles son héroes.

Shy miró por la ventana y vio a los chicos desaparecer por el costado del edificio para luego emerger con el segundo bote de gasolina que llevaron al Skylark. Vertieron un poco en el tanque, luego se treparon al carro viejo y encendieron el motor. Se quedaron allí unos minutos encendiendo las luces, subiendo y bajando las ventanillas, sonando el claxon, abriendo y cerrando todas las portezuelas. Luego Shy escuchó el rechinar de las velocidades cuando el que manejaba metió reversa para salir del cajón del estacionamiento. Quinn se rio con el sonido.

—Niños tontos.

Limpiabotas acompañó a Shy, Carmen y Quinn junto a la ventana mientras todos veían al Skylark jalonear afuera de la gasolinera y entrar al camino oscuro y vacío. El auto se aproximaba a la primera señal de alto, cuando Shy vio que algo borroso se acercaba rápidamente desde la dirección contraria. Una Hummer negra.

—¡Cuidado! —gritó Carmen por la ventana. Demasiado tarde.

51
VIVO Y CON NÁUSEAS

La Hummer chocó directamente contra la parrilla del Skylark, le dobló el capó, reventó el parabrisas y mandó el carro antiguo como rehilete al otro lado del camino oscuro y estrecho. Un grito desgarrador inundó la estación. Cuando Shy volteó, Quinn se zafaba de Limpiabotas que lo tenía agarrado. Abrió la puerta de la estación de un empujón para correr al lugar del choque.

—¡Dios mío! —repetía Carmen una y otra vez. Tomó a Shy del brazo; su rostro estaba paralizado por el *shock*.

Shy miró las flamas que devoraban la mitad del Skylark e iluminaban las cabezas de los chicos en su interior.

—¡Al suelo! —les gritó Limpiabotas a él y Carmen.

Shy giró sobre sí mismo mientras Limpiabotas sacaba uno de los rifles del estuche. Lo apuntó por la ventana y pateó el maletín en dirección a Shy. Éste lo levantó rápidamente y se lo colgó del hombro. Se agazapó bajo la ventana junto a Carmen. Ambos respiraban agitadamente y se miraban con los ojos bien abiertos. Era la misma Hummer negra que habían visto cuando enterraron a Marcus cerca de la autopista. Shy estaba seguro. ¿Pero cómo había podido LasoTech localizarlos en la oscuridad? Shy volvió a asomarse por la ventana.

Carmen lo agarró de la camisa para tratar de bajarlo, pero él tenía que ver.

Saltaron de la Hummer tres hombres de negro. Uno le disparó a Quinn en el pecho y luego en el estómago. El cuerpo lánguido del muchacho cayó al pavimento. Los otros dos corrieron al Skylark, levantaron sus pistolas y dispararon sin cuartel contra las ventanas laterales y el parabrisas, iluminando la noche desértica.

—Jesucristo —susurró Shy.

Los hombres no dejaron de disparar sino hasta que se detuvo todo movimiento en el auto. Luego uno de ellos le dio la vuelta al auto y abrió todas las puertas rebuscando entre los cuerpos. El hombre negó con la cabeza y señaló a la estación. A Shy se le fue toda la sangre a la cabeza e hiperventiló. Los hombres acababan de masacrar a cuatro niños sin dudarlo un segundo. Los habían asesinado esperando que fueran Shy, Carmen y Limpiabotas. Y ahora avanzaban a la estación con las armas dispuestas. Limpiabotas dio unos pasos hacia adelante apuntando el rifle por la ventana. Shy se desprendió del maletín pensando que debía ocultarlo. Lo metió abajo del mostrador, corrió detrás de Limpiabotas tomó un rifle y lo amartilló como le había enseñado en Bright House y se volteó hacia la ventana. Carmen lo miraba fijamente.

Los tres hombres de negro atravesaron las bombas de gasolina rumbo a la estación y de pronto una explosión de astillas de vidrio cayó alrededor de Shy. Limpiabotas apartó a Carmen de la ventana de un empellón y regresó el fuego derribando de un solo tiro a uno de los tipos de LasoTech. Las balas cortaban el aire al entrar por la ventana y Shy se cubrió detrás de uno de los anaqueles vacíos. Escuchó los disparos reventar la pared detrás de él y rebotar contra el piso hasta quebrar las puertas de cristal del refrigerador. Sin pensarlo, Shy se vio gateando como lagartija de vuelta a la ventana. Descansó el cañón del rifle en la ventana junto a Limpiabotas, quien recargaba, luego apuntó e hizo dos disparos en rápida sucesión. Para su sorpresa uno de los dos hombres que quedaban cayó al pavimento a menos de tres metros de la puerta de la estación, con las manos sobre su pecho. Shy volvió a apuntar y acabó con él de un tiro al estómago. Luego apuntó al otro tipo y cayó en la cuenta de que acababa de matar a un hombre. El corazón se le fue a la garganta. Se sintió vivo y con nauseas. Qué fácil había sido. El dedo índice se curvaba un poco y con ello desaparecía para siempre la vida de un hombre. Volvió a disparar pero erró. El hombre se volteó y salió corriendo hacia la Hummer; escapó de otro disparo de Shy y uno más de Limpiabotas. Abrió la puerta del vehículo se abalanzó al interior y encendió el motor en un santiamén.

—¡Voy tras él! —gritó Limpiabotas cojeando hasta la puerta y saliendo.

Shy seguía apuntando el rifle por la ventana aunque ya no tuviera un blanco. Carmen tuvo que agarrarlo del brazo y sacarlo de su trance de un jalón. Shy sacó el maletín de detrás del mostrador y ambos salieron corriendo de la estación y le dieron vuelta al edificio en pos de Limpiabotas, quien ya había arrancado la *pick up* y le estaba metiendo reversa.

Shy se lanzó de cabeza primero por la puerta del copiloto con Carmen. Sus cuerpos se enredaron por un momento al arrancar el vehículo. Se oyeron otros dos disparos, pero no venían del interior de la camioneta. Shy se enderezó y se asomó con cautela por el parabrisas esperando ver al hombre de la Hummer disparándoles, pero lo que vio fue que el enorme vehículo perdía el control. Se le había reventado una de las llantas traseras. "Qué suerte", se dijo Shy. En eso se escuchó un tercer balazo y la explosión de una de las llantas delanteras de la Hummer la hizo virar con tal fuerza que chocó contra la barandilla y cayó dando tumbos por un lado del puente.

Durante medio segundo el mundo se sumió en un silencio ensordecedor. Shy apretaba las correas del maletín de lona con la mano derecha. Luego escuchó el estruendo que hizo la Hummer al caer sobre la autopista, seguido por una explosión profunda. Por el lado del puente comenzó a elevarse el humo hasta la camioneta. Shy aspiraba en corto, mirando el hueco en la barandilla y tratando de hallarle sentido a todo lo que acababa de ocurrir. Los tres tenían rifles en las manos, hasta Carmen. Parecían una desaliñada cuadrilla de búsqueda del salvaje oeste. Entonces Shy detectó entre el humo una motocicleta que veloz bajaba por la rampa de la autopista rumbo al este. El conductor seguramente había disparado contra las llantas de la Hummer al pasar.

Ninguno habló cuando Limpiabotas acercó la camioneta al borde del puente y salieron corriendo a la barandilla para ver. La Hummer yacía llantas para arriba sobre la autopista, iluminado por llamas altas. No había señales de que alguien hubiera escapado vivo. A la distancia, Shy no pudo distinguir la silueta de la motocicleta misteriosa que se alejaba a toda velocidad.

Día 51

52
PUEBLO FANTASMA DE CALIFORNIA

Algo se movió entre los matorrales. Shy pudo voltear a tiempo para ver de qué se trataba esta vez: un niño mexicano que los espiaba. Se incorporó y llamó al muchacho:

—¡Hey! ¡No te vamos a lastimar! —pero el niño ya corría en medio de un coro de hojas secas y ramas que se resquebrajaban.

Durante un segundo o dos Shy estuvo convencido de que era su sobrino, Miguel. Entonces se acordó: Miguel estaba muerto, igual que el resto de su familia. Shy se volvió a sentar en un tronco junto a Carmen.

—Era sólo un niño.

—Ajá y los niños nunca traen nada malo, ¿verdad? —la voz de Carmen se oía un poco más que sarcástica.

—Buen punto —Shy volvió a echar un vistazo a los matorrales. Nada.

—En fin, como te decía —continuó Carmen—, si nada más era un tipo cualquiera que iba al este en su motocicleta, ¿para qué dispararle a la Hummer? ¿Qué no hubiera querido pasar desapercibido?

Shy levantó una piedrita y la lanzó al río perezoso frente a ellos. Estudió el sonido discreto que produjo.

—Nada. Iba tras ellos —dijo Carmen—. Tenía que ser así. Ya viste cómo le reventó las llantas. Yo estoy de acuerdo con lo que dijo Limpiabotas.

—Tal vez tienen razón —dijo Shy, todavía con los ojos sobre el agua.

Limpiabotas creía que el hombre que le había disparado a los neumáticos de la Hummer era un cruzado del otro lado. En la radio habían oído que llegó gente normal a California para intentar proteger a los desprotegidos. El hecho de que el tipo se hubiera alejado con tanta rapidez le comprobaba a Limpiabotas que no estaba acostumbrado a encuentros de esa clase. Apenas estaba agarrando tablas.

—El asunto —dijo Carmen— es que no sabemos. Entonces a lo mejor ni vale la pena especular. Todo lo que podemos hacer es apurarnos a entregar el jodido maletín en Avondale.

Shy echó un vistazo a Limpiabotas, quien se había acomodado a orillas del río, a unos veinte metros de ellos, para escribir en su diario. Después del incidente con la Hummer, Shy, Carmen y Limpiabotas se habían escabullido en la camioneta *pick up* y se habían dirigido al oriente por kilómetros y kilómetros, apenas hablando de lo sucedido. Cuando se derramaron los primeros rayos del sol en los dos carriles de autopista frente a ellos, Limpiabotas se desvió a un pueblo llamado Blythe; les dijo que quedaba en la frontera entre California y Arizona, a menos de doscientos cincuenta kilómetros de la frontera con Avondale. Maniobró la camioneta abollada por los caminos de tierra hasta el tramo oculto de río en el que se encontraban ahora, a veinticinco kilómetros al norte del pueblo. Carmen levantó una varita y la rodó entre sus dedos.

—Cuando pasamos frente al Skylark —le dijo a Shy—, ¿de casualidad…?

—¿Lo vi por dentro? —añadió él.

Ella afirmó con la cabeza.

—Sí...

Estaba oscuro, pero Shy había visto suficiente. Cuatro cuerpos pequeños acribillados en los asientos. La sangre goteando en lo que quedaba de vidrio en el parabrisas. Recordó haber pensado que eso no era algún juego de video en el que le das *Pausa* y vas a atascarte con las empanadas de tu mamá.

Esto era real. *Permanente.*

Estos muchachos, que unos minutos antes habían estado fanfarroneando, ahora estaban muertos. Pero Shy había visto otra cosa antes de que Limpiabotas los alejara de la gasolinera; algo que no le mencionó a Carmen: el cuerpo contorsionado del hombre que él había matado.

En los tiempos lejanos en que apenas habían llegado a California, Shy jamás habría sido capaz de dispararle a *nada*, mucho menos a una persona, cualquiera que fuera la situación. Pero algo había cambiado en su interior. Cuando jaló el gatillo en la estación y vio caer al hombre, se percató de algo terrorífico: era fácil matar.

La gente pensaba que había un abismo gigantesco entre la vida y la muerte, pero en realidad no era así. No cuando uno tenía una pistola y podía acabar con alguien en un abrir y cerrar de ojos, con un movimiento del dedo, antes de darse cuenta de lo que pasaba. Y el mundo no se detenía como lo pensaba la gente. Seguía girando. Le valía un carajo tu karma o tu acto de violencia. Todo aquello estaba en tu cabeza.

Otro rumor en los arbustos arrancó a Shy de sus pensamientos. Volteó y vio que era el muchachito mexicano. Esta vez lo acompañaba una niña un poco más chica parecida a él. Quizá su hermana. Shy y Carmen se pusieron de pie. La niña

315

dijo algo en español, pero demasiado rápido para Shy. Él sólo entendía español si le hablaban lentamente.

—Quiere saber de dónde vinimos y si estamos enfermos —le dijo Carmen.

—Ya sé lo que dijo —mintió Shy.

Carmen miró a los niños, pero antes de que pudiera contestar, Limpiabotas respondió en español:

—*Perdónanos, amigos. Sólo estamos pasando de camino a Arizona. Les aseguramos que ninguno de nosotros está enfermo.*

Shy se quedó viendo a Limpiabotas. Carmen también. ¿Cómo era posible que este viejo Buda negro hablara mejor español que Shy? Se sintió avergonzado. Como falso mexicano. Con razón su padre le había apodado Shinola en aquel entonces. El niño dio un paso adelante.

—Si no están enfermos —dijo en inglés acartonado—, mi abuela les ofrece comida en nuestro campamento.

—Agradecemos su generosidad —dijo Limpiabotas.

Cuando Shy se dio cuenta de que el niño lo miraba directamente, las mariposas le llenaron el estómago de una sensación extraña. Era espeluznante cuánto le recordaba ese niño a su sobrino.

Los hermanos condujeron a Shy, Carmen y Limpiabotas por el río, a unos cien metros de donde habían estacionado la camioneta. Atravesaron un grupo denso de matorrales, lejos del agua, y al salir, Shy se detuvo en seco ante la imagen surrealista.

Alrededor de los cimientos medio desmoronados de antiguas viviendas y oxidados carros antiguos parados sobre sus ejes, había un grupo de carpas. Se levantaban aleatoriamente en el desierto paredes añosas de cemento que se hundían y desmoronaban de viejas. A la derecha de Shy había una antigua y dilapidada cancha de beisbol, de los dugouts quedaban apenas unos bloques de cemento cubiertos de maleza.

—¿Qué *es* este lugar? —dijo Carmen.

—Ni idea —contestó Shy. Pero toda la gente que vio era mexicana. Esto es, *mexicana* mexicana. Como si quizás algunos de ellos no tuvieran papeles.

Limpiabotas se limpió el sudor que le bañaba el rostro con la manga corta de su camisa.

—Bienvenidos a Midland, California —dijo Limpiabotas—. Hace sesenta o setenta años este lugar se veía muy diferente.

—¡Vengan por favor! —los llamó el niño que los guiaba, señalando un grupo pequeño de carpas cerca de la descuidada cancha de beisbol.

Cuando reiniciaron la marcha, Carmen le preguntó a Limpiabotas:

—¿Seguro de que puedes caminar?

—Claro que puedo caminar —Limpiabotas daba pasos lentos y decididos apoyándose casi por completo en el bastón. De no haber contado con la camioneta llena de gasolina, el hombre de ninguna manera habría podido soportar ni una noche de caminata.

—Tal vez hay alguien que pueda verte las suturas —dijo Carmen.

—No me interesa —Limpiabotas se detuvo y desprendió el maletín de su hombro. Se lo entregó a Shy, y le dijo—: Le pido, joven, que de ahora en adelante usted cargue esto.

—Sin problema —Shy tomó el maletín y se lo pasó por el hombro feliz de poder ayudar como pudiera.

—Este pueblo antes pertenecía a una compañía llamada U.S. Gypsum —continuó Limpiabotas—. Venía gente de todas partes a trabajar en la mina de yeso. La compañía se lo vendía a Hollywood, donde se usaba como nieve. Aquí les va la lección de historia. En su auge vivían aquí más de mil personas, pero cuando Hollywood encontró una alternativa más barata, el lugar se vino abajo de un día para otro y se convirtió en el pueblo fantasma que ven ahora.

—¿Por qué sabes tanto de este lugar? —le preguntó Shy.

Limpiabotas sonrió ampliamente.

—En mi juventud trabajé un poco en la mina de yeso —se volvió a limpiar el sudor y dejó salir una risita—. Era un chiquillo en ese entonces. No tenía ni dieciocho años.

Caminaron un tramo largo en silencio. Shy hizo mentalmente las cuentas. Hacía sesenta años este tipo era adolescente. Quería decir que Limpiabotas tenía setenta y pico años. Sabía que el hombre era viejo, pero no *tan* viejo. Parecía una locura todavía mayor todo lo que había hecho desde que el barco se había hundido. Shy recordó lo que Mario les había dicho a él y Carmen en Bright House: que Limpiabotas había nacido rico y luego había abandonado su casa sin despedirse de su familia. Una vez que todo esto pasara, Shy se prometió a sí mismo que él y Limpiabotas se sentarían a tener una verdadera conversación. Y no se conformaría con las crípticas respuestas que Limpiabotas daba siempre. Le sacaría toda la historia.

Por todos lados había cactáceas. Plantas rodadoras. Anodinas bolsas plásticas de compra que levantaba el viento y volvía a soltar en la gruesa arena. El aire era tan caliente y seco que Shy no podía dejar de limpiarse el sudor. Con su bastón, Limpiabotas señaló hacia la izquierda de donde se hallaban.

—Casi a un kilómetro para allá están los Blythe Intaglios. Todos los días después de trabajar me gustaba visitar el más grande y recorrerlo en todo su perímetro.

—Los Blythe ¿qué? —preguntó Carmen.

—Intaglios —dijo Limpiabotas—. Un grupo de figuras gigantescas talladas en la tierra por un pueblo antiguo. La más grande mide más de cincuenta metros de largo y la crearon hace miles de años. Me le quedaba viendo por horas a través del enrejado, imaginándome las vidas de las personas que las hicieron.

Carmen le lanzó una mirada a Shy, quien se encogió de hombros sutilmente, mientras observaba al hombre mirar hacia el lugar de su reliquia antigua. Nunca había escuchado a Limpiabotas hablar más de sí mismo que en aquel momento. Tampoco lo había visto tan nostálgico. Se preguntó si el hombre se sentía más unido a él y a Carmen, como amigos de verdad.

Finalmente los dos chiquillos los llevaron a una carpa grande, maltratada por el clima, con un hoyo cerca de la entrada principal. Un grupo de diminutas viejecillas mexicanas platicaban sentadas sobre huacales mientras cosían y doblaban la ropa limpia. En medio de un círculo de rocas disparejas chisporroteaba una pequeña hoguera. Una de las viejecitas se levantó de su huacal al ver que se acercaban el niño y la niña. Les sonrió y los abrazó, mirando brevemente a Shy y compañía. Ella les dijo algo a los chicos, y el niño se dio la vuelta para gritarles.

—Mi abuela dice que se sienten. Ella les hará comida para que no tengan hambre por sus viajes.

La mujer se acercó a la fogata y levantó un comal del suelo. Lo colocó directamente en la flama y con unas pinzas sacó una masa informe de un recipiente de plástico que le acercó otra señora. La masa hizo sisear el comal e inmediatamente se propagó por el aire el rico olor a maíz. El estómago de Shy empezó a trabajar en lo que estaba por venir. Carmen le tocó el codo.

—Sancho, ¿dónde carajos *estamos*? Y ¿por qué a *ellas* no les preocupa si tenemos el mal?

—No tengo idea —le dijo Shy—. Pero primero voy a comer y luego pregunto.

—Buen plan.

Shy vio que Limpiabotas descendía lentamente sobre el huacal que la mujer que cocinaba apenas había dejado. El hombre luego se dirigió a las señoras mexicanas y les habló en español perfecto. En unos cuantos segundos todos reían como viejos amigos.

53
NADANDO TRANQUILAMENTE EN EL RÍO

Después de acabar con un plato de frijoles, carne de origen desconocido y gruesas tortillas de maíz, Shy y Carmen le agradecieron efusivamente a la abuela y luego siguieron al niño y la niña de vuelta al río. Limpiabotas se quedó atrás con las viejecitas mexicanas. El niño señaló al agua.

—Aquí nadamos todos los días. ¿Quieres nadar también con nosotros? —Shy miró a Carmen.

Ella encogió los hombros.

—No nos vamos sino hasta que se ponga el sol, ¿no?

Para cuando Shy se volteó los niños, ya estaban en *chones*. El sudor bañaba sus delgados cuerpecitos morenos.

—Déjame preguntarte algo —le dijo al niño—. ¿Por qué se portan tan amables con nosotros?

La expresión del niño se tornó confusa.

—Nadie viene aquí —dijo la niña en español.

El niño asintió.

—Es aburrido estar sólo con gente grande.

Tomó a su hermana de la muñeca y los dos se dirigieron al agua riendo. Uno después del otro se echaron un clavado y nadaron salpicando hasta donde ya no tocaban el fondo.

—Al diablo —dijo Shy ocultando el maletín de lona detrás de una roca grande y volviéndose a Carmen agregó—: Me estoy asando. Hace calor.

Se quitó la camisa y la lanzó sobre el maletín. Carmen también se quitó la camisa y se quedó en brassier y panties.

—Esta vez cuidadito con las manos, *¿okey*, Sancho?

—Estaba a punto de decirte lo mismo —Shy se rio un poco cuando volvió a ver el tatuaje de Kermit, pero se dio cuenta de algo. Le gustaba Carmen todavía *más* por su afición por los Muppets. Decidió que si alguna vez lograban traspasar el muro para llegar a Avondale, vería más episodios para entender de qué se trataba aquello.

Entraron con lentitud y el agua fría le devolvió la vida al cuerpo agotado de Shy. Se sentía un alivio enorme del sol candente que ahora tenían directamente encima. El niño le salpicó la cara a Shy riéndose con ganas. Shy se limpió los ojos y escupió en el agua. Antes de regresar la salpicada, el niño se lanzó hacia adelante y le aplicó una llave débil y juguetona a Shy gritando:

—¡Soy el campeón WWE del mundo!

—¡Ya!— le gritó la niña a su hermano en español—. ¡Deja a mi novio!

Shy aventó al chico por un lado y preguntó:

—¿Qué dijo?

El niño movió la cabeza.

—Mi hermana a veces se pone loquita.

Carmen vadeó para acercárseles.

—Vas a tener que cuidarla, tú eres el hermano mayor.

El chico se volteó a salpicar a Carmen, y ella y Shy respondieron igual. Shy volvió a limpiarse el agua de los ojos soltando la carcajada porque todo aquello le recordó sus visitas

322

a la Y cuando era niño. Vio a Carmen y al niño jugar unos segundos, luego se sumergió hasta abajo dejando que el agua fresca y limpia del río le llenara la boca para luego escupirla.

Después de jugar con los niños unos minutos, Shy comenzó a flotar a la deriva por su cuenta. Carmen también. De vez en cuando intercambiaban alguna mirada y sonreían, pero la mayor parte del tiempo se dejaron llevar por el río, sumergidos en sus propios munditos.

Shy recordó haber batido las manos en el agua de la misma manera cuando estuvo en medio del Océano Pacífico, viendo a la distancia cómo se hundía lentamente su crucero Paradise Cruise. Se recordó también nadando hacia la balsa salvavidas rota en la que él y Addie quedaron varados algunos días.

Addie. No había pensado en ella desde que escuchó la grabación de su voz distorsionada en el radio. ¡Cuánto había sucedido desde entonces! Él y Carmen en el estanque de azufre. Y el Skylark… los niños en la gasolinera. Después de un rato, Shy decidió que mejor no recordaba y se dedicaba a flotar simplemente. Se concentró en el agua que chapaleaba a su alrededor. Escuchó a la distancia a los niños que se reían y chapoteaban en el agua, gritándose en español. Más allá, oyó los graznidos de pájaros lejanos. Halcones, de seguro. Lo sabía porque de niño su padre siempre lo detenía cuando divisaba a un halcón volando en círculos en el cielo. No importaba dónde fuera: en el estacionamiento de la licorería, o al salir de la escuela. Se quedaban parados ahí juntos, observándolo en silencio.

Shy se percató de algo mientras respiraba el aire del desierto y seguía flotando. Era feliz. Cuando menos en ese mismo momento. Con el estómago lleno, rodeado por la frescura del agua. No los sobrevolaban helicópteros. Ninguna nube sobre un limpio cielo azul. Y estaba con Carmen. No se coqueteaban, ni siquiera hablaban, pero la sensación de tenerla cerca hacía que todo fuera mejor. Hasta le tenía sin cuidado que lo suyo fuera solamente temporal.

Después de tan sólo flotar durante un par de horas, Shy vio que los niños lentamente vadeaban hacia la orilla.

—¿Ya terminaron de nadar? —preguntó Shy con voz fuerte—. Yo podría quedarme aquí todo el día.

—Te puedo enseñar algo —le respondió el niño en el mismo tono.

A la niña no pareció entusiasmarle mucho la idea. Shy lo leyó en su cara.

—¿Qué es? —le preguntó al niño.

—Sólo ven. Por favor.

54

EL OTRO LADO DE LA COLINA

Shy siguió al niño rumbo al pueblo fantasma. Esta vez, sin embargo, viraron hacia una serie de colinas a varios cientos de metros detrás de todas las carpas. Iban únicamente ellos dos. Cuando la niña se rehusó a acompañar a su hermano, Carmen la llevó al campamento.

El sol ya comenzaba a bajar lentamente, pero seguía haciendo un calor tremendo. De pronto, se percibió un hedor espantoso que parecía empeorar a medida que escalaban. Olía como a estiércol en descomposición. Shy se tapó la boca mientras seguía al niño por la cuesta de una colina pequeña y rocosa.

Decidió que le caía muy bien este chico. Tal vez era porque se parecía a Miguel, o porque su familia había sido tan bondadosa. Shy sentía que debía hacer algo por él, y ese algo era protegerlo contra el mal de Romero. Como fuera, ¿qué caso tenía hacer una vacuna que podía salvar vidas, si en realidad no se salvaba ninguna?

Shy comenzó a usar el anillo de diamante para abrir el compartimento adicional que Limpiabotas había cosido en el fondo del maletín de lona. El niño se detuvo a la orilla de un precipicio empinado y miró abajo al valle. Shy siguió maniobrando torpemente el maletín abriendo las costuras que acababa de aflojar mientras intentaba cubrirse la nariz y boca con el brazo para bloquear la fetidez que lo sobrecogía. No sirvió. Levantó la vista del maletín para ver por qué se habían detenido y repentinamente, a sus pies, vio un campo de cadáveres en estado de descomposición. El valle constituía un panteón gigantesco.

Algunos de los cuerpos se veían como arrojados ahí semanas atrás. Unos buitres picaban sus huesos y les desgarraban la ropa. Lo que enfermó a Shy aún más fue observar a dos de los cuerpos moverse todavía.

—¿Qué lugar es *éste*? —preguntó Shy.

—Si estás contagiado —dijo el niño—, tienes que venir aquí a morirte para que nadie más se enferme.

Shy se le quedó viendo a uno de los cuerpos que se movían, rascándose furiosamente ambas piernas. Por la ropa, supo que era un hombre.

—¿Vienen aquí por su cuenta? —preguntó Shy.

El niño le confirmó.

—Si se les ponen rojos los ojos.

—Carajo —Shy se puso de cuclillas y estudió al resto de los cuerpos.

Había cuando menos unos veinte regados entre las malezas rodantes. Pensó en Addie y su padre, así como en toda la demás gente relacionada con LasoTech. Los supuestos *héroes* que habían creado una supuesta *cura* para el mal de Romero. Se sintió asqueado. La verdad era que ellos habían asesinado a todas y cada una de las personas que habían tenido que agonizar y morir de esa manera; como la abuela y el sobrino de Shy, y Rodney y el papá de Carmen. Shy volteó a mirar al niño que seguía con la vista fija en el valle. Tenía que usar una de las valiosas vacunas, no solamente por el niño, sino también por Miguel… por toda su familia.

Cuando al fin aflojó el bolsillo adicional dentro del maletín, sacó una de las jeringas y la ocultó detrás de su espalda. Sólo tenía que encontrar la manera de vacunar al niño sin que se enterara. A los pocos segundos se le ocurrió una idea: WWE.

—Mi hermana nunca quiere venir aquí conmigo —dijo el niño—. Pero yo tengo que venir. Todos los días.

—Te entiendo —le respondió Shy—. Por respeto, ¿no?

El niño se puso inquieto. Metió las manos a los bolsillos, luego las sacó, cruzó los brazos y miró a Shy, luego dijo:

—Vengo porque mi mamá también está allá abajo.

—¿Tu mamá?

El niño asintió con los ojos vidriosos.

—Carajo, amigo. Cuánto lo siento.

Shy volvió a mirar hacia el valle. No podía imaginar el dolor que debía sentir el niño cada vez que miraba abajo. Todos aquellos cuerpos. Y los buitres. Y el olor… su mamá. Tomó al niño del brazo y le dijo:

—Vámonos, amigo. Vámonos de aquí. De seguro nos están esperando.

Mientras bajaban por la ladera, Shy miró al niño a hurtadillas. Se veía tan buena persona, aunque curtido también. Ningún niño tenía que ser así de curtido. Después de unos minutos, Shy se aclaró la garganta.

—¿Sabes? Tú y yo nos parecemos mucho.

El niño levantó la vista para verlo. Sus ojos ya no se veían vidriosos.

—En serio —dijo Shy—. Los dos tenemos hermanas y abuelas que cocinan muy bien. Además, los dos hemos perdido gente por culpa de esta jodida enfermedad.

El niño asintió, pero mantuvo la vista al frente.

—¿Sabes qué más?

—¿Qué?

Shy codeó al niño.

—Los dos somos *fans* del WWE.

El niño le sonrío un poco a Shy.

—Pero deja preguntarte: ¿alguna vez has visto una llave llamada, la Tirada Triple de Lujo Shinola?

—Esa llave no existe —retobó el niño—. Yo me sé todas las llaves que dicen en la tele. Ésa es falsa.

—Falsos mis calzones. Es la mejor llave que se haya inventado jamás —Shy se detuvo a la mitad de la abandonada cancha de beisbol—. Mira, te enseño.

El niño también se detuvo con una gran sonrisa en la cara. Shy puso el maletín en el suelo y asumió una postura de lucha libre, con la jeringa ya libre de su envoltura y esperando en su bolsillo trasero.

—Primero le das uno en la garganta con la base de la mano —Shy fingió que le pegaba al niño en la manzana de Adán—. Luego, cuando se encabrone, usas su peso en su contra. Atácame.

El niño avanzó, Shy lo agarró de los hombros al tiempo que se agazapó para levantar el niño por encima de sus hombros a su espalda. Justo cuando el niño tocó el suelo, Shy tomó la jeringa y se la metió a la pierna.

—¡Ay! —exclamó el niño

—¡Por Dios, hombre! —gritó Shy tirando la jeringa vacía y levantándose rápidamente.

El niño también se puso de pie sobándose la pierna y mirando al suelo. Con grandes aspavientos, Shy hizo como que algo le había picado el brazo.

—Oye, ¿qué andan las arañas locas por aquí? —preguntó haciendo gestos—. Creo que me acaba de morder una.

El niño intentó ver la parte posterior de su propia pierna, pero no pudo.

—Maldición —continúo Shy—. No debería andar jugando a las luchitas en tierra de tarántulas.

—¿Viste alguna araña? —preguntó inocentemente el niño. Shy asintió.

—Las detesto a las cabronas, amigo —seguía tallándose el brazo—. Pero bueno, ya sabes cómo va la llave Tirada Triple de Lujo Shinola.

El niño volvió a sonreír, le dio un empujoncito a Shy y le dijo:

—No te la creo.

Cuando reanudaron el camino, a Shy se le encendió una luz en el corazón. Nada podría hacer por traer de vuelta a la mamá del niño, pero ahora cuando menos él estaba a salvo del mal de Romero. A lo lejos, Shy vio que Carmen caminaba hacia ellos desde la comunidad. A medida que se fue acercando, se dio cuenta de que estaba molesta.

—¿Qué pasa? —le gritó.

Carmen extendió un juego de llaves en la punta de sus dedos.

—Limpiabotas dice que es hora de irnos —le dijo ella.

—Pero todavía ni se pone el sol.

—También dice… —y se cubrió ella la boca como no queriendo llorar.

—¿Qué? —preguntó Shy preocupado—. ¿Está bien?

Carmen bajó la mano e inhaló profundamente para recobrar la compostura.

—No vendrá con nosotros, Shy. Dice que ya vamos por nuestra cuenta.

55
LOS BLYTHE INTAGLIOS

—¡Vamos, hombre! —le rogó Shy, mientras avanzaba la camioneta paso a pasito junto a Limpiabotas, quien cojeaba por un camino largo de tierra—. Sólo entra. Te *necesitamos*.

Limpiabotas se limpió la frente con la camisa y le hizo señas a Shy de que se fuera.

—Ahora le toca a *usted*, joven.

—Estás gastando aire —le dijo Carmen a Shy. Ella, en el asiento del copiloto, encendía y apagaba la linterna que se habían encontrado en la guantera—. Intenté todo lo que se me ocurrió antes de que regresaras.

Shy sudaba a mares. Aunque apenas se ponía el sol, hacía un calor agobiante. Y la camioneta no tenía aire acondicionado.

—Pues entonces, te seguiré —le dijo Shy a Limpiabotas—. Supongo que *jamás* vamos a atravesar la frontera con la vacuna.

El hombre tosió sin dejar de cojear. Shy y Carmen habían abandonado el campamento de prisa, sin despedirse bien del niño, la niña, las viejecitas. Cuando Shy regresó con el niño, Carmen le dijo que Limpiabotas ya se había ido y se había rehusado a decirle a dónde. Shy de inmediato se había lanzado por la *pick up* y ahora aquí estaban, manejando apenas a tres kilómetros por hora, desperdiciando su preciada gasolina. Unos u otro tendrían que ceder.

—En serio, Limpiabotas —Shy volvía a la carga—. ¿Qué no quieres ver cómo está la situación en la frontera? ¿No les quieres ver la cara a estos tipos de LasoTech cuando el FBI los espose?

El hombre se limitaba a avanzar trabajosamente con su bastón. A cada minuto se secaba la frente con la manga de la camisa. Tosía. Se veía mal. *Muy* mal. Cojeaba de modo exagerado, con las ropas empapadas de sudor. Por primera vez desde que lo había conocido Shy, se le había destrenzado la barba. Así continuaron durante otros quince o veinte minutos hasta que de pronto Limpiabotas se detuvo frente a una oxidada malla ciclónica totalmente fuera de lugar, en medio del desierto. Shy detuvo la *pick up*, agarró el maletín y se salió del vehículo con Carmen para enfrentar al hombre.

—¿Ves?, no te puedes deshacer de nosotros tan fácilmente —dijo Shy.

Limpiabotas se sacó la camisa para limpiarse la frente empapada. Se cubrió la boca para toser y luego dijo:

—No hay una manera agradable de decirlo, pero hasta aquí llegué.

—Pero ¿de qué estás *hablando*? —le preguntó Carmen impaciente. Luego miró disgustada a Shy—. ¿Sabes qué? Ya no quiero seguir oyendo estas patrañas. Necesita un médico, Shy. Le dije que lo llevaríamos con uno, pero ni así. No tiene sentido —alzó los brazos al aire y se alejó furiosa.

—¡Carmen! —le gritó Shy—. ¡Espera!

Pero ella no volteó. Siguió alejándose hacia el desierto. Shy miró a Limpiabotas.

—Está bien. No te importas un carajo. ¿Y *nosotros*? No la vamos a hacer sin ti, Limpiabotas. Tú has estado a la cabeza todo el tiempo.

—¿Yo? —preguntó Limpiabotas.

—¡Demonios, sí! —Shy frunció el ceño.

—¿O lo hemos estado siguiendo a *usted*, joven? Acuérdese allá en el barco. El hombre del traje negro, Addie y su padre, Carmen, yo mismo. ¿Qué tal si le digo que todos hemos estado respondiendo a *sus* acciones?

—De ninguna manera —dijo Shy incrédulo.

—Y ahora aquí en el desierto —le dijo Limpiabotas—. ¿Ni siquiera puede verlo, verdad? No tiene idea de quién más lo sigue.

Shy meneó la cabeza sintiéndose más allá de la frustración. Limpiabotas volvía a los estúpidos acertijos, y él en este momento no tenía *tiempo* para eso. Limpiabotas asió la barda de malla frente a él. Por unos momentos, Shy miró fijamente la nuca del hombre y su pelo quemado. Luego captó en dónde se encontraban: las figuras antiguas labradas en el suelo, las mismas que habían obsesionado a Limpiabotas en su juventud de minero de yeso para Hollywood. Shy se aclaró la garganta y dijo:

—Éste es uno de esos intaglios, ¿verdad?

—Éste de aquí es el más grande —dijo Limpiabotas señalando a través de la barda—. Es difícil distinguirlo al nivel de la tierra, pero como dije antes, mide más de cincuenta metros de largo. Shy miró fijamente a través de la malla, pero en realidad no pudo verlo.

—¿Por qué es tan importante para ti esta cosa?

—Marca una época diferente —dijo Limpiabotas sin apartar sus ojos de él—. Un tiempo en el que los humanos se movían libremente por la tierra, como los animales; antes de que el capitalismo tendiera su trampa invisible.

—Algunas personas siguen viviendo libremente —dijo Shy—. Como *tú*.

Limpiabotas rio un poco y volvió a ver a Shy.

—No es igual, me temo —volvió a toser y a secarse la frente. Luego apuntó al maletín colgado sobre el hombro de Shy—. Hágame un favor. Asegúrese de que mi cuaderno termine en el río Hassayampa. Queda rumbo a Avondale. Verá los señalamientos.

—¿Cómo dices? —Shy preguntó confundido.

—Necesito que bote el diario en el río por mí.

Shy estudió la llave negra que pendía alrededor del cuello de Limpiabotas, la que abría el candado de su diario.

—¿Para qué pasas tanto tiempo escribiendo tu diario sólo para tirar tus palabras en el río?

—Para mí, el poder radica tan sólo en escribirlo —dijo Limpiabotas—. No en lo que queda registrado. Una vez que la palabra queda en la página pierde su energía. Una vez que se llena el diario, le pasa lo mismo que a una piel muerta que se tiene que mudar.

—*Okey*. De acuerdo —dijo Shy presintiendo que ésta podría ser su última conversación con el hombre. ¡Había tanto que hubiera querido preguntar!—. Pero entonces, ¿por qué ese río en particular? ¿Por qué no tirarlo al que está aquí?

—Según la leyenda —le dijo Limpiabotas—, cuando un hombre bebe del río Hassayampa, jamás podrá volver a decir la verdad. Me temo que ése es el lugar para mis palabras. Por más que nos esforcemos, joven, ningún hombre solo puede poseer la verdad. Ni siquiera una astillita. Porque la verdad no es algo fijo, es algo que evoluciona, se transforma e invierte.

Lo que es cierto hoy, mañana puede no serlo —Limpiabotas tosió y volvió a echar un vistazo a la barda. Estaba ansioso por seguir su camino—. Pero hará eso por mí, ¿verdad?

Shy encogió los hombros.

—Lo haré —muy en el fondo, sabía que nunca podría tirar nada que fuera de Limpiabotas. El hombre arrojó su báculo.

—Tengo un último favor que pedirle y luego debe marcharse. ¿Podría darle un empujón a este viejo?

—¿Para brincar la barda? —dijo Shy sorprendido—. ¿Vas a *entrar*?

—Es la hora.

Shy miró fijamente a Limpiabotas buscando frenéticamente alguna manera de aplazarlo.

—¿Te puedo preguntar algo primero?

El hombre asintió.

Shy volteó hacia la barda tratando de producir alguna pregunta que valiera la pena.

—Sé que estuviste en las fuerzas militares —comenzó—. Y Mario nos dijo que te fuiste de tu casa cuando estabas muy joven y que nunca regresaste. Obviamente también tuviste muchos trabajos diferentes, pero eso es todo lo que en realidad sé, o sea, nada. Siempre has sido un misterio enorme para mí. Desde que te conocí.

Limpiabotas parecía decepcionado.

—No haga eso, joven.

—¿Hacer qué?

—Tratar de etiquetar a toda la gente que conoce —el hombre volvió a toser—. Eso es de perezosos.

—No estoy tratando de etiquetar…

Limpiabotas cubrió la boca de Shy con una de sus grandes manos callosas.

—Soy exactamente lo que ve, joven. Nada más, nada menos.

Shy se quitó la mano de Limpiabotas de encima y se le quedó viendo fijamente. Se dio cuenta de que nunca le sacaría una respuesta directa. Ni siquiera al final.

—Entonces, ¿qué? ¿Voy a tener que trepar esta barda solo? —preguntó Limpiabotas.

Shy ya no podía detenerlo. Entrelazó los dedos y se agachó para que Limpiabotas pudiera apoyarse en ellos como escalón. Una vez que afianzó bien el zapato del hombre en sus manos, Shy lo levantó por encima de la barda de malla y lo vio caer al suelo del otro lado con un golpe seco. Limpiabotas se levantó con trabajo y se sacudió la tierra. No dijo adiós. No volteó. Sólo se encaminó lentamente hacia la figura antigua, cojeando todavía peor sin el bastón.

Shy pudo ver la figura con mayor claridad. Distinguió una de las manos gigantes y luego, la cabeza. Se dio cuenta de que Limpiabotas cojeaba rumbo a donde se encontraría el corazón de la figura. Precisamente ahí, se sentó de espaldas a Shy, forzando el cuello para ver el cielo iluminado con los colores del crepúsculo. Así se quedó varios minutos antes de recostarse con lentitud sobre la espalda y quedar inmóvil. Shy se quedó ahí mucho tiempo, mirando fijamente a Limpiabotas. No sabía qué sentir, porque nunca lo había conocido. No a fondo. Sólo supo que alguna presencia o energía poderosa lo había abandonado. Entendió que nunca volvería a encontrar nada semejante en toda su vida.

Llegado el momento, Shy se apartó y se dirigió a la camioneta, donde encontró a Carmen ya acomodada en el asiento del copiloto. Él se puso detrás del volante, cerró la portezuela y encendió el motor. Por el rabillo del ojo vio que Carmen extendía el brazo hacia él y se estremeció por dentro. Pensó que ella iba a limpiarle algunas de las lágrimas que se le habían escapado por las mejillas, pero no. Usando los dedos como pinzas ella tomó algo que él tenía en el pecho y lo levantó para que lo viera. Shy se heló. El delgado cordel que Limpiabotas siempre había llevado alrededor del cuello ahora rodeaba el cuello de Shy, y de él pendía la llave negra que abría el diario del hombre.

56
LOS VIVIENTES

Shy manejó en silencio mientras Carmen dormía en el asiento junto a él. Vio desaparecer el sol en el retrovisor, escuchando al DJ Dan en el radio hora tras hora. El hombre reportaba la avalancha de nuevos grupos de cruzados que inundaban California ahora que se había encontrado una cura para la enfermedad. Un grupo ofrecía alimentos y agua a los hambrientos al oeste de la frontera. Otro, servicios religiosos. Se había establecido una caravana de autobuses en el desierto que a ciertas horas llevaban a pasajeros al este, hacia la frontera. *Un grupo* de monjas católicas había comenzado a buscar huérfanos en el centro de Los Ángeles.

Un poco antes de las diez de la noche, el DJ interrumpió la música clásica que había estado transmitiendo y dijo con voz emocionada que estaba por hacer el anuncio más trascendental desde los terremotos de California. Shy le subió al volumen. LasoTech, que había generado una píldora que se decía que curaba el mal de Romero, nuevamente le había ganado la partida a las demás compañías farmacéuticas al desarrollar la primera *vacuna* contra el mal. Lo acababa de anunciar el presidente en Washington. El secretario de prensa esperaba una declaración del fundador de LasoTech, Jim Miller, en cuanto éste regresara de una misión cruzada en el desierto. Si se comprobaba que la vacuna era eficaz, explicó el DJ, habría terminado básicamente el desastre y la nación, por fin, podría iniciar labores de reconstrucción.

—Qué lindos —murmuró Shy sarcástico—. Ahora también están vacunando a todos. ¿Quién demonios nos necesita a *nosotros*?

Shy apagó el radio. Le echó un vistazo a Carmen, pero seguía dormida. De pronto captó cuán exhausto estaba él también. Bajó su ventanilla y dejó que la brisa fresca le golpeara la cara mientras pensaba en su viaje a Avondale. Ya prácticamente no tenía sentido. LasoTech había triunfado. Shy y Carmen todavía podían entregar la carta que ligaba a Laso-Tech con el inicio del mal de Romero, pero ¿quién tenía mayores probabilidades de que le creyeran las autoridades, dos adolescentes mexicanos que intentaban atravesar la frontera de Avondale a escondidas, o a una compañía que acababa de salvar al país? Y ahora, ¿a alguien le importaría siquiera? Cuando se cansó del viento, Shy subió la ventanilla y escuchó los suaves ronquidos de Carmen.

Manejó sigilosamente por la carretera oscura recreando en su mente a Limpiabotas tendido sobre la figura antigua esculpida en la tierra. Y a los niños muertos dentro del Skylark. Y a los cadáveres pudriéndose en el valle. Y a Marcus y a su mamá y a su hermana y a su sobrino. Tantos perdidos. ¿Para qué?

* * *

Apenas pasaba la media noche cuando Shy por fin vio una señalización para el río Hassayampa, el que Limpiabotas le había dicho que buscara. Tomó la desviación y maniobró la camioneta hasta la boca del río, donde apagó el motor. Sacó la linterna de la guantera y volteó a ver a Carmen. Ella seguía dormida, así que abrió la puerta con cuidado, caminó hasta la orilla del río y se asomó al agua. Una luna borrosa bailaba en la superficie. El río como tal, si es que así podía llamársele, decepcionaba. Más bien se trataba de un arroyo, o un charco glorificado. Shy calculó que con una carrera corta hasta podría atravesarlo de un salto.

Sacó el diario de Limpiabotas del maletín y apuntó la luz sobre la desgastada tapa de piel, el candado de metal. Así se quedó varios minutos, debatiendo si debía o no lanzarlo simplemente al agua. Era el deseo de Limpiabotas y a lo que lo llamaba el deber. Pero en el fondo, Shy siempre había sabido que no podría hacerlo. Ahora con la llave de Limpiabotas tenía acceso a los secretos del hombre. ¿Cómo se suponía que tenía que renunciar a ello? Le echó un vistazo a la *pick up* para asegurarse de que Carmen siguiera dormida y luego se sentó sobre una roca plana a orillas del río. Acercó el diario a la llave negra que de algún modo Limpiabotas había transferido al cuello de Shy. Para su sorpresa, el candado era falso. No hacía falta una llave para leer el diario. Únicamente había que abrirlo como cualquier otro diario. Extraño. Shy recordaba claramente a Limpiabotas acercando el diario a la llave cada vez que lo sacaba del maletín. ¿Se había tratado todo de una treta para despistarlo? Entonces si la pesada llave negra no abría el diario, *¿qué* era lo que abría? Shy agitó la cabeza. Limpiabotas le parecía aún más extraño ahora que no estaba.

Shy abrió la primera página e iluminó el sencillo título de dos palabras. Encontró raro que alguien intitulara un diario, pero bueno, él nunca había llevado uno. ¿Qué iba a saber *él* de estas cosas? Avanzó las páginas y leyó el primer fragmento de texto. La sangre se le fue a los pies cuando vio su propio nombre escrito con la pulcra letra de Limpiabotas. Luego leyó una descripción de él mismo parado en la cubierta Honey-moon, en el crucero, repartiendo botellas de agua a los pasajeros que se daban un respiro de alguna de las fiestas en el interior. Limpiabotas describió a un hombre que caminaba en exteriores vestido con un traje que le quedaba chico. Luego describía a Shy acercándose a él para ofrecerle una botella de agua y cómo ambos hablaban de casas para vacacionar. El hombre del peinado de cortinilla. Shy cerró de golpe el diario. Todo era demasiado sobrenatural. Tan sólo pensar en ello le revolvía el estómago, sintió que podría vomitar. ¿Cómo pudo saber Limpiabotas lo que él y aquel hombre habían dicho esa noche? Shy se puso de pie, volvió a abrir el diario, releyó el título de dos palabras y entonces hizo algo que hasta a *él mismo* le sorprendió. Lanzó el diario de Limpiabotas al agua. Apuntó la luz para verlo hundirse, pero más bien vio un loco espectáculo como de brujería. Todo el río se iluminó de color rojo brillante produciendo un hervor de burbujas en el punto en el que se había hundido el diario. Luego lo rodearon gritos humanos provenientes de todos los rincones del desierto… o serían los aullidos de animales. La arena alrededor de sus pies comenzó a formar remolinos furiosos jalándolo adentro de la tierra. Cuando se puso de cuclillas y colocó las manos en el suelo, aquello se detuvo. Todo el asunto apenas duró unos cuantos segundos, pero lo asustó tanto que se quedó abrazándose a sí mismo, hiperventilando. Se talló los ojos y miró alrededor. Todo como si nada hubiera sucedido: el agua en calma, la arena quieta, el desierto infinito, fantasmagóri-camente callado. Shy agarró el maletín de lona, regresó veloz a la *pick up*, se reacomodó en la cabina, miró a Carmen, aún dormida. Metió la llave en la marcha y la giró, pero el vehículo no arrancó. Volvió a intentarlo y… nada.

—No me jodas —dijo, mirando hacia el río. Casi esperaba ver que saliera del agua alguna especie de monstruo de Loch Ness y se abalanzara contra la camioneta. Pero no. ¿Se habría imaginado todo?

Shy salió del vehículo de un salto, tomó el bote adicional de gasolina de la parte de atrás de la *pick up*, vertió combustible en el tanque, enroscó la tapa del bote, se acomodó de nuevo en el asiento y volvió a girar la llave. Nada. Carmen despertó y se frotó los ojos.

—¿Qué pasa?

—La jodida cosa no arranca —dijo Shy bombeando el acelerador. Volvió a probar, pero ya ni siquiera respondió el motor. Se salió de la camioneta dando un portazo y pateó la llanta delantera mientras golpeaba el cofre con la basc dc la mano. Carmen se le acercó por un lado del vehículo.

—No sé si pueda caminar hasta allá, Shy. Ya no resisto las piernas.

Shy dejó caer la cabeza contra la ventanilla del conductor. Tampoco resistía las piernas. De todos modos, si la vacuna de LasoTech realmente funcionaba, ¿qué caso tenía? En su mente volvió a ver aquellas palabras en el diario de Limpiabotas. Le dio un ligero mareo. ¿Por qué escribiría sobre *Shy*? No tenía sentido.

Ahora le tocó a Carmen golpear el cofre de la *pick up* descompuesta con la mano.

—¿Qué vamos a hacer? —dijo.

Shy movió la cabeza.

—No sé.

No se había sentido tan derrotado desde que su velero había tocado tierra.

—¡Nunca debimos venir hasta acá! —gritó Carmen—. ¡A la mierda Arizona! Y este maletín de lona, ¡a la mierda también!

Carmen se abalanzó para adelante y de una patada le quitó el maletín de las manos a Shy. Éste se apresuró a recogerlo, no supo por qué. Durante unos segundos se levantó un silencio entre ellos. Luego Carmen suspiró con desazón y dijo:

—¿Ahora qué se supone que debemos hacer?

Shy le devolvió la mirada, pero no logró invocar la energía suficiente para responder.

Día 52

57
LOS PRIMEROS VAN PRIMERO

Shy condujo a Carmen por la escarpada cuesta de una colina. El sol matutino apenas comenzaba a asomar la cara en la distancia. Sus piernas se sentían entumidas y pesadas; sus pies, ampollados. Tenía hambre y sed, y no podía dejar de pensar en ese par de renglones que había leído en el diario de Limpiabotas. Renglones sobre *él*. No tenía lógica. Carmen también andaba mal, con paso cada vez más lento. Ella no le había dicho una sola palabra en horas y las cosas sólo iban a empeorar a medida que se elevara la temperatura con el sol. Shy ya se había quitado la camisa que llevaba anudada en la cabeza. Sobre el hombro izquierdo llevaba el estuche de los rifles, en el derecho, el maletín de lona. Consideró en algún momento ocultar el maletín junto a la camioneta, ¡pero llevaba tanto tiempo con él! Desde que él y Addie lo habían encontrado a la mitad del océano. ¿Cómo iba a darle la espalda después de haber llegado tan lejos?

La carretera comenzó a nivelarse y al fin Shy pudo ver lo que tenían adelante. Primero alcanzó a distinguir dos enormes autobuses estacionados a un lado de la autopista, cerca de varias tiendas de campaña grandes y coloridas. Un grupo numeroso de gente se había reunido alrededor de la tienda más próxima a la cuneta. Más allá de las carpas había cientos de casas móviles estacionadas aleatoriamente a ambos lados de la autopista. Un letrero rezaba: Quartzsite, Arizona.

—Por favor, dime que podemos parar aquí —dijo Carmen. Se arrodilló en la autopista descansando las manos en el concreto.

—Creo que oí sobre este lugar en el radio —dijo Shy sintiendo una chispa de esperanza—. Son los cruzados que llevan a la gente hacia el este. No tenía idea de que estuviéramos tan cerca.

—¿En verdad piensas que nos pueden llevar el resto del camino? —Carmen miraba a Shy con ojos llenos de desesperación. La misma con la que necesitaban un golpe de suerte.

—Eso espero —Shy le tendió la mano—. Ven.

Sin embargo, a medida que se fueron acercando Shy notó otra cosa: había dos helicópteros parados en una extensión plana de terreno detrás de las carpas. Se detuvo y apuntó hacia ellos con bastante preocupación.

—Ya sé que podrían ser helicópteros del gobierno —dijo— pero también podrían ser... —miró a Carmen esperando alguna respuesta.

Ella se limitó a ver hacia adelante con expresión desencantada. Shy volvió a analizar todo el escenario frente a ellos: los autobuses, las tiendas de campaña, los helicópteros. La gente que trajinaba alrededor. En eso se fijó en un grupo de personas sentadas alrededor de una mesa de picnic, a unos treinta metros a la derecha de las carpas. Encima de ellos, una sombrilla los protegía del sol; a su derecha, un Jeep estacionado.

—Quizás esta gente nos puede dar alguna idea de qué se trata todo esto —dijo Shy señalándolos con el dedo.

Carmen encogió los hombros y comenzó a caminar. Shy se arrancó la camisa de la cabeza, la pasó por sus hombros y la siguió. Resultó ser un grupo de cuatro ancianos sentados alrededor de la oxidada mesa para picnic jugando cartas. Sus gorras de beisbol ocultaban sus caras.

—Disculpen —los llamó Carmen cuando se acercaron—. No queremos molestar, pero podrían decirnos ¿a dónde van esos autobuses?

Los hombres levantaron la vista de sus cartas.

—Pues yo les sugiero que se vayan para allá pronto —dijo un hombre con gorra de los Yankees—. Están vacunando a la gente para llevarla al este, a Avondale.

—Pero los primeros en llegar son los primeros en irse —añadió un hombre con gorra de los Cachorros—. Así que yo me apuraría.

—¿Ya tienen la vacuna? —preguntó Shy—. Pensé que les tomaría tiempo circularla.

Carmen le dirigió una mirada confundida, Shy se dio cuenta de que ella aún no sabía de la vacuna. Dormía cuando él lo había escuchado en la radio.

—Se trajeron el primer lote aquí a Quartzsite —dijo el señor Yankees, levantándose la manga de la camisa para mostrarles una bandita adhesiva a Shy y Carmen.

—La gente que dirige la línea de autobuses está conectada con los laboratorios de los que todo el mundo está hablando —dijo otro hombre de hirsuta barba gris y gorra azul genérica—. Por eso tuvimos la suerte de recibirla primero.

LasoTech le dijo Shy con los labios a Carmen.

—¿Y de dónde vienen ustedes? —preguntó el señor Yankees.

—De allá, cerca de Blythe —respondió Shy.

—¿Caminaron? —el fan de los Cachorros hizo una mueca a sus amigos antes de dirigirse a Shy—. Pues yo me iría para allá ahorita mismo. También están repartiendo agua y comida. Ellos los arreglarán.

Shy y Carmen les dieron las gracias a los ancianos, y se acercaron a los autobuses cautelosamente para ver la situación más de cerca. Se ocultaron detrás de un tractocamión abandonado. Shy se agazapó junto a Carmen, y ya no supo qué hacer después. Supuso que cualquier persona asociada a LasoTech conocería sus caras, aunque tal vez para entonces los empleados de categoría menor no. Pero tampoco estaban en condiciones de conseguir disfraces. ¿Cómo treparse a los autobuses con aire acondicionado sin que los atraparan?

Shy se fijó en una chica que cargaba una hielera hacia un segundo autobús. Su rubia cola de caballo iba meciéndose, y sus largas piernas bronceadas se proyectaban desde unos shorts de mezclilla. Estaba lo suficientemente lejos para ser cualquier persona, pero Shy volteó a ver a Carmen mientras el estómago se le llenaba de mariposas.

—¿Será quien pienso que es? —preguntó Carmen.

Shy tragó saliva.

—No veo cómo.

A Carmen se le llenaron los ojos de rabia. Se levantó sin decir más y comenzó a caminar hacia el autobús. Shy la tomó de la muñeca y la jaló de vuelta hacia abajo.

—Espera —le dijo—. Primero tenemos que pensar bien las cosas.

—Suéltame, Shy. Es esa cabrona de Addie, y lo sabes muy bien.

—No, para nada —Shy estudió a la chica unos segundos.

La verdad, sí se parecía a ella. Luego se percató de algo que lo hizo sentirse increíblemente culpable. *Quería* que fuera ella. Quería volver a mirarla a los ojos, volver a hablarle. Tal vez porque ella no tenía nada que ver con la compañía de su padre.

—Suéltame, Shy —le repitió Carmen.

—Sólo… —él volvió a estudiar a la chica unos segundos, luego miró a Carmen—. Espera. Tenemos que ser listos.

58

UNA VEZ QUE ESTO TERMINE

Les convino haber esperado. Unos minutos después, Shy distinguió a tres hombres vestidos de negro que salieron de una de las carpas: seguridad de LasoTech, sin duda. Los hombres abordaron uno de los helicópteros y cerraron la puerta. Comenzaron a girar las aspas levantando tierra por todos lados y lentamente se elevó el aparato. Shy y Carmen se rodaron debajo del tractor y observaron al helicóptero inclinar levemente la nariz y volar directamente sobre ellos rumbo al oeste. Tal vez los guardias de seguridad tenían como misión encontrarlos a *ellos*. Shy se movió para observar al helicóptero empequeñecer en el cielo.

—Pues ya son tres de los que no tendremos que preocuparnos —dijo Carmen—. En serio, Shy. No me voy a esconder debajo de un estúpido tractor todo el día. Saca esos rifles.

—¿Qué quieres hacer? —preguntó Shy—. ¿Entrar de capa y caballo como el maldito Zorro?

Lanzó una mirada al segundo autobús, al que había abordado la rubia.

—Estamos tratando de llegar a Avondale, Carmen, no de comenzar una balacera.

—¿Para qué? —retobó Carmen—. Ya oíste a los viejos. LasoTech hizo una vacuna. ¿A quién le importa si llegamos a Avondale? Ahora todo lo que importa es vengarnos.

—Pero tenemos la carta —argumentó Shy—. Todos irán a la cárcel. Podemos asegurarnos de que así sea.

Se daba cuenta de que trataba de convencerse a sí mismo también. Carmen frunció los labios y lo fulminó con la mirada. A decir verdad, Shy también quería revisar el autobús. Tenía tanto que preguntarle a Addie. Si es que era ella. Después de haberla escuchado en la radio, estaba convencido de que ella lo había cuidado: le había advertido que LasoTech lo andaba buscando. Además había afirmado que ella tenía la última página de la carta del hombre peinado de cortinilla con el faltante de la fórmula de la vacuna. Quizás esto ya no tenía importancia para los científicos de Avondale, pero para *él* sí. Miró a Carmen.

—Está bien. Pero en cuanto veamos a otro tipo de seguridad, salimos disparados, *¿okey?* En serio.

—De acuerdo —retobó Carmen—. Ahora dame uno de esos malditos rifles.

—Espera a que lleguemos —respondió Shy.

Salieron de debajo del tractor y corrieron hacia una camioneta estacionada a menos de cuatro metros del autobús más próximo. Los rifles y el maletín aún colgaban del hombro derecho de Shy, quien ya no vio a ningún agente de seguridad de LasoTech. Cuando menos, no en la carpa más cercana a los autobuses, donde sólo había gente haciendo fila para que los vacunaran dos mujeres asiáticas con batas de doctor.

Mientras observaban, el primer autobús arrancó y avanzó despacio a la carretera. Shy lo vio esquivar un carro abandonado y enfilarse cautelosamente al carril de alta velocidad.

La rubia había abordado el segundo autobús y seguía allí. La sensación de las mariposas se acrecentó. ¿Qué haría si *de veras* se trataba de Addie? Sinceramente no lo sabía. De pronto, Carmen salió corriendo por detrás de la camioneta. Shy quiso asirla de la muñeca pero falló.

—¡Carmen! —susurró con fuerza.

La siguió a través de un tramo corto de desierto directamente hacia el autobús que quedaba y se trepó después de ella. A empujones se abrieron paso entre el puñado de personas que buscaban un asiento. Incrédulo, Shy vio a Carmen irse directamente contra la rubia y mandarla de un empellón a los regazos de unas mujeres ya acomodadas en el vehículo.

—¿Sabías que iban a acribillarlos a todos? —gritó Carmen.

En *shock*, Shy vio a la rubia levantarse apresuradamente. Cuando al fin pudo verle la cara, se le fue el corazón a los pies. *Sí* era Addie. Se sintió tan mareado que se echó para atrás y cayó de lleno en un asiento vacío junto a la puerta. El estuche de los rifles y el maletín quedaron en su regazo.

—¿Qué? —reaccionó Addie—. ¿Quién eres?

Carmen le dio un puñetazo en la mandíbula y Addie volvió a caer. Esta vez varias personas se les interpusieron mientras Addie volvía a levantarse presionando una mano contra su boca. Su expresión denotaba que había reconocido a Carmen, y sus ojos de inmediato se movieron por todo el autobús buscándolo a *él*.

—¡En la isla! —gritó Carmen—. ¿Sabías que los iban a matar a todos?

Todos los ojos estaban sobre Carmen. Un hombre intentó calmarla, pero eso sólo la exacerbó. Se lo quitó de encima de un empujón y le pateó las piernas mientras le gritaba:

—¡No te metas donde no te llamen, pendejo!

Él se apartó de prisa. Cuando Addie detectó a Shy levantándose del asiento, los ojos se le abrieron desmesuradamente y gritó su nombre:

—¡Shy! —él asintió sutilmente sin decir nada.

—¡Calmada, *puta*! —la increpó Carmen—. ¡El galancito no está aquí para ayudarte a *ti*! Ahora contéstame, ¿lo sabías?

Addie se tapó la cara con las manos, luego las bajó y volvió a mirar a Shy.

—Papá me lo contó todo —dijo ella—. Por accidente propagaron la enfermedad en México. Fue el mayor error de su vida, pero en lugar de buscar ayuda quiso arreglar las cosas él mismo, lo que terminó en todo esto.

¿Que *por accidente* propagaron la enfermedad?, Shy no podía creer lo que oía. Addie seguía tragándose las mentiras de su padre.

—Él prometió entregarse —continuó Addie— en cuanto termine todo esto. Pero primero tiene que tratar de salvar a tanta gente como pueda.

—¿Él, *salvando* gente? —gritó Shy—. ¡No me jodas, Addie!

—Te lo juro —repuso ella—. Está abriendo clínicas como ésta en toda la costa occidental. Les está dando medicina a los enfermos. Y una vez que se apruebe la vacuna, se asegurará de que nadie más vuelva a contraer el mal. Todo lo está pagando de su propio bolsillo.

—¡Las clínicas de tu padre me valen un carajo! —gritó Carmen—. ¿Dónde está ese imbécil?

—No está aquí —dijo Addie.

Shy no pudo soportarlo. Addie era demasiado inteligente como para que le lavaran el cerebro de esa manera.

—¿Entonces por qué fuiste a la radio? —gritó—. ¿Por qué me advertiste que venía tras nosotros?

—¡Mi papá me *dijo* que lo hiciera! —imploró Addie—. Él ya no quiere que nadie más salga lastimado. Los hombres que iban tras ustedes fueron contratados por accionistas de Laso-Tech. Él no tiene nada que ver con ellos.

Shy se frustró tanto que tenía ganas de darle un puñetazo a la ventana más próxima. Addie ciegamente aceptaba cualquier cosa que le dijera su padre. Pero lo que más le encabronaba era la pequeñísima semilla de duda que había entrado a su mente. ¿Qué tal si el Sr. Miller *realmente* le hubiera dicho a Addie que le advirtiera? ¿Qué tal si en verdad *no era* el culpable de que todo mundo les estuviera disparando? Los pasajeros del autobús ahora gritaban todos en defensa de Addie.

—¡Déjenla tranquila! —decían—. ¡Bájense del camión!

Una mujer gritó:

—¡Ella está aquí salvando nuestras vidas!

—¡Te pregunté de la isla! —Carmen elevó la voz por encima de la de todos.

Addie negó con la cabeza a todas luces asustada.

—No tengo idea de lo que dices.

—¡Los acribillaron a todos! —gritó Carmen—. ¡Hasta a la última persona en la isla! ¡Y tú lo sabías! ¡Tenías que saberlo!

Addie lloraba.

—¡No! ¡Lo juro!

Shy se sintió mal por Addie cuando vio las lágrimas corriéndole por la cara. Luego se sintió mal por sentirse mal.

—¿De verdad tienes la última página de la carta? —preguntó con frialdad.

—¡Sí! —exclamó Addie—. La he llevado conmigo todo este tiempo.

—¿Y lo sabe tu papá? —preguntó Shy.

Addie negó con la cabeza y se dirigió a Carmen:

—Déjame ir por ella a mi carpa.

—Tenemos que seguirla —le dijo en voz fuerte Shy a Carmen—. Es importante que la tengamos.

Carmen fulminó a Addie con la mirada cuando pasó junto a ella en el estrecho pasillo del autobús.

59

EL SOBRE DE MANILA

Shy se bajó del autobús antes que Addie. Batallaba por aclarar tanta patraña. Si Addie no le había enseñado a su padre la última página de la carta del señor peinado de cortinilla, tal vez no lo seguía tan ciegamente como él pensaba... a menos que los estuviera conduciendo a alguna clase de trampa.

Shy sacó los dos rifles del estuche y le lanzó uno a Carmen. Se colgó el maletín del hombro y escudriñó los alrededores mientras seguían a Addie al grupo de carpas. Continuaba la fila de personas esperando sus inyecciones, pero ya había disminuido la muchedumbre con la partida del primer autobús. Las dispersas casas móviles al oriente ahora lucían más distantes. El aire seco también se percibía más caliente y Shy no podía dejar de limpiarse el sudor de la frente.

Addie se detuvo en una de las carpas más pequeñas en la parte de atrás. Abrió el zíper y se agachó para entrar. Shy sostuvo abierta la entrada de tela mientras Addie escarbaba una maleta chica. Después de unos segundos, sacó un sobre de manila que le ofreció a Shy.

—Sabía que vendrías a buscar esto. Es importante, ¿verdad?

Shy tuvo que agacharse para entrar a la carpa, y se quedó así mientras se acercaba a Addie.

—Lo *fue*. Ya no sé quién vaya a necesitar la fórmula de la vacuna ahora —cuando Shy intentó tomar el sobre de la mano de Addie, ella no lo soltó. Había una desesperación en sus ojos que él nunca había visto antes, ni siquiera cuando estuvieron varados.

—Tienes que irte de aquí inmediatamente —le dijo en voz queda.

—¿Qué? —dijo él sorprendido—. ¿Por qué?

—Confía en mí —ella soltó el sobre—. No debiste venir aquí.

Shy asintió y deslizó el sobre dentro del maletín de lona. De pronto el corazón le latía con fuerza, y justo cuando daba la vuelta para salir, escuchó la voz de un hombre desde afuera de la tienda de campaña.

—¿Addie?

Shy se paralizó mirando fijamente al hombre que lo había obsesionado desde el momento en que había abandonado la isla en llamas en el destartalado velero de Limpiabotas: el padre de Addie, el Sr. Miller. Detrás de él había otro hombre apuntando su pistola contra la cabeza de Carmen. Un miedo helado llenó las venas de Shy cuando vio a Carmen soltar despacio su rifle y levantar las manos.

60

DOS MALES

—¡Papá! —exclamó Addie—. ¿Qué haces aquí? Todo está bien.

El Sr. Miller le dedicó una sonrisa sutil a Shy mientras sacaba una pistola del cinturón.

—¿Por qué no sueltas el rifle, hijo, para que todos podamos salir a caminar y conversar civilizadamente?

A Shy se le fueron los ojos al cañón de la pistola. ¿A quién le decía este tipo *hijo*? Sintió ganas de vomitar, pero no podía hacer nada mientras otra pistola apuntara a la cabeza de Carmen. Dejó caer el rifle al suelo mirando brevemente a Addie. Le había mentido diciéndole que su papá no estaba. Y también lo había prevenido para que se fuera. ¿Con quién estaba entonces?

El Sr. Miller llevó a Shy y a Carmen afuera de la tienda, hacia un claro pequeño.

—Aquí estaremos bien.

—Tenemos que irnos, papá —le dijo Addie jalándole el brazo—. Nos están esperando en el autobús.

—Espera un minuto, mi amor —el Sr. Miller se zafó de Addie y apuntó la pistola al maletín que colgaba del hombro de Shy—. ¿Qué traes ahí?

—¡No te incumbe, idiota! —Carmen escupió mientras luchaba por zafarse del tipo de LasoTech, pero él la tenía sujeta por el cuello. Ella siguió forcejeando y él le dio un golpe en la cabeza con la cacha de la pistola.

—¡Suéltala! —gritó Shy. Luego se dirigió al Sr. Miller—: Ya sabe exactamente lo que traigo aquí — le sorprendió su propia calma frente a él. Detestaba que Carmen tuviera una pistola contra la cabeza, pero mientras se enfocara en los ojos de rata del Sr. Miller, no perdería la calma. Toda la muerte que había atestiguado en el último mes hacía que se sintiera menos intimidado ante la amenaza—. Dígale a su gorila que suelte a Carmen y le muestro.

El Sr. Miller movió la cabeza.

—No creo que estés en posición para ponerte exigente.

—Vamos, papá —rogó Addie.

—¡Te van a hacer puré! —le gritó Carmen al Sr. Miller—. ¡Y ahí estaré en primera fila viéndolo con todo y jodidas rosetas de maíz! —el Sr. Miller le hizo una mueca a manera de sonrisa y dijo:

—He cometido algunos errores y soy el primero en reconocerlos. En cuanto termine todo esto, no tendré inconveniente en que se aclare en los tribunales. Sin embargo, por ahora… la gente me necesita —luego se dirigió a Shy—: Entrégame el maletín, hijo.

—Más vale que deje de decirme *hijo* —amenazó Shy sosteniéndole la mirada al hombre.

—¡Qué le des el maletín! —gritó el tipo LasoTech.

Shy deseó no haber abierto el compartimiento hecho por Limpiabotas. Ahora las jeringas estaban al descubierto y cualquiera podría verlas. Ya no importa. LasoTech tenía su vacuna *nueva*. Lo único que debía preocuparle era la carta. Su evidencia.

—¡Apúrate! —gritó el tipo LasoTech.

Shy se desprendió el maletín del hombro y lo entregó con renuencia.

—¿Qué haces? —le preguntó Addie a su papá—. Prometiste dedicarte a las clínicas.

—Y es lo que hago, linda —el Sr. Miller abrió el zíper del maletín y metió la mano. Sacó dos de las cuatro jeringas que quedaban y las observó. Luego dijo—: ¿Sabes, Shy? Tú y yo de hecho nos parecemos. Los dos somos supervivientes. Justo cuando todo mundo piensa que estamos cancelados, encontramos la manera de volver a entrar a escena.

—¡No nos parecemos en *nada*! —replicó Shy. Le echó un vistazo a Carmen, que temblaba de furia.

—¡Papá! —volvió a implorar Addie.

El Sr. Miller finalmente volteó a mirar a su hija con una de las jeringas en alto.

—Necesito que Chris y Gary reproduzcan esto de inmediato, Addison. Ve a buscarlos al laboratorio y diles que detengan la producción de la A4 y que vuelen de regreso a Avondale.

Addie tomó el maletín de lona y se quedó pasmada unos segundos, alternando la mirada entre Shy y su padre. Luego salió presurosa por donde habían llegado. Impotente, Shy la vio alejarse. A él y a Carmen ya no les quedaba nada. Tampoco había muchas probabilidades de que estos dos hombres fueran a dejarlos ir. Trató de imaginar lo que haría Limpiabotas. Pero Limpiabotas ya no estaba. El Sr. Miller esperó a que Addie desapareciera para decir:

—Ya no falta mucho, amigos. En cuanto esté listo mi equipo del segundo helicóptero, les daré un regalo. Los vamos a amarrar a los dos y a tirarlos por ahí en el desierto.

—¡Púdrete! —le gritó Carmen.

El tipo LasoTech le volvió a golpear la sien con la cacha de su pistola. Shy vio un hilito de sangre bajar por la mejilla de Carmen y explotó.

—¿Por qué no vienes a medir fuerzas conmigo? —le gritó al tipo—. ¡Ya verás cómo te va!

—Calma, calma —le dijo el Sr. Miller a Shy con una sonrisa sarcástica.

Shy volvió a abrir la boca para proferir insultos cuando por el rabillo del ojo vio un movimiento. Volteó y vio a Addie corriendo por detrás de la tienda sujetando uno de los rifles. Lo elevó encima de su cabeza y lo arremetió contra la espalda del tipo LasoTech llorando mientras gritaba:

—¡Ellos no hicieron nada! —el hombre cayó de rodillas y su pistola salió volando cuando hizo por protegerse la espalda con las manos.

Al momento en que el Sr. Miller giró sobre sí mismo para ver lo que sucedía, Shy instintivamente le tumbó la pistola de la mano con una patada y lo empujó a un lado. Addie levantó la pistola de su padre, lo encañonó y luego encañonó a Shy. Estaba en un grado tal de histeria, que Shy no entendía lo que gritaba.

—Addie, mi niña —le dijo su padre desde el suelo extendiéndole la mano—. Por favor. Tienes que confiar en mí.

Ella se limpió la cara con su mano libre y gimoteó:

—Ellos no hicieron nada.

—Claro que no —dijo el Sr. Miller con voz calmada—. Pero tenemos que ser precavidos. Lo hago por ti, mi amor, por *nosotros*.

Shy vio que Carmen luchaba frenéticamente con el rifle que de seguro se había trabado. Luego vio al tipo LasoTech arrastrándose hacia su pistola en el suelo. Shy corrió frente a

Addie y se tiró sobre el tipo, derribándolo en la tierra candente. Los dos rodaron por el suelo dándose golpes salvajes. Shy terminó de espaldas y recibió un puñetazo en la boca y otro en la oreja. Reunió todas las fuerzas que le quedaban para voltear al tipo y detenerle los brazos contra el piso. Se echó para atrás y le dio tres derechazos consecutivos en el lado izquierdo de la cara hasta dejarlo aparentemente aturdido. Cuando Shy volvió a levantar la vista, Carmen marchaba hacia el Sr. Miller con el rifle levantado frente a ella.

—¡Ya vámonos de aquí, Carmen! —le gritó. Luego se dirigió a Addie—. ¿Dónde está el maletín?

Ella le apuntaba directamente con la pistola.

—¡Haz que se detenga! —gritó Addie.

—¡Carmen! —Shy luchaba por mantener al tipo LasoTech en el suelo—. ¡Vámonos! ¡Ya!

—Yo no voy a ninguna parte —gruñó Carmen. Tenía el rifle apuntándole a la cara del Sr. Miller.

Shy respiraba entrecortadamente absorbiendo toda la escena que se desbocaba. No había tiempo para pensar. Carmen apuntaba el rifle contra el Sr. Miller, Addie ahora apuntaba su pistola contra Carmen y Shy tenía a un hombre contra el suelo. La otra pistola estaba a tan sólo unos centímetros. Shy detectó el maletín de lona recargado contra la carpa detrás de él. Cuando el tipo LasoTech se desembarazó de Shy, éste se echó para atrás y le asestó un golpe en la sien. Se aventó hacia la pistola y la levantó al mismo tiempo que alguien le daba un golpe atroz en la nuca. Giró sobre sí mismo, desorientado, y vio que el hombre estaba a punto de darle una segunda patada. Shy se tiró rodando al suelo apenas a tiempo y le apuntó la pistola gritándole:

—¡No te muevas!

El hombre se paralizó resoplando y lo miró furibundo. Shy se puso de pie con trabajo y se apresuró a recuperar el maletín de lona, sin dejar de apuntarle con la pistola al hombre. Notó que había un grupo pequeño de curiosos medio ocultos detrás de otra carpa.

Carmen amartilló su rifle y le dijo al Sr. Miller:

—Mataste a mi papá.

El Sr. Miller negó con la cabeza.

—Todo fue un error. Daría lo que fuera por regresar a cambiar las cosas. Tienes que creerme.

—Yo no tengo que creerte un *carajo* —dijo Carmen.

—¡Dile que suelte el rifle, Shy! —gritó Addie.

—¡Suéltalo, Carmen! —ordenó Shy—. ¡Ya tengo el maletín! ¡Hay que largarnos de aquí!

Carmen se negó dando un paso más hacia el Sr. Miller.

—Mataste a mi papá —repitió.

—¡Apártala de él! —chilló Addie.

El tipo LasoTech dio un paso hacia Carmen, pero Shy le apuntó su pistola gritándole:

—¡No te muevas!

—Por favor, baja el arma —le indicó el Sr. Miller a Carmen.

Addie levantó la voz:

—¡Déjalo en paz!

Shy viró la pistola hacia Addie, luego de vuelta contra el tipo LasoTech. Inundaron su mente fragmentos de pensamientos. El diario de Limpiabotas y el río hirviente; el funeral de su abuela; la expresión en la cara de Marcus antes de que Limpiabotas le rompiera el cuello. Entonces, Shy recordó la cara de su madre, la última vez que la había visto antes de irse al crucero. Esta última imagen lo golpeó tan duramente que casi se le doblaron las rodillas. Nunca volvería a verla.

—Ya basta —decía el Sr. Miller—. Nada más baja el arma.

—¿Shy? —Carmen lo llamaba. Ella seguía con los ojos puestos en el Sr. Miller, pero parecía titubear. Ya casi se había esfumado el coraje de sus ojos.

—¡Aquí estoy! —le respondió Shy.

—Ya basta —dijo el Sr. Miller levantando las manos—. Sumar dos males, no da algo bueno, ¿verdad?

Addie se acuclilló con expresión agotada, todavía apuntando la pistola a la espalda de Carmen.

—No va con tu naturaleza —le dijo el Sr. Miller a Carmen aliviado. Pero Shy detectó algo más en la expresión del hombre—. Tú nunca has matado a nadie, linda.

—Pero yo sí —se le escapó a Shy, quien movió su pistola hacia el Sr. Miller y le disparó dos veces directamente al pecho.

Se oyeron murmullos entre la muchedumbre de curiosos. Addie chilló a todo pulmón apuntando contra Shy, pero sin dispararle. El rostro del Sr. Miller se volvió blanco como el papel cuando puso la mano sobre su camisa de cuello blanco manchada de sangre. Abrió la boca para decir algo, pero las palabras no salieron. Shy sólo se quedó ahí todavía apuntando al hombre, viéndolo morir. Ni siquiera se le había agitado la respiración.

61
EL CAMINO DE SHY

Carmen recogió su rifle, le arrebató el maletín a Shy y lo jaló de la muñeca para sacarlo de allí. Cuando el tipo LasoTech hizo por seguirlos, Shy se volteó y le apuntó al pecho. Al ver que no se detenía, bajó levemente el cañón y le disparó a las piernas. El tipo se colapsó en el suelo retorciéndose de dolor.

—¡Vámonos, vámonos! —le gritó Carmen jalándole el brazo.

Shy miró a Addie, quien todavía le apuntaba con su pistola. La vio temblando con el rostro bañado en lágrimas. Le partió el corazón. Ella dejó caer la pistola y se acercó a su padre de rodillas, intentando levantar su cuerpo.

Con todo y lo que le había dolido lastimar a Addie, no sintió la más leve emoción por ninguna otra cosa mientras Carmen y él corrían por las carpas rumbo al autobús que quedaba. No se sentía vengado, como alguna vez imaginó. Tampoco con remordimiento ni con temor. No sentía nada de nada. Simplemente se encontraba en ese camino, como alguna vez le dijera Limpiabotas, e iba a seguirlo hasta el fin.

Ya cerca del autobús, Shy detectó a otro tipo LasoTech corriendo hacia ellos. El hombre se detuvo a dispararles. La bala rebotó en el cemento a los pies de Shy y Carmen.

El grupo pequeño de curiosos que se había reunido alrededor del autobús se dispersó rápidamente, generando una gran conmoción. Shy jaló a Carmen detrás de la tienda de campaña donde los médicos habían estado inyectando. Asomó la cabeza y el tipo volvió a dispararles.

—¡Yo te cubro! —le gritó Shy a Carmen—. ¡Corre a una de esas casas móviles y ahí te alcanzo! —Carmen se le quedó viendo.

—¡Ve! —le repitió.

En el instante en que Carmen salió corriendo, Shy salió por detrás de la carpa y disparó tres tiros consecutivos contra el tipo LasoTech. El hombre se clavó detrás de una camioneta Suv. Shy volvió a jalar el gatillo, pero la pistola sólo chasqueó como si ya no tuviera balas. Shy la tiró y se fue tras Carmen.

Cuando Shy llegó a su lado, la Suv repentinamente rechinó llantas en la autopista. Shy volteó y vio que venía a arrollarlos. Viajaban dos sujetos en el interior. Aunque él y Carmen abandonaran la autopista y se fueran hacia la casa rodante más cercana, nunca llegarían a tiempo. Estaban demasiado lejos. Él la miró y ambos redujeron su velocidad. Luego, sin decir palabra hicieron alto y enfrentaron juntos al vehículo que venía: Carmen elevó su rifle, Shy asió el maletín y tragó saliva. Casi lo habían logrado, se dijo a sí mismo. No se arrepentía de nada. La Suv ya se les venía encima cuando Shy detectó algo que venía detrás. Una motocicleta. Gris metálico.

Precisamente cuando el copiloto en la Suv sacó el cuerpo por la ventana y apuntó su pistola contra Shy y Carmen, el sujeto de la moto disparó varias veces contra la camioneta. Perforó los dos neumáticos traseros y desbarató el parabrisas posterior. La camioneta patinó fuera de control y derrapó hasta detenerse frente a una camioneta Volkswagen abandonada. Los dos tipos LasoTech saltaron del vehículo y le dispararon al sujeto de la motocicleta, quien perdió el control y cayó de su moto. Hombre y moto derraparon por la carretera. Carmen jaló a Shy del brazo y volvieron a salir corriendo. Shy miró sobre el hombro. Vio que el sujeto gateaba rápidamente para cubrirse con la moto, luego apuntó y volvió a disparar contra los tipos LasoTech. Shy volteó la cara al frente resoplando mientras corría junto a Carmen hacia las dispersas casas móviles.

62
ÚLTIMOS DÍAS EN EL DESIERTO

Shy y Carmen sentados lado a lado en el sofá sin cojines, todavía recuperando el aliento, estudiaron a una mujer blanca ya mayor, con el pelo cortado a la última moda, quien cojeaba alrededor de una pila de libros y cajas de zapatos llenos de polvo llevando en las manos dos vasos con agua helada.

En cuanto Shy tomó el suyo, se lo llevó a la boca y comenzó a beber con tanta rapidez que la cabeza le dolió, pero eso no hizo que bebiera más despacio. Vació el vaso en segundos. Lo colocó donde pudo y estudió el interior de la casa rodante: una verdadera desgracia: revistas y papeles por todos lados, tapetes enrollados, trastos sucios y cajas de pizza en una pila que llegaba al techo. Un par de gatos dormían amalgamados sobre una caminadora polvorienta. Había otros tres gatos enroscados sobre un cobertor beige medio doblado, con una notable capa de pelos de gato. La mujer mayor era una de esas acumuladoras.

No era que él la estuviera juzgando. Les había salvado el pellejo a él y a Carmen después de la balacera. Habían tocado las puertas de unas seis o siete casas móviles antes de llegar a la suya. Nadie abría, aun cuando Shy había visto a varias personas espiarlos a través de sus persianas. Pero esta viejecilla ni esperó a que tocaran. Los vio venir y abrió la puerta de par en par haciéndoles señas de que entraran. Ni cinco minutos después, la mujer ya estaba curando la herida en la cara de Carmen.

Shy se asomó por sus cortinas de viejita y divisó al hombre en la moto gris deambulando por la calle. Su casco se movía de un lado a otro mientras los buscaba. Carmen al fin también se terminó su agua y colocó el vaso vacío junto al de Shy sobre una mesa tapada de periódico.

—¿Otro? —preguntó la mujer.

Shy negó con la cabeza.

—No, muchas gracias, señora.

—Le agradecemos lo que acaba de hacer por nosotros —dijo Carmen tocando la piel alrededor de su apósito recién aplicado. La mujer hizo un ademán como de que no era nada.

—Entonces, ¿qué fue lo que ocurrió exactamente allá atrás? Escuché todo el escándalo. Y los disparos. ¿Tuvo algo que ver con esos tipos extraños que manejan los autobuses?

Shy comenzó a responder, pero la mujer levantó la mano cortándolo.

—¿Sabes qué? No me incumbe. Yo sólo soy una viuda vieja que vive sus últimos días en el desierto. Entre menos sepa, mejor.

Shy miró los retratos enmarcados a la antigua que colgaban de la pared junto a la puerta. En uno de ellos, aparecía la mujer parada junto a un fornido hombre mayor con sombrero de vaquero. Él lo señaló con el dedo y preguntó:

—¿Era su esposo? —preguntó. Se le ocurrió que platicar sería la mejor forma de dejar de pensar un momento.

—Si. Murió dos semanas después de habernos tomado esa foto.

—Ah —dijo Shy desconcertado. Miró a Carmen—, lo siento mucho, señora.

—Nada qué sentir —dijo la mujer como si nada—. Tuvo una vida mucho muy larga, demasiado dirían algunos.

Shy escuchó que un helicóptero pasaba encima de la casa rodante. LasoTech ya los andaba cazando. No le cabía duda. Sintió el impulso de volver a asomarse por la ventana, pero algo le dijo que mejor se abstuviera esta vez, que tuviera paciencia.

—Aquí les va una pregunta mejor —dijo la mujer mayor—. ¿De aquí para dónde van? Quiero decir, son bienvenidos a quedarse un tiempo si lo necesitan, pero algo me dice que andan de paso.

—Vamos al este —dijo Carmen.

—Déjenme adivinar —repuso la mujer—. ¿La frontera de Avondale?

Shy y Carmen asintieron a la vez. La mujer chasqueó la lengua.

—Pues me temo que la caminata es larga: como ciento sesenta kilómetros más o menos.

Carmen volteó a ver a Shy. Para su sorpresa, los párpados de ella se veían pesados, como si estuviera luchando por no dormirse. Pero Shy ya estaba aprendiendo que eso provocaba el estrés exagerado. Te manda al país de los sueños apenas segundos después de una balacera.

—Síganme —dijo la mujer levantándose—. Quiero enseñarles algo.

Ella cojeó alrededor de la jaula de pájaro vacía sobre el piso y se fue por el pasillo. Shy codeó a Carmen.

—¿De casualidad tendrá una trituradora de madera ahí adentro?

—Ya cállate, Sancho. Es linda —Carmen se levantó del sofá sin cojines y siguió a la mujer.

Shy volvió a echar un vistazo a las cortinas. Luego, también se levantó. Unos segundos después los tres se hallaban frente a una motocicleta todo terreno como recién salida de la tienda. Shy estaba más que confundido. La casa rodante se veía en el más completo de los desórdenes, pero la moto no tenía ni brizna de polvo.

—¿Alguno de ustedes sabe cómo manejar una moto del desierto? —preguntó la mujer.

—Yo —dijo Shy.

—¿*Tú*? —preguntó Carmen.

Shy asintió. Cuando menos, *creía* recordar el cursillo apresurado que su padre le había dado en los Estudios Sony.

—Bueno, pues quiero que se lleven esto con ustedes a Avondale —dijo la mujer—. Aprovéchenla bien.

—Espere —dijo Carmen—. ¿Habla en serio?

—Por supuesto que hablo en serio —respondió la mujer—. Se la iba a mandar al malcriado de mi nieto, pero quién sabe para qué actividad criminal la usaría *él*.

Shy no podía creer que les regalara la moto después de compartir juntos apenas cinco minutos. Miró la moto y luego a la mujer.

—¿Era de su esposo?

La mujer rio.

—No. No le perteneció a mi marido. Es *mía*. Me gustaba andar para arriba y para abajo en este lugar perdido. Me encantaba hacerlo especialmente después de que acababa de llover para salpicar lodo en los patios de la gente. Por supuesto, eso fue antes de que mi estúpida cadera se estropeara. Ahora sólo vengo de vez en cuando a pulirla.

Mientras la mujer y Carmen siguieron hablando de la motocicleta, Shy se acercó a la ventana de la recámara y se asomó por las persianas. No vio al helicóptero en ninguna parte, ni a la Suv, ni a la motocicleta. Tampoco escuchó nada. Se sentía mal por llevarse algo que obviamente significaba mucho para la vieja mujer. Pero definitivamente superaba por mucho tener que caminar el resto del día bajo el sol del desierto.

Su mente lo regresó al Sr. Miller cuando le disparó. Al rostro de Addie cuando él y Carmen huyeron. Todavía sentía el dedo en el gatillo aunque el arma estuviera tirada por allá en la autopista. Metió la mano al maletín y sacó el sobre de manila. Desdobló la hoja escrita a mano que Addie le había entregado. Ahí estaba en la letra familiar de peinado de cortinilla: el resto de la fórmula para la vacuna. Shy volvió a amontonar todo en el maletín y se dirigió a la mujer:

—Señora no hay manera de agradecerle tanto. De verdad, le debemos muchísimo.

—Ustedes no me deben un carajo —dijo la mujer—. Ahora ya váyanse, antes de que los ponga a limpiar la cocina.

63
LA LIBERTAD DEL CAMINO ABIERTO

Diez minutos después, Shy y Carmen volaban hacia el este en la Autopista 10. Shy entrecerraba los ojos frente al viento, concentrado en la sensación de las manos de Carmen alrededor de su cintura, su aliento en el cuello. Se había impresionado a sí mismo porque de algún modo había captado la mayor parte de lo que le enseñara su padre sobre el manejo de una motocicleta. Le había tomado un par de minutos acostumbrarse, pero ahora volaba sobre la autopista de dos carriles, cambiaba de velocidades sin esfuerzo, operaba el *clutch*, esquivaba uno que otro auto abandonado u obstáculo en la autopista. El manubrio alto lo hacía sentirse como uno de esos tipos con Harleys mexicanos de su vecindario.

—Ciento sesenta kilómetros, ¿a esta velocidad? — Shy le gritó a Carmen—. Llegaremos en unas dos horas ¡máximo!

—¿Qué? —le respondió gritando Carmen.

Shy comprendió la imposibilidad de comunicarse con el viento que los azotaba. La dueña le debía haber hecho algo al silenciador, porque el potente rugido del escape de la moto aturdía.

—¡Dije que llegaremos en *dos horas*! —volvió a intentarlo.

Carmen negó con la cabeza. No escuchaba nada de lo que él decía. Shy prefirió concentrarse en el camino. Volvió a pensar en lo sucedido en las carpas. El golpe que le habían dado a Carmen con la cacha de una pistola. Addie desafiando a su padre y aporreando al otro tipo con el rifle. La expresión del Sr. Miller cuando Shy dio el paso y le disparó dos veces. Shy se preguntó si todo aquello lo convertía en una mala persona. ¿Qué tal si se parecía más al Sr. Miller de lo que quería admitir?

Deseó que Limpiabotas todavía estuviera para pedirle su opinión. Trató de imaginar el acertijo que le daría como respuesta. Hombre, lo que daría por uno de esos acertijos precisamente ahora. Quizá después Limpiabotas se iría a apuntar la pregunta de Shy en su diario. Pero él ya no estaba. Shy se dio cuenta de que en adelante él mismo tendría que plantearse sus propios acertijos. Después de un rato, se le aclaró la mente; algo sorprendentemente fácil de conseguir corriendo por la carretera en una moto todo terreno. El camino abierto ofrecía cierta libertad, como se decía.

Pronto, él y Carmen llegarían a Avondale. Se pararían ante la frontera con el maletín de lona y sus jeringas con la vacuna contra el mal de Romero y la carta del hombre peinado de cortinilla con todo y la última página. Pero por primera vez desde que habían atracado en Venice Beach, Shy no tenía tanta prisa por llegar a donde iba. Por ahora sólo quería concentrarse en este momento con Carmen. Sus manos enlazadas alrededor de su cintura. La cálida sensación de su pecho contra su espalda. Echó un vistazo atrás y le hizo un saludo leve con la cabeza. Luego, cuando vio la curación en su sien, una sensación extraña llenó su pecho. Una sensación que no podía expresar con palabras.

—¿Ya no te duele la cabeza? —gritó.

—¿Qué? —gritó ella.

Él regresó los ojos al frente y se rio un poco. Luego se le ocurrió otra cosa. Volvió a voltear y le gritó:

—¿Te digo algo loco, Carmen?

Ella encogió los hombros. No podía oírlo.

—¡Creo que te amo! —le gritó Shy —. ¡Y creo que así ha sido desde el primer instante en que nos conocimos!

—¡No escucho una palabra de lo que dices! —le gritó Carmen.

Cuando menos, quedó bastante seguro de que eso había dicho ella. Su oreja estaba a unos centímetros de la boca de Carmen.

—Y no importa lo que pase con tu noviecito abogado patán —siguió gritando Shy—, ¡yo te seguiré amando! Aunque te pongas a tener abogaditos locos y patancitos, ¡nada cambiará lo que siento jamás!

Esta vez Carmen ni le devolvió los gritos. Se limitó a encoger los hombros y a mover la cabeza. Shy volvió a mirar al frente, sonriéndole al viento. Se sentía bien haber dejado salir finalmente aquella verdad de su pecho.

64
SEGUNDAS OPORTUNIDADES

Como una hora después de que emprendieran el camino, Shy miró el espejo y se le cortó la respiración. Detrás de ellos se aproximaba rápidamente una motocicleta. Le tomó unos segundos distinguir que se trataba de la gris metálica con la que se habían encontrado antes, aunque el conductor no les apuntaba ninguna clase de arma. De hecho, parecía hacerles señas de que se orillaran. Shy de ninguna manera se iba a orillar. Más bien aceleró buscando un buen lugar para salirse de la autopista y perdérsele al tipo. Pero hasta donde llegaba la vista lo único que se abría a ambos lados de la autopista era el desierto extenso. Shy siguió vigilando la motocicleta por el espejo lateral. Carmen también comenzó a voltear para atrás, pero entre más lo pensó Shy, menos le preocupó.

Allá cerca de los autobuses, el motociclista le había disparado a la camioneta Suv, no a Shy y Carmen. Shy luego recordó al motociclista que le había disparado a las llantas de la Hummer en la gasolinera. También iba en una motocicleta gris. Tenía que ser el mismo hombre. Ahora, la moto todo terreno arreglada de Shy tampoco podía ganarle a una moto de calle, así que decidió bajar un poco la velocidad para que el hombre le diera alcance.

En uno o dos minutos ya iban lado a lado. El hombre seguía haciéndole señas a Shy de que se orillara.

—¿Qué quieres? —gritó.

—¡Oríllate! —le ordenó el hombre a través del casco.

A esa velocidad menor, ni el escape ni el viento sonaban tan fuerte. De hecho, Shy podía volver a escuchar sus propios pensamientos, tanto que una antigua sospecha comenzó a introducirse en su cabeza. Carmen lo abrazaba un poco más fuerte mientras miraba fijamente al hombre que los acompañaba. Él llevaba un casco golpeado y muy rayado, con una visera antirreflejante. Vestía jeans rotos y una sudadera azul con capucha.

—¿Quién eres? —le gritó Carmen al hombre, quien se levantó la brillante visera señalando su propia cara.

Shy vio la familiar barba rala salpicada de gris. También vio la quemadura severa en la mitad del rostro. Por poco se sale de la carretera. En efecto, se trataba de su padre. Shy no lo podía creer.

—¡Oríllate! —volvió a gritarles.

El hombre se desabrochó la correa debajo de su mentón y se arrancó el casco, siempre manteniéndose junto a la moto del desierto. Shy no tenía idea de qué pensar ni sentir. Sólo podía seguir manejando.

—¿Y usted qué hace aquí? —le gritó Carmen cuando lo reconoció.

—¿Tú qué crees? —le gritó de vuelta el hombre—, ¡cuidándole la espalda a mi hijo! Ya lo dije antes, ¡ésta es mi segunda oportunidad! ¡Y no la voy a dejar ir!

Una sensación extraña comenzó a burbujear en Shy mientras alternaba la vista entre su padre y la carretera. No era tanto orgullo, ni felicidad, sino más bien una sensación de seguridad. Un reconocimiento de lealtad. Recordó todas aquellas ocasiones en las que habían visto una motocicleta cualquiera durante su viaje. Y recordó la mirada que él y su padre habían intercambiado justo antes de que Shy saliera de los Estudios Sony. Su padre debía haberse robado la camioneta Suv del tipo LasoTech que esperaba afuera y debía haberlos seguido al desierto.

El padre de Shy le gritó algo que éste no alcanzó a entender, así que bajó un poco más la velocidad y le gritó:

—¿Qué?

—¡Ya no puedes decir que nunca te enseñé nada! —su papá señaló la moto todo terreno—. ¡Parece como si toda la vida hubieras manejado una!

Carmen le dio a Shy un apretón. Hasta ella sentía la trascendencia de lo que estaba ocurriendo. Shy se concentró en el camino por un tramo, pero seguía habiendo algo que lo confundía. Volvió a dirigirse a su papá y le gritó:

—¿Por qué te esperaste hasta ahora para alcanzarnos?

—¡Ese hombre con el que estaban antes! —gritó su padre—. ¡Dijo que me mantuviera fuera de escena hasta que él desapareciera!

—¿Hablaste con Limpiabotas? —le preguntó a gritos Shy—. ¿Cuándo?

—¡En las montañas! ¡Afuera de las ruinas turísticas donde se quedaron!

Shy recordó haber escuchado una motocicleta cerca del cancel principal cuando Mario los llevó al recorrido. Entonces recordó algo más. Una de las últimas cosas que Limpiabotas le había dicho a Shy cerca de los Intaglios: ¿Ni siquiera puede verlo, verdad? No tiene idea de quién más lo sigue. Quizás hablaba del papá de Shy. Tantos años que Shy le había guardado rencor a su padre. Sobre todo después del año que vivió con él en Los Ángeles. Pero el hecho de que lo hubiera seguido hasta el desierto tratando de protegerlo... Tal vez Shy había estado equivocado. O quizá los terremotos realmente sí lo habían cambiado. Shy le hizo señas a su papá de que los siguiera a él y a Carmen. Luego aceleró un poco, listo para lo que viniera después.

65
LA FRONTERA AVONDALE

La calle Miller era la primera marca de civilización. Shy estudió las pocas gasolineras y expendios de comida rápida que se levantaban del lado derecho de la autopista. Una agrupación enorme de tiendas de campaña llenaba lo que alguna vez había sido una zona importante de construcción. Inmediatamente después del letrero que anunciaba al pueblo de Goodyear, Shy comenzó a ver grupos de gente. Todos se encontraban dispuestos en semicírculos o haciendo fila en los estacionamientos, a la espera de los paquetes de ayuda de los cruzados. La gente se apretujaba en todos los lugares donde hubiera un poco de sombra. Las familias habitaban desarrollos de vivienda a medio terminar, los techos comerciales y carpas levantadas a un costado de la autopista. Con lo único que Shy podía comparar aquello era una serie de fotos de *National Geographic* que había visto alguna vez sobre los barrios marginados en el Tercer Mundo.

Carmen descansó el mentón sobre la espalda de Shy mientras avanzaban lentamente por la autopista esquivando carros abandonados, cajas vacías y toneladas de basura. El padre de Shy iba un poco atrás de ellos moviendo la cabeza de un lado a otro, absorbiéndolo todo. Pasaron por unos pastizales enormes cubiertos de carpas y hordas de gente. Muchos voltearon a ver pasar la ruidosa moto todo terreno. Entre más se acercaban, mayor era el número de vehículos gubernamentales que veían estacionados en la cuneta. Patrullas, ambulancias, vehículos de bomberos. Todos varados, supuso Shy, cuando se levantó la frontera.

A Shy se le erizaron los brazos y piernas cuando vio la primera señalización para llegar a Avondale, Arizona. Poco después pasaron el anuncio del río Agua Fría. Shy recordó que el DJ Dan había descrito la construcción de la frontera del lado este del río. Eso significaba que ya estaban cerca.

A ambos lados de la autopista se veían cientos de personas, incluso miles. Shy tuvo que aminorar la velocidad al máximo para pasar sin atropellar a nadie. Hubo quien le gritó y otros quisieron agarrar el manubrio o el maletín de lona. Shy estrechó más el maletín y avanzó a tumbos cuando encontraba algún hueco de espacio. No dejaba de echar vistazos por encima de su hombro a Carmen y a su padre, feliz de que siguieran con él. Shy tomó la siguiente rampa de salida para avanzar por las hacinadas calles laterales siguiendo las indicaciones que lo llevarían al río. Había carpas y multitudes por dondequiera.

—¡Con permiso! —repetía incesantemente en voz fuerte para poder pasar entre ellos.

Iba avanzando la moto un metro a la vez hasta que Carmen le pegó en el hombro y señaló algo más adelante. Shy alzó la vista y ahí estaba. Detuvo la moto y plantó un pie en el asfalto. Luego apagó el motor. Carmen también puso un pie en tierra. El papá de Shy se les emparejó con sólo el impulso y levantó la visera de su casco.

—¡Mierda! Ahí está —dijo por encima del estruendo de la muchedumbre.

Estaban justo en el borde del río Agua Fría, que no tenía más de veinte o veinticinco metros de ancho. Del otro lado se levantaba la improvisada frontera de la que había oído hablar Shy desde el día en que abandonaron la isla. Pero nunca se la había imaginado así. En lugar de un muro intimidante que se elevara hasta el cielo, era una jodida bardita que se extendía en ambas direcciones hasta donde le alcanzaba la vista. Lo que evitaba que la gente arremetiera contra la barda era el río frente a ella... y todos los militares armados que hacían guardia.

Un puente de dos carriles que alguna vez había atravesado el río se veía dinamitado. Le quedaban únicamente los dos extremos desgarrados. Shy volteó a ver a su papá y a Carmen.

—Esta frontera se ve medio débil, ¿no?

La multitud comenzó a apretarse alrededor de ellos y a Shy le dio claustrofobia.

—No tuvieron mucho tiempo —dijo su padre descansando la moto en el caballete y quitándose el casco—. ¿Por qué traes esa llave alrededor del cuello?

Shy levantó la mano para tocar la llave negra de Limpiabotas, pero no contestó.

—Imagino que los tipos con las armas de asalto compensan lo jodido de la barda —dijo Carmen estirando su espalda tensa después del viaje tan largo, justo en el instante en que una mujer de apariencia maltrecha daba un paso atrás que casi la tumbó.

Shy observó a su padre escudriñando a toda la gente que los rodeaba. La mayoría miraba hacia el río, o a Shy y su gente. Su padre aclaró su garganta.

—Me parece buen momento para preguntar qué hacemos aquí.

—Probablemente quieran pasar del otro lado —dijo un hombre cerca de ellos—, pero es imposible.

Un chico universitario sin camisa se rio en la cara de Shy.

—Todos vinimos a cruzar la frontera. Pero aquí seguimos, atascados en la mierda.

—Ahora que la vacuna falló todas las pruebas —dijo el primer hombre—, no van a cambiar pronto las cosas.

—Espere, ¿dijo que no funciona la vacuna? —preguntó Shy.

Varias personas movieron las cabezas.

—Lo anunciaron en la mañana —dijo el hombre—. Tendrán que volver a empezar desde cero.

Shy y Carmen intercambiaron una mirada. Él estrechó un poco más el maletín. El padre de Shy se inclinó para acercarse a Shy y Carmen.

—Entonces, ¿alguno de ustedes va a decirme por qué estamos aquí?

Shy volvió a mirar fijamente al otro lado del río, a los guardias que patrullaban en la plataforma apenas pasando los muros.

—Tenemos que llevar este maletín al otro lado —dijo en voz lo suficientemente baja para que sólo la escucharan su padre y Carmen.

—¿Para qué? —preguntó su papá.

—Créanos —dijo Carmen—. Tenemos que hacerlo.

El papá de Shy asintió mirando al río.

—Entonces, hay que hacerlo —dijo—. ¿Ya tienen un plan?

Shy negó con la cabeza.

—En realidad no lo hemos pensado —dijo Carmen.

El papá de Shy echó una mirada sobre su moto y luego le dio un codazo a Shy.

—Pues yo tengo una idea por si les interesa.

66
UN SALTO DE FE

Esperaron a la caída del sol para poner el plan en marcha. Shy y Carmen se agazaparon en la ribera del río a unos cien metros al sur del papá de Shy. Llevaban únicamente el maletín de lona, con el que se acurrucaron debajo del segundo puente destruido. A pesar de la distancia, Shy seguía escuchando el poderoso rugido de la moto todo terreno, sobre todo cuando su padre aceleraba el motor. Y tal y como lo había prometido el hombre, Shy escuchó a varios cientos de personas vitoreándolo y animándolo, con lo que se creó, de hecho, un espectáculo. Shy sonrió al escuchar rugir a la multitud. Su papá siempre había tenido carisma. Normalmente lo utilizaba para las mujeres, incluso cuando estaba casado con la mamá de Shy. Esta noche le estaba dando un uso más admirable a su encanto.

—Tenía razón tu papá —dijo Carmen apuntando hacia los guardias directamente enfrente de ellos, del otro lado del río: todos migraban hacia la conmoción.

Shy movió la cabeza.

—Hombre, si esto de verdad sale bien...

—¿Crees que tenga alguna probabilidad de lograrlo? —preguntó Carmen.

—Cero.

Carmen echó una mirada al grupo de gente que tenían más cerca, pero todos ellos se quemaban las pestañas sobre una fogata prendida en un bote de basura.

—No sé —dijo Carmen—. La manera en que nos salvó el pellejo ese par de veces en el desierto…

Shy encogió los hombros. La verdad, se sentía tremendamente nervioso. El plan de su papá consistía en reunir a cuanta gente pudiera para atestiguar la acrobacia tipo Evel Knievel que iba a intentar. Les había prometido que los guardias se distraerían con la treta, momento que aprovecharían Shy y Carmen para atravesar el río oscuro a nado y llegar a la base del muro. A partir de ese punto se quedaban por su cuenta. Pero a Shy lo que más le preocupaba era la acrobacia de su papá. Apenas hacía un día le habría importado un comino el bienestar de su padre. Hoy se sentía auténticamente nervioso.

En ese momento se intensificó el ruido de la muchedumbre. Shy y Carmen estiraron sus cuellos para ver hacia el norte lo más que pudieron. Shy divisó a su padre corriendo la moto del desierto en medio de una masa de gente que había formado un estrecho corredor hasta el puente dinamitado. Por encima de sus cabezas, lo único que pudo ver Shy fue el casco de su papá avanzando por la valla, acelerando.

—Todos corren hacia allá —Carmen apuntó a los guardias destacados por la frontera—. Ya nos tenemos que ir, ¿no?

—Espérame —le dijo Shy. Se levantó y vio a su papá llegar al extremo destruido del puente y lanzarse con todo y moto al aire. La muchedumbre lo vitoreaba, los guardias corrían hacia aquella sección de la frontera. Hubo un par de disparos contra el papá de Shy, quien justo en el pináculo del salto soltó el manubrio, se desprendió de la moto con una patada y cayó de boca en el río creando una salpicadura tan alta que casi mojó la moto en el aire.

—¡Vámonos, Shy! —Carmen jaló bruscamente a Shy al agua.

En los instantes antes de que se sumergieran, Shy vio a las multitudes invadiendo la ribera del río, gritando enloquecidas. No pudo asegurarse de que su papá saliera a la superficie porque él mismo se hallaba bajo el río. Aguantó la respiración y cerró los ojos mientras él y Carmen nadaban en el agua fría lo más lejos que podían sin sacar las cabezas. Cuando finalmente tuvo que salir por aire, comenzó a nadar como perrito hacia un tramo de la frontera sin vigilar. Nadaron en silencio. Casi cada segundo Shy volteaba para verificar que llevaran el rumbo correcto.

De pronto a lo lejos se escuchó otro escándalo. Shy levantó la cabeza y vio una lancha de motor con dos militares cortando el agua hacia el lugar donde había caído su papá. La gente en la orilla los abucheaba. Shy quería detenerse para ver lo que sucedía con su padre, pero no podía. Tenía que seguir nadando antes de que los guardias regresaran a sus puestos.

Muy pronto estableció un ritmo pateando y braceando frenéticamente bajo el agua para no salpicar. Acababa de pasar por la mitad del río cuando se le ocurrió que así había comenzado todo: el crucero hundiéndose y él nadando en el agua fría buscando a Carmen. Pero ahora ella estaba junto a él y no se encontraban en el Océano Pacífico, sino en el desierto de Arizona.

A Shy le ardían los hombros cuando llegaron al otro lado. Ambos treparon la orilla y se acercaron al muro, a unos pasos del agua. Ya de cerca, el muro se veía un poco más alto, pero

Shy impulsó a Carmen lo suficiente para que ella se agarrara de la orilla y trepara al otro lado. Él saltó lo más alto que pudo, atrapó la orilla con la mano derecha y lentamente se jaló para subir. Aseguró su pierna al otro lado, rodó por la orilla y cayó a la tierra.

De inmediato se les dejaron ir dos guardias, uno gritaba por un megáfono, el otro les apuntaba con un rifle de asalto, pero no disparó. Shy y Carmen cayeron de rodillas. Shy abrió el zíper del maletín de lona empapado y rápidamente sacó las jeringas que quedaban, la carta del hombre peinado de cortinilla y las levantó por encima de su cabeza y luego entrelazó los dedos sobre su nuca. Al recorrer con la mirada el otro lado de la frontera vio que se encontraban en una suerte de parque, lleno de tráileres iluminados, autos estacionados y gente bien arreglada que deambulaba civilizadamente o se encontraba sentada alrededor de parrilladas.

—¡No se muevan! —les gritó un guardia a unos tres metros detrás de ellos. Llevaba un traje de neopreno.

Un segundo guardia igualmente ataviado emergió de un tráiler frente a ellos. El resto mantuvo su distancia. Carmen puso una mano en el hombro de Shy y levantó la otra.

—¡Les dije que no se movieran! —gritó el guardia.

Shy volteó a ver a Carmen a los ojos y ambos sostuvieron sus miradas esperando a que los guardias los apresaran.

Día 53

67

EL OTRO LADO

Shy durmió la mayor parte del día siguiente. Cuando por fin abrió los ojos, el sol ya se ponía. Pudo verlo a través de la pequeña ventana de su habitación en el tráiler médico. Se incorporó y aspiró profundamente mientras estudiaba los colores intensos que remolineaban en el cielo. Se le puso la carne de gallina porque se suponía que él ya no debía estar allí. Al enfundarse sus jeans sucios que había dejado doblados junto a su catre, gota a gota su conciencia recuperó los detalles de la noche anterior. Él y Carmen habían pasado varias horas detenidos en la celda de *control de enfermedades*, mientras los científicos analizaban el contenido de las jeringas. Una vez que se comprobó la autenticidad de la vacuna, todo el mundo en el campamento quiso hablar con ellos. Los reporteros les rogaron que les dieran entrevistas. La policía necesitaba sus declaraciones oficiales. Los médicos insistieron en practicarles exámenes físicos con todo y química sanguínea. Shy se negó a todo hasta saber cómo estaba su papá. Unos minutos después, el subdirector del FBI condujo a Shy a un tráiler sin marcas y lo sentó en una silla metálica plegable. Estaban en medio de una búsqueda meticulosa del río, le explicó el hombre. Agotarían todos los recursos. Encontrarían al papá de Shy y lo traerían directamente al campamento, sin importar las condiciones en que se hallase. Al final de la breve conversación, el hombre se puso de pie y le dio a Shy un apretón de manos diciéndole:

—Gracias por todo lo que has hecho, hijo.

Shy asintió pensando qué surrealista era el que ahora la gente le agradeciera en lugar de intentar matarlo.

—Más adelante queremos que escribas por todo lo que has pasado. Todo lo que puedas recordar. ¿Harás eso por nosotros?

Shy asintió. Luego se produjo una pausa larga y Shy notó que al director del FBI se le ponían vidriosos los ojos.

—Yo mismo tengo familia cerca de Los Ángeles —terminó por decir el hombre—. Mi hermana y sus dos hijas. Todos los que estamos aquí... sólo queremos que acabe esta pesadilla.

Shy se debía haber quedado dormido poco después de salir del tráiler del FBI porque no recordaba otra cosa. Sin el maletín de lona, Shy se sentía desnudo en el campamento buscando a Carmen y a alguien que pudiera ponerlo al tanto de su papá. Las autoridades le habían quitado casi todo, incluyendo la carta del hombre peinado de cortinilla. Todo lo que le quedaba era el anillo de diamante en su bolsillo y la llave que le colgaba del cuello. La llave de *Limpiabotas*. No le parecía correcto que la persona a la que más le debían el hecho de haber puesto la vacuna en manos de los científicos no estuviera ahí para que la reconocieran. Aunque, la verdad, Shy no podía imaginar a Limpiabotas lidiando con toda la atención. Shy desaceleró la marcha junto a un grupo de enfermeras sentadas ante una mesa para picnic, apretadas alrededor de un radio. Aunque a volumen bajo, Shy pudo reconocer la voz del DJ Dan. Se acercó y se agachó para amarrarse los cordones con tal de escuchar.

"…como ya lo saben muchos de ustedes, resultó fallida la primera versión de la vacuna. Por eso son tan alentadores estos nuevos rumores. Recapitulando: supuestamente un grupo de adolescentes lograron burlar anoche la frontera en Avondale llevando un portafolios que contenía una segunda vacuna contra el mal de Romero. Todavía no confirmamos si los adolescentes mismos crearon la vacuna o si la adquirieron por otro medio. Quizá más importante que la vacuna es que entregaron a los científicos una fórmula química por escrito que permitirá que la vacuna se produzca y distribuya con mayor rapidez. Algunos dicen que la frontera en Avondale incluso podría venirse abajo en los próximos tres días.

"En un giro extraño, también nos hemos enterado de que se está investigando a LasoTech, la compañía farmacéutica que produjo la vacuna original, pero todavía no sabemos de qué se le acusa…"

Cuando Shy notó que las enfermeras habían comenzado a susurrar entre ellas señalándolo, se internó en el campamento. Le produjo un alivio increíble lo que acababa de escuchar. La fórmula, incluyendo la última página que le había entregado Addie, estaba en las manos correctas. Además, se estaban tomando la carta del hombre peinado de cortinilla lo suficientemente en serio para investigar a LasoTech. Pero aquello no se comparaba con el alivio que sintió Shy cuando detectó a su papá. Lo vio parado junto a un camión de comida, disfrutando un taco y platicando con una reportera. Shy se acercó de prisa y le dio un abrazo torpe y apresurado antes de desprenderse.

—Estás vivo —dijo emocionado.

—Claro que estoy vivo —repuso su papá. Le lanzó una mirada breve a la reportera para dedicarle su atención a Shy—. ¿Ya viste muchacho? Mi plan funcionó perfecto. Apenas le estaba platicando aquí a Sarah cómo se me ocurrió a los ¿qué?, ¿diez minutos de haber llegado a Avondale?

—Cierto —dijo Shy.

No le sorprendió que la reportera fuera bonita. Con todo lo que había sucedido en California, su papá aún no podía resistirse a flirtear con una mujer guapa.

—Han pasado por tantas cosas —le dijo la reportera a Shy.

—Mi hijo es un héroe —dejo escapar.

—¿Crees que podríamos sentarnos a hablar? —preguntó la reportera—. Tengo entendido que comenzaste en un barco. Platícame *cómo* estuvo eso.

—Mejor después —le dijo Shy con frialdad.

No quería ser grosero, pero acababa de ver a Carmen al otro lado del patio. Ella estaba junto a un sujeto tipo *GQ* de saco, que intentaba tomarle la mano. A Shy se le acalambró el estómago. Su papá le dio un codazo suave.

—Oye, no sufras así. Ya te lo dije, ahora eres un héroe, hijo. Habrá muchas mujeres. Te lo prometo.

Shy encogió los hombros.

—Pues no andábamos juntos propiamente —aunque en secreto se sentía algo tonto por haber salido tan a la carrera a buscar a Carmen. De hecho, se sentía como patán.

—¿Es ella con la que viajabas? —la reportera había sacado el cuaderno y tomaba notas.

—En fin —dijo Shy, apartándose de su papá y la reportera—. Qué bueno que estás bien, pa. Si quieres luego nos vemos. Se supone que tengo que reportarme con un tipo del FBI.

—Oye, Shy —le dijo su papá mirándolo a los ojos—, lo logramos, muchacho. Lo logramos.

—Y sí, lo logramos —dijo Shy.

Cuando se detuvo a pensarlo, nuevamente se le puso la piel de gallina. Se sintió orgulloso. Su papá lo jaló para darle otro abrazo rápido y esta vez cuando Shy quiso zafarse, su padre lo retuvo durante varios segundos. Cuando al fin se separaron, el papá de Shy regresó su atención a la reportera.

—Es mi segunda oportunidad con mi muchacho. Se lo dije desde que estuvimos en California, ahora todo será diferente.

Shy asintió mientras caminaba lentamente hacia atrás.

—La verdad, el plan de papá fue el que nos trajo aquí —le dijo a la reportera, pero antes de que Shy pudiera escabullirse del patio, escuchó a Carmen llamándolo. Hizo como que no la escuchaba y se siguió de frente, pero a los pocos segundos ella lo agarró del brazo.

—Óyeme —le dijo ella, dándole vuelta a él—. ¿Qué no me oíste hablándote?

—Ah, hola —dijo Shy haciéndose el sorprendido—. La verdad no oigo muy bien, creo que se me taparon los oídos anoche luego de salir del agua.

Se dio unos golpes en la cabeza y notó a un hombre y mujer mayores junto al Sr. *GQ*. Se veían muy parecidos.

—¿Ves a ese chico de allá? —dijo Carmen apuntándole.

Shy asintió.

—Es tu novio Brad, ¿no?

—Brett.

—Es lo que quise decir.

—Yo sé lo que quisiste decir —Carmen cruzó los brazos y dejó escapar un breve suspiro.

—Ya vi que se volvió a reunir la familia feliz.

—Shy —comenzó a decir Carmen, pero luego ya no dijo más.

Él tomó aire y se dijo a sí mismo que debía largarse calmadamente de ahí. Siempre supo que este día podría llegar. Y después de todo lo que habían pasado, sería tonto quedarse atorado por este pequeño detalle.

—Mira —se obligó a sí mismo a decir—, me da gusto por ti, Carmen. De verdad.

—¿Ah, sí?

Él asintió.

—Pero solamente porque sé que *tú* estás contenta.

Ahora le tocó a Carmen asentir. Levantó la vista hacia su novio, luego fijó la vista en el suelo frente a ella.

—Como sea —dijo Shy—, se supone que tengo que ir a hablar con este tipo del FBI...

—*Sí* estoy contenta —dijo Carmen interrumpiéndolo—, pero también me enteré de que básicamente abandonó a mi familia.

—¿Él te lo dijo?

Carmen encogió los hombros.

—Inmediatamente después de los terremotos, imagino, sus papás mandaron un helicóptero a sacarlo de San Diego —Carmen hizo una pausa para alisar su cabello indómito detrás de sus orejas—. Mi mamá vivía a sólo dos cuadras de distancia. Ni siquiera fue a ver cómo estaban.

—Qué mal —dijo Shy. Pero también quiso mostrarse comprensivo así que agregó—. Estoy seguro de que las cosas ya estaban bastante caóticas para entonces, ¿no?

Carmen miró a su prometido, parado junto a sus padres. Los tres ahora observaban a Shy y Carmen.

—Si —dijo ella, volviendo a dirigirse a Shy—. Pero ya me conoces, la familia lo es todo.

Shy lo sabía.

—Mira —le dijo Carmen tomándolo de las muñecas—, Brett y su familia están en un hotel como a veinte minutos de aquí. Me van a dejar darme un duchazo y yo prometí comer algo con ellos después, ¿luego podríamos volver a vernos para hablar?

Shy levantó los hombros. No tenía la certeza de que Carmen pudiese regresar. *Él no regresaría si no tuviera que hacerlo.* Carmen volvió a mirar a su prometido. Levantó un dedo y articuló sin hablar: *Un minuto.*

—En fin —dijo Shy—, me tengo que ir.

Carmen volteó a mirarlo.

—El tipo del FBI, ¿verdad? —ella sabía que Shy le ponía pretextos.

—Algo así —respondió él.

—Entonces, ¿*no* nos vamos a reunir después? ¿Para hablar?

Shy volvió a levantar los hombros.

—Ya veremos si de verdad te apareces.

—¡Óyeme! —replicó Carmen—. ¿Por qué actúas de modo tan desagradable?

—¿Y cómo soy desagradable?

Carmen puso los ojos en blanco.

—Bien sabes cómo te comportas, Shy. Pensé que me amabas y que nada cambiaría lo que sientes jamás.

Shy se paralizó. Eran exactamente las palabras que él le había gritado en la moto.

—¿Me oíste?

Carmen sonrío ampliamente.

—Hasta la última palabra, Sancho.

Shy bajó la cabeza, avergonzado.

—Como sea —dijo Carmen riéndose un poco—. Te busco después. Lo prometo.

Ella se dio la vuelta para retirarse, pero repentinamente se detuvo y giró sobre sí misma extendiendo la mano derecha.

—¿Qué? —preguntó Shy.

—Mi anillo.

Shy se le quedó viendo confundido.

—Tal vez si me llevo mi anillo conmigo me creerás que regresaré.

Shy sacó el anillo de su bolsillo. Las mariposas revolotearon en su estómago.

—Pero dijiste que nunca lo aceptarías a menos...

—Sé bien lo que dije.

—¿Esto quiere decir...?

—Ya, dame el anillo —le dijo Carmen—. Entre más pronto me vaya, más pronto podré regresar aquí contigo.

Shy puso el anillo en la palma de su mano. El cerebro le giraba de prisa mientras la veía darse la vuelta para regresar con el Sr. *GQ* y sus padres. De pronto lo invadió la esperanza. No solamente por Carmen, sino por todo: de que cayera el muro. De que se distribuyera la vacuna. De que el gobierno mandara equipos de gente a California para iniciar el proceso de reconstrucción. Shy palpó su bolsillo ahora vacío. El anillo finalmente estaba en su lugar, con Carmen. Al mismo tiempo, sin embargo, no quería sacar conclusiones hasta que no hablaran.

Apartó todos los pensamientos relacionados con Carmen de su cabeza y regresó con su padre, que seguía hablando con la reportera.

—Oye, papá —dijo Shy—, ¿quieres comer algo conmigo después?

Su papá bajó la vista al taco a medio comer.

—Claro —dijo dejándolo caer en el plato de poliestire-no—. Sí, excelente. Ven por mí cuando estés listo.

Shy se dirigió a la reportera.

—¿De casualidad tiene una libreta extra que me pudiera prestar?

La mujer sonrió mientras se quitaba la bolsa del hombro y abría el bolsillo delantero.

—De hecho tengo como *cinco* libretas extra —sacó una nueva y se la entregó a Shy.

—Gracias —le dijo él.

La mujer asintió y volvió a escarbar en su bolsa diciendo:

—Supongo que también necesitarás un bolígrafo.

68
LOS PERSEGUIDOS

Veinte minutos después, Shy, sentado arriba de la frontera improvisada entre dos guardias vestidos de militares, miraba la libreta en blanco sobre su regazo. Se suponía que iba a escribir cosas para el director del FBI. ¡Pero era tanto! No tenía idea de cómo comenzar.

Levantó la cabeza y miró al río. El sol se había puesto en el occidente detrás del desierto, pero quedaba suficiente luz para que Shy pudiera ver el agua en calma y las masas de gente que todavía sufrían del otro lado.

Sentados en grupos alrededor de fogatas a la orilla del río, esperaban a que se distribuyera la vacuna, a que se viniera abajo el muro. Pero Shy ya no veía solamente a los supervivientes, sino también a todos sus seres perdidos. A sus amigos del barco, como Rodney, Kevin y Marcus. A toda su familia, menos a su papá. A Miguel. A su hermana y su abuela. Un nudo le cerró la garganta al imaginarse a su mamá sentada en el sofá diciéndole adiós con la mano.

De pronto, Shy ya no se sintió bien estando del lado seguro del río, alejado de todo el sufrimiento. Aunque apenas anoche había nadado para atravesarlo, el corazón se le había quedado del otro lado.

Echó un vistazo al campamento detrás de él: la gente con su ropa limpia se movía sin cuidado entre las grandes carpas; gente comiendo y bebiendo en las mesas de picnic junto a los camiones de alimentos. Hablando.

Shy apartó la sensación de culpabilidad, le quitó la tapa al bolígrafo que sostuvo sobre la primera página de la libreta y trató de imaginar cómo Limpiabotas decidía lo que iba a escribir. Recordó el título con el que iniciaba el diario del hombre. Anotó sus propias dos palabras sencillas y las miró fijamente. Luego escribió acerca de los susurros del mar, el velero y la emoción que sintió cuando vio la costa de California por primera vez. Luego escribió sobre Carmen, Marcus y Limpiabotas.

Rápidamente había llenado media página. La leyó jugueteando con la llave que tenía en el cuello. Levantó la vista hacia la gente inclinada sobre sus fogatas al otro lado y volvió a mirar con fijeza el río. Estaba a unos ocho metros de donde él se había sentado, pero alcanzaba a escuchar su murmullo sutil. Algo que le había dicho Limpiabotas se le apareció en la cabeza. Todo el tiempo, dijo el hombre, la gente había seguido a Shy. A él todavía le costaba creerlo, pero ¿qué tal si Limpiabotas tenía algo de razón?

Shy leyó sus palabras. Luego vio a los dos guardias e hizo algo que hasta a él mismo lo sorprendió. Se acomodó la libreta bajo el brazo, se puso de pie y se asomó al río. Las mariposas repentinamente comenzaron a revolotear en su estómago y pecho.

—¡Oye! —gritó uno de los guardias. Los dos se fueron tras él.

Shy aspiró profundamente y luego saltó de la barda. A la bajada escuchó los gritos de los guardias y olió las fogatas. No tenía idea de lo que había hecho ni cómo explicarlo, ni lo que pensaba hacer una vez que llegara al otro lado. Solamente sabía a dónde tenía que ir: a ver si alguien lo seguiría, a ver si alguien ayudaría a arreglar todo aquello. En eso su cuerpo golpeó la superficie del río. Soltó la libreta y el bolígrafo y se concentró en el familiar frío que lo fue llenando, jalándolo a casa.

RECONOCIMIENTOS

Todo mi agradecimiento a la gente que me ayudó a convertir un montón de ideas sin pulir en un libro. Gracias a Krista Marino, mi editora, amiga y guía artística durante una década completa; a Steve Malk, el agente más creativo, considerado, leal y formidable en la industria. Gracias a toda la gente de Random House que apoya con tanta pasión; especialmente a Beverly Horowitz, Dominique Cimina, Monica Jean, Lydia Finn, Lauren Donovan (todavía), Lisa Nadel, Adrienne Waintraub y Lisa McClatchy (¡te quiero, Random House!). Gracias a Matt Van Buren, por siempre ser mi primer lector; a Celia Pérez, por revisar mi español; a mi gran esposa, Caroline, por su apoyo y fe increíbles (¡y por hacerme sonreír todos los días!). Gracias al resto de mi familia, a Caroline, Al, Roni, Amy, Emily, Spence, los Suns y la más reciente adición, Luna Grace de la Peña, nuestra hija hermosa que llegó a la mitad de este libro para robarme el corazón (¡y el sueño!). Por último, pero no menos importante, quiero dar las gracias a todos ustedes los educadores y vendedores de libros que hacen un esfuerzo especial por poner semejante diversidad literaria en las manos no solamente de los lectores más diversos, sino en las de todos los lectores.

Esta obra se imprimió y encuadernó
en el mes de agosto de 2016,
en los talleres de Impregráfica Digital, S.A. de C.V.,
Av. Universidad 1330, Col. Del Carmen Coyoacán,
Delegación Coyoacán, Ciudad de México, C.P. 04100